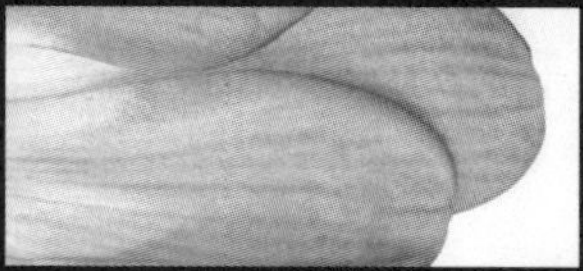

지고 말 것을

SUISHO GENSO and other stories
by Yasunari Kawabata

Originally published in Japan.
Korean translation rights arranged with The Heirs of Yasunari Kawabata, Japan
through THE SAKAI AGENCY and ERIC YANG AGENCY.

세계문학전집
214

川端康成：散りぬるを

지고 말 것을

가와바타 야스나리 소설

박혜성 옮김

문학동네

일러두기

1. 번역 대본으로는 水晶幻想/禽獣(川端康成, 講談社, 1992)를 사용했다.
2. 주석은 모두 옮긴이주이다.

차례

푸른 바다 검은 바다

제1유언

돛단배 선장입니다.

"이봐."

"이봐."

강에 이는 물결 위에서 부르는 소리 때문에 잠에서 훅 깨어보니, 제 눈에 배의 돛이 흰 철새 무리처럼 들어왔습니다. 그렇습니다. 흰 돛을 본 순간의 저는 날아가는 새를 품고 있는 푸른 하늘처럼 아무 생각이 없었습니다.

"이봐."

"이봐, 살아 있나?"

돛단배 선장의 목소리에 이끌려 이 세상에 새롭게 태어난 양 저는 눈을 뜬 것입니다.

—저는 한 달쯤 전에도 여자가 부르는 목소리에 이끌려 이 세상에 살아 돌아온 사람입니다. 그리고 그날 저녁에는 그 여자가 유람선으로 이 바닷가에 오기로 되어 있었습니다.

저는 얼굴에 덮었던 밀짚모자를 버리고 일어서면서, 햇볕에 탄 배에 바닷물을 끼얹었습니다. 저녁 무렵의 바람을 기다리던 돛단배가 강을 올라온 것이겠지요. 파도에 비치는 빛은 저녁색이었습니다.

곧 다리를 저는 소녀의 작은 자동차가 모래사장을 달려올 시각이 되겠지요. 그 소녀는 별장지기의 딸입니다. 별장 주인은 역시 양다리가 불편해 일어서지 못하는 소년입니다. 소년은 다리만 불편한 게 아닌 모양입니다. 매일 저녁때가 되면 소년과 소녀를 태운 작은 자동차가 바다가 던져올린 파란색 공처럼 바닷가를 내달리는데, 소년은 아래턱만 움찔움찔 움직입니다. 이 소년에게는 가정교사가 있습니다. 저는 그 남자를 당구장에서 두세 번 본 적이 있습니다. 그러나 소녀는 마을 소학교에 다닙니다.

그날도 강어귀의 모래사장으로 가는 도중에 저는 학교에서 돌아오는 소녀와 우연히 만났습니다. 소녀는 목발 위로 화가 난 어깨를 박쥐 날개처럼 펼치고서, 깡충깡충 춤추듯이 모래사장을 걷고 있었습니다. 모래나 파도 위로 그림자가 드리우지 않는 7월이었습니다. 갑자기 소녀는 크게 하품을 했습니다.

'앗, 어둠. 어둠!'

이글이글 눈이 부신 빛의 세계에서 소녀가 크게 벌린 입속에 단 한 점의 어둠이 생겨난 것입니다. 그 어둠은 저를 힐끗 쳐다봤습니다. 어째서 저는 이런 것에 놀라는 걸까요? 그뒤에 본 갈댓잎도 그렇습니다.

이 무렵 저는 매일 강어귀의 모래사장에 낮잠을 자러 가곤 했습니다. 바다에는 수영하는 사람들이 하나둘 늘어났기 때문에 일부러 사람들 눈에 띄지 않는 강어귀까지 간 것입니다. 저는 한 달쯤 전에 여자가 부르는 소리로 이 세상에 살아 돌아온 지 얼마 안 된 몸이었으니 여름날의 햇볕을 그대로 받으면서 모래 위에서 알몸으로 자는 일은 그리 좋지 않을 것 같았지만, 이런 식으로 자신을 푸른 하늘에 내던진 채 자는 것을 무척 좋아합니다. 게다가 저는 태어났을 때부터 늘 수면부족인 인생인지도 모릅니다. 살아가는 동안 잠들 수 있는 의자를 찾는 남자인지도 모르겠습니다. 저는 태어난 그날부터 어머니 품에서 잘 수 없었기 때문이지요.

그래서 그날도 모래사장 위로 뒹굴러 간 것입니다.

하늘이 맑게 개어서 섬이 가까이 보였습니다. 흰 등대가 정말로 하얗게 보였습니다. 요트의 돛이 노란색인 걸 알 수 있었습니다. 언뜻 보면 젊은 부부 같은 사람들이 타고 있을 법한 요트처럼 보였지만 실은 독일인 할아버지가 타고 있었습니다. 여하튼 저는 뜨거운 모래가 등 피부에 파고드는 것을 느끼면서 주인 없는 방의 유리문 같은 눈으로 바다의 경치를 바라보고 있었습니다. 그런데 무언가가 제 눈에 선을 한 줄 그었습니다.

한 장의 갈댓잎이었습니다.

그 선이 점점 더 선명해졌습니다. 모처럼 다가온 섬이 그 때문에 점점 더 멀어져갔습니다. 갈댓잎이 제 눈 속에 가득 퍼졌습니다. 제 눈은 한 장의 갈댓잎이 되어갔습니다. 이윽고 저는 한 장의 갈댓잎이 되었습니다. 갈댓잎은 엄숙히 흔들리고 있었습니다. 그 갈댓잎이 강어귀나 넓은 바다나 섬들이나 반도 같은 커다란 경치를 제 눈 안에서 완전히 지배해버리지 않겠습니까. 저는 갈댓잎이 싸움을 걸어온 듯한 기분이 들었습니다. 그리고 점점 다가오는 갈댓잎의 힘에 제압당해갔습니다.

그래서 저는 추억의 세계로 도망쳤습니다.

기사코라는 소녀는 열일곱 살이 된 가을에 저와 결혼을 약속했습니다. 그 약속은 기사코가 깼습니다. 하지만 저는 그리 낙담하지 않았습니다. 서로 살아만 있다면 언젠가 또 함께할 수 있다고 생각했으니까요. 우리집 마당에도 작약꽃이 있습니다. 기사코네 집 마당에도 작약꽃이 있습니다. 뿌리만 썩지 않는다면 내년 5월에는 또다시 꽃이 피겠지요. 그러면 나비가 우리집 꽃의 꽃가루를 기사코네 집 꽃한테 옮겨주는 일도 없지는 않을 것입니다. 그렇게 생각하고 있었습니다.

그런데 작년 가을 일입니다. 저는 문득 깨달았습니다.

'기사코는 스무 살이 됐어.'

'나와 결혼을 약속했던 기사코가 스무 살이 됐어.'

'기사코가 나랑 결혼하지 않았는데도—스무 살이 될 수 있었던 것은 왜일까. 기사코를 스무 살로 만든 것은 어떤 놈인가, 여하튼 나는 아니건만.'

'보아라, 너와 결혼을 약속했던 열일곱 살의 처자는 네 아내가 되지 않았는데도 스무 살이 될 수 있었지 않느냐, 하고 나에게 싸움을 거는 것은 누구인가.'

저는 이 어찌할 수 없는 사실을 그때야 비로소 진정 마음으로 깨달은 것입니다. 그리고 이를 부득부득 갈며 얼굴을 떨구었습니다.

그렇지만, 저는 기사코가 열일곱 살이 된 해 이후로 만나지 못했으니까 저에게 기사코는 스무 살이 되지 않았다고도 말할 수 있는 것입니다. 아니요, 이쪽이 맞는 말입니다. 그 증거로 그때도 열일곱 살의 기사코가 작은 인형처럼 제 앞에 나타났잖습니까. 하지만 이 인형은 맑고 투명했습니다. 그리고 그 몸을 투과하여 백마가 춤추고 있는 목장이나 푸른 손으로 화장하고 있는 달이나 꽃병이 사람으로 태어나려고 어머니로 삼을 소녀를 뒤쫓는 밤 같은 여러 경치가 보였습니다. 그 경치가 또 굉장히 아름다웠습니다.

그러자 저는 나라는 존재가 열쇠로 꽉 잠긴 방안 가득히 찬 탁한 가스처럼 여겨졌습니다. 만일 문이 있다면 곧바로 열어젖혀서 기사코 몸 뒤의 아름다운 경치 속으로 탁한 가스를 발산시켜버리고 싶어졌습니다. 생명이라는 것은 어떤 순간에는 총의 방아쇠를 살짝 당기는 손가락의 움직임, 단지 그 정도의 것에 지나지 않기 때문이지요.

그러나 다행히도 마침 그때 돌아가신 내 아버지가 쿵쿵 문을 두드려 줬습니다.

"실례합니다, 실례합니다."

"네" 하고 대답한 것은 작은 인형 같은 기사코였습니다.

"잃어버린 게 있어. 이 세상에 아들을 두고 왔다네."

"하지만 저는 여자입니다. 처자예요."

"방안에 내 아들을 감추고 있어서 나를 못 들여보내겠다는 건가?"

"얼마든지 들어오세요. 사람 머리의 문에는 자물쇠가 없어요."

"그러나 삶과 죽음 사이의 문에는?"

"등나무꽃 한 송이로도 열 수 있답니다."

"저거야, 내가 잃어버린 건."

방에 들어온 아버지는 번개처럼 팔을 내밀었습니다. 그 손끝에 저는 깜짝 놀라 몸을 움츠렸습니다. 그러나 작은 기사코는 의아하다는 눈을 했습니다.

"어머, 저건 제 경대예요. 아니면 거울 앞의 화장수를 말씀하시는 건가요?"

"여기는 누구 방인가."

"제 방입니다."

"거짓말이지. 너는 투명하잖아."

"저 화장수도 투명한 분홍색인걸요."

아버지는 나를 쳐다보고 조용히 말했습니다.

"내가 잃어버린 자여. 너는 열일곱 살의 처자가 스무 살이 돼서 당황하지는 않았는가. 그러면서 열일곱 살의 기사코를 이 방 한구석의 허공에 그려넣고, 숨을 불어넣어주고 있구나. 그러면 네가 있는 삶의 세계에는 두 명의 기사코가 있는 건가. 또는 한 사람의 기사코도 없는 건가. 혹은 오직 너밖에 없는 건가—그러나 네가 태어나기 전에 너와 헤어진 나는 스물여섯이 된 너를 단 한 번 봤을 뿐인데도 이렇게도 바로 내가 잃어버린 자여, 하고 부르지 않았는가. 이것은 내가 죽은 사람이라서인가."

그때였습니다. 어째서일까요?—제가 숨을 크게 훅 쉬자 그것이,

"아버지" 하고 목소리가 되어 나온 것입니다.

"어머, 내 화장수가 말을 했어. 아아."

기사코는 은어 눈처럼 작은 눈에 무한한 슬픔을 띄우는가 싶더니 쏙 모습을 감추고 말았습니다.

"아들이여. 이 방은 꽤 훌륭하구나. 한 여자가 이 방에서 사라져 없어져도 공기가 전혀 흔들리지 않을 정도로 훌륭해."

"하지만 아버지. 당신은 저와 전혀 닮지 않았는데요."

"맞아. 너도 눈치챘느냐. 내가 여기에 오기 전에 가장 고심한 것은 내 모습을 어떤 모습으로 만들까 하는 것이었다. 너랑 조금이라도 닮으면 네가 기분 나빠할 것 같았거든."

"그 호의는 잘 알겠습니다."

"하지만 눈이 두 개, 귀도 두 개, 다리도 둘인 사람이다. 일반적인 유령처럼 다리는 없이 나타날까 생각도 했지만 그것도 너무 진부하니까. 아예 연필이나 연수정 모습을 하고 나타나는 것도 재미있겠지만, 죽은 자는 생존이라는 것을 그리 믿지 않으니까."

"여하튼 당신이 진짜 제 아버지라면 머리를 한번 때리게 해주시겠습니까. 타인의 머리를 때리는 것은 아무래도 거북해서요. 육친이라면 그 머리를 한번 탁 하고 힘껏 때리고 싶다고 가끔 생각했거든요."

"물론 괜찮지. 하지만 분명 실망할 게다. 민들레꽃 위에 피어오르는 아지랑이를 때리는 것처럼 치는 감각이 느껴지지 않을 테니까."

"그렇지만 민들레꽃 위의 아지랑이에서 사람은 태어나지 않잖아요."

"그렇지만 민들레꽃 위에 아지랑이가 피지 않으면 사람도 태어나지 못해."

그리고 실제로 내 머릿속에는 민들레꽃이 피어나 아지랑이가 흔들리고 있었던 것입니다. 아버지의 모습 따위는 어디에도 보이지 않았습니다. 기사코도 없었습니다. 나와 결혼을 약속했던 열일곱 살의 기사코가 내 아내가 되지 않고도 스무 살이 될 수 있었다—이 일에 대해 아까 느낀 새하얀 놀라움도 사라져버렸습니다.

그리하여 내 감정은 꼬리를 축 늘어뜨리고는 졸아댔습니다.

이런 일이 있어서였을까요. 그후 얼마 안 돼 나는 또다른 여성인 리카코의 앞에서

"하하하하하……" 하고 웃어버렸습니다.

"정말이지 듣지 말걸 그랬어요. 정말로 괜히 들었어요" 하고 리카코는 말했습니다. 그리고 무거운 마음으로 사랑을 고백하던 나는 "하하하하……" 하고 웃어버렸습니다. 이 얼마나 허무한 웃음소리인지요. 내 웃음소리를 들으면서 마치 별의 웃음소리라도 들은 것처럼 나는 깜짝 놀랐습니다. 동시에 나라는 하나의 못이 소리도 없이 부러져, 그 못에 매달려 있던 나는 푸른 하늘로 훅 떨어져갔습니다.

그리고 리카코는 그 푸른 하늘에 한낮의 달처럼 떠올랐습니다.

'리카코의 눈은 이 얼마나 아름다운가.'

나는 신기한 듯이 바라보았습니다. 그리고 우리는 두 개의 풍선처럼 떠올랐습니다.

"저 언덕에 올라가서 모밀잣밤나무 있는 데서 우회전해주세요" 하고 리카코는 운전기사에게 직접 말했습니다.

리카코를 내려주고 나는 자동차 안에서 빙글빙글 빙글빙글 웃었습니다. 기쁜 마음이 보글보글 솟아올라 어찌할 수 없었습니다.

'사랑을 잃었으니 슬퍼해야만 한다.'

그렇게 생각하며 나 자신을 꾸짖었습니다. 또한 이 범상치 않은 감정의 움직임에 불안을 느꼈습니다. 하지만 그것도 뱃가죽으로 고무공을 물속에 눌러넣는 듯한 간지러운 기분이 들었을 뿐이고, 이윽고 훅

튀어나와버렸습니다.

'슬퍼해야 할 때에 기뻐하는 나 자신을 칭찬해야 하는 걸까. 발을 북쪽으로 향하면서 남쪽으로 가는 나는 칭찬해야 하는 걸까. 이것은, 하느님 다녀왔습니다, 하고 말하는 기분이야.'

그런 식으로 노닥거리면서 나는 혼자서 미소 짓고 있었습니다. 너무나 유쾌해서 어쩔 수가 없었습니다. 하지만 이렇게 기분이 밝았던 것은 그날 하루뿐이었습니다. 그렇다고는 해도 다음날부터 슬펐다는 말은 아닙니다. 그저 그후로는 자신에 대한 희미한 의심이 주변을 태풍처럼 지나갔습니다.

—그런데 이 모든 감정을 내 열병이 보기 좋게 배신한 것입니다.

5월이었습니다. 나는 열병을 앓아 죽어가고 있었습니다. 열에 들떠서 의식을 잃었습니다.

"기사코."

"기사코."

"기사코."

"리카코."

"기사코."

"리카코."

"리카코."

"기사코."

나는 헛소리를 계속했다고 합니다.

내 베갯머리에 있던 숙모님은 기적을 원했을까요. 리카코를 내 병상에 불러주었습니다. 리카코를 부르는 소리에 리카코가 대답하면 내가 생명끈을 붙들지도 모른다고 생각한 것입니다.

두 여자 중 기사코는 그때 어디에 있었는지 몰랐습니다. 아니요, 숙모님은 기사코라는 여성의 이름을 그때 처음 들었지요. 하지만 리카코는 숙모님의 조카라서 시집간 곳도 알고 있었습니다. 우선 그게 기적이 아니고 뭐겠습니까. 그리고 기적은 두 번 세 번 이어졌습니다.

리카코는 곧바로 내 베갯머리에 찾아왔다고 합니다. 그러자 어떻게 된 걸까요.

"리카코."

"리카코. 리카코."

"리카코, 리카코, 리카코……"

내가 리카코의 이름만 계속 불렀다는 겁니다. 기사코 이름은 한 번도 안 불렀고요. 생각해보십시오. 나는 고열로 의식을 잃은 상태였는데요. 나는 이것을 사람 안에 있는 악마의 교활함—같은 말로 치울 수는 없다고 생각합니다. 나중에 이 일을 숙모님에게서 들었을 때 나는

"이것은 죽어 마땅하다" 하고 무심코 중얼거렸습니다.

여하튼 나는 리카코가 내 이름을 부르고 자신의 손을 쥐여줘 이 세상에 다시 돌아온 것입니다. 그리고 의식을 찾은 순간에 본 리카코의 인상은 어떠했던가요. 언젠가 리카코가 내게 말해준 적이 있습니다.

"내 가장 오래된 기억을 말해도 돼요? 두 살인가 세 살 때의 일이에요. 해는 절 탑에서 떠올라 파초에서 진다고 생각한 모양이에요. 떠오르다, 진다, 라는 말을 몰라도 아침해와 저녁해는 다른 느낌이 있었어요. 그런데 어느 날 파초에서 해가 떠올랐죠, 파초에서 해가 떠올랐다고 생각하곤 우왕 울어버렸어요. 유모 등에서 저녁때 잠을 깬 거였죠."

한 장의 갈댓잎을 보고 이 일들을 모두 연상했다는 것은 아닙니다. 단지 한 장의 갈댓잎에서도 기사코가 스무 살이 되었다는 사실에서도 똑같이 도전장을 받은 듯한 기분이 들었다는 것뿐입니다.

그리고 돛단배 선장의 목소리에 깨어나서는, 리카코의 목소리로 다시 살아난 일을 생각해낸 것입니다.

벌써 해가 반도 위로 기울어져 있었습니다. 그러나 나는 세 살의 리카코처럼 해가 서쪽 반도에서 떠올랐다고는 생각할 수 없었습니다.

이제 곧 리카코의 기선이 앞바다에 나타나겠지요. 그리고 그녀는 앞바다에서 유람선을 타고 이 해변으로 오겠지요.

리카코는 선실에 뒹굴면서 버선을 벗어버린 아름다운 발로 배에 딛고 서서 파도의 흔들림을 버티고 있겠지요. 머릿속으로 그 모습을 그리면서, 나는 강어귀를 떠나왔습니다.

제2유언

'나는 죽는다. 리카코는 살아 있다. 나는 죽는다. 나는 죽는다. 리카코는 살아 있다. 살아 있다. 살아 있다. 살아 있다……'

그때 기분을 말로 표현한다면 이렇게밖에 표현할 수 없습니다. 그때라는 건—내가 단도로 리카코의 가슴을 찌르고, 이어서 내 가슴을 찔러 의식을 잃어갈 때의 일입니다.

그런데 어땠나요. 의식을 회복해보니, 처음에 떠오른 말이 '리카코는

죽었다'

였습니다. 게다가 거기에

'나는 살아 있다'

라는 말이 뒤따르지 않았습니다. 그뿐만이 아닙니다. 내가 의식을 잃어갈 때에

'나는 죽는다. 리카코는 살아 있다'라는 말이 떠오른 것은 아닙니다. 그때의 기분을 말로 표현하려면 그렇게밖에 말할 수 없을 뿐입니다.

그때 내 머리를 스쳐간 모든 것, 불처럼 뜨거운 작은 시내로 보인 흐르는 피나 뼈가 울리는 소리나 거미집을 따라 흐르는 빗방울처럼 몇 개고 계속 흘러오는 아버지 얼굴이나 회오리를 일으키며 날아다니는 외침소리나, 뒤집혀서는 떠올랐다 가라앉았다가 하는 고향의 산 등, 이 모든 것에서 나는

'리카코는 살아 있다'라는 똑같은 한 가지를 느낀 것입니다.

그리고 나는 '리카코의 생존'이라는 것의 파도에 빠질 것 같아 발버둥을 쳤습니다. 그러다 어느샌가 그 파도 위에 가볍게 떠올라 흔들흔들 흔들리고 있었습니다.

—하지만 의식을 회복했을 때에는

'리카코는 죽었다'라는 말이 확실히 말 그 자체로 떠오르지 않았겠습니까. 그리고 또,

'나는 살아 있다'라는 말을 뒤따른 것이 아니라, 저 말이 확실하게 떠오른 게 아니겠습니까.

—이렇게 보면 생존이라는 것은 죽음이라는 것에 비하면 무척 오만한 것인지도 모르겠습니다.

그러나 역시—그 말이 이 세상의 빛과 사물 세계의 밝음보다도 먼저 느껴진 것은 아니었습니다.

처음에 나는 밝은 빛 속으로 툭 떠올랐습니다.

그때는 7월 바닷가의 한낮이었습니다. 하지만 심지어 내가 한밤중의 어둠 속에서 살아났다고 해도 이 느낌은 같았겠지요. 눈이 안 보이는 사람이라도 밝음과 빛은 느낄 것입니다. 우리 역시 어둠 속에서 눈을 떠도 밝음과 빛을 느끼니까요. 그리고 우리는 이것을 눈이 아니라 생명으로 느끼니까요. 생존한다는 것은 한마디로 말하면 빛과 밝음을 느끼는 것이라고도 생각할 수 있습니다.

다만 그때의 나에게는 매일 아침 눈을 뜰 때보다도 그 느낌이 더더욱 상쾌하게 다가왔습니다.

그리고 소리입니다. 파도 소리였습니다. 그 소리가 내 눈에 보였습니다. 조용히 춤추는 금색의 난쟁이 무리로 보였습니다. 그 난쟁이 중 손을 높이 뻗어 날아오른 한 사람이

'리카코는 죽었다'

라는 그 말이었을까요?

어쨌든 이 말은 나를 놀라게 했습니다. 이 놀라움이 나의 의식을 처음으로 선명해지게 만들었습니다.

창밖의 하늘에는 소나무 싹이 뻗어 있었습니다. 다섯 살 어린이가 푸른 종이에 무턱대고 먹으로 그은 선 같았습니다.

나는 내게 달려드는 환상 아래로 휙휙 공격을 피하는 듯한 기분이 들었습니다. 저녁때 들판을 달려가는 소나기 뒷발처럼 내 시야 속에 환상이 여러 개 빛나고 있었습니다.

그때 나는 먹으로 검게 물든 리카코의 입술을 생각해냈습니다.

정월의 난로가 있는 서양식 방이었습니다—리카코는 열네 살이었습니다. 새해 첫 붓글씨를 쓰고 있었습니다. 열네 살이나 돼서도 붓을 핥으며 입술을 새까맣게 만들면서 글씨를 썼습니다. 그 입술이 생각난 것입니다. 그리고 나는 내 손을 쳐다봤습니다. 누군가가 분명 씻어줬을 터이니 리카코의 피 같은 게 묻어 있을 리는 없습니다만.

그렇다고 치더라도 내가 리카코를 찔러죽였을 때 리카코의 피는 내 오른손 네 손가락으로 흘러내렸는데, 왜 약지만은 더럽히지 않았을까요. 아니, 그보다도 피투성이 손안에서 약지 하나만이 악마처럼 하얬던 일 같은 게, 그런 상황에서 나는 왜 신경 쓰였을까요. 약지 하나가 하얬기 때문에 나는 되살아나고 리카코는 죽어버린 것일까요. 아니, 그런 건 아무래도 좋습니다. 약지만 하얗게 보였던 것은 환상이었는지도 모릅니다.

그보다도 우리는 왜 죽으려고 했던 것일까요. 열병으로 죽어가던 내 생명을 리카코가 살려냈기 때문일까요. 그렇습니다. 틀림없이 그래서일 겁니다.

그러나 그 밤에 달이 너무나도 밝았던 게 문제였을까요. 모래가 너무나도 하얬던 게 문제였을까요. 보름달은 흰 모래밭을 공기가 없는 색처럼 맑게 만들고 있었습니다. 달빛이 물방울처럼 똑바로 떨어질 만큼 조용했던 탓인지 공기가 움직이는 소리가 희미하게 들렸습니다. 내 그림자는 흰 종이에 떨어진 먹처럼 새까맸습니다. 내 몸은 흰 모래에 세워놓은 하나의 날카로운 선이었습니다. 모래사장이 사방에서 흰 헝겊처럼 빙글빙글 말려올라왔습니다.

그때 나와 리카코는 이 사흘 동안 송사리 시체처럼 완전히 지쳐 있었다는 것을 어째서 알아차리지 못했을까요. 그것을 몰랐기 때문에 나는

'인간은 이렇게 새하얀 흙 위에 서 있어서는 안 돼'

하고 생각했습니다. 그리고 벤치 위로 다리를 굽혔습니다. 리카코에게도 다리를 벤치 위로 올리게 했습니다.

바다는 새까맸습니다. 그 넓은 흑색에 비하면 이 모래사장의 흰색은 얼마나 작고 보잘것없단 말인가, 하고 생각하면서 나는 말했습니다.

"검은 바다를 봐요. 나는 검은 바다를 보고 있으니까, 나는 검은 바다야. 당신도 검은 바다를 보고 있으니까 내 마음의 세계도 당신 마음의 세계도 이 검은 바다야. 그런데 우리 눈앞에서 당신과 나의 이 두 세계가 동시에 한곳을 차지하면서 전혀 부딪히지도 서로 튕기지도 않잖아요. 부딪히는 소리도 안 들리지 않나요."

"내가 이해 못하는 말은 하지 마세요. 서로 믿으면서 죽고 싶으니까. 미치광이 같은 말은 하지 말고 죽을 수 있을 때 죽어요."

"맞아. 그렇지요."

내가 죽기로 결심한 것은 그때였을까요. 아니면 전에 그런 약속을 했던 것일까요.

어쨌든 두 사람이 하나의 검은 바다처럼 서로 믿으면서, 그리고 두 사람이 죽어도 하나의 검은 바다가 사라지지는 않는다는 것을 믿으면서 죽으려고 했던 모양입니다.

그런데 어땠나요. 내가 되살아나보니 바다는 새파랬습니다.

새파란 바다였지 뭡니까.

빨갰던 내 손이 하얀 것처럼, 새까맸던 바다는 새파랬습니다. 그런 생각을 하자 눈물이 줄줄 흘렀습니다. 슬픈 건 아니었지만 눈물항아리의 뚜껑이 깨져버린 것입니다. 내가 되살아나지 않았더라면 바다는 분명 새까맸을 것입니다.

그렇다면 그게 문제였을까요. 그때 리카코를 밀쳐버린 게 문제였던 걸까요.

리카코는 양팔로 내 목에 꽉 매달려 있었습니다. 그렇게 해달라고 내가 부탁해서입니다. 두 개의 몸이 하나의 몸이 되는 느낌이 들지 않으면, 즉 리카코가 독립된 하나의 인간이라는 느낌이 사라지지 않고서는, 나는 리카코의 가슴을 찌르기 무서웠던 것입니다.

나는 텅 빈 상태가 되려고 리카코의 빰냄새 속에서 입을 떡 벌렸습니다. 그러자 졸졸 흐르는 시냇물의 환상이 떠올랐습니다. 그때 나는 단도로 리카코의 왼쪽 가슴을 힘껏 찔렀습니다. 그와 동시에 부둥켜안고 있던 리카코의 몸을 확 밀쳐버렸습니다. 어느샌가 나는 벌떡 일어서 있었습니다.

위를 보며 쓰러진 리카코는 자기 피 위에서 재빨리 몸을 돌려 엎드리면서

"죽, 죽으면 안 돼요"

하고 맑디맑은 목소리로 말했습니다. 게다가 가슴에 박힌 단도를 스스로 빼서는 세게 던져버렸습니다. 단도는 벽에 피를 주룩 뿌리며 다다미 위에 떨어졌습니다.

그때였습니다. 나는 내 약지손가락만 악마처럼 하얀 것을 보고 몸을 떨었습니다.

리카코는 오 분쯤 지나자 움직이지 않게 됐습니다. 움직이지 않는 리카코를 보고 나는 마음이 완전히 맑아진듯 침착해진 느낌이 들었습니다. 그리고 수건을 단도 위에 놓고는 선 채로 발로 단도의 피를 닦아냈습니다.

그러고는 기계처럼 자신의 행동에 의심조차 품지 않고 리카코의 배열에 무릎을 꿇고 단도를 들면서 눈을 감았습니다. 가능하다면 리카코와 포개진 채 죽고 싶다고 생각한 것입니다. 처음부터 리카코와 몸이 맞붙어 있으면 괴로운 나머지 서로 떨어져버리겠지 싶은 마음에, 이런 식으로 자세를 잡고 가슴을 찌른 다음 이윽고 버티지 못하게 되면 리카코 위로 고꾸라지려는 계획을 세웠습니다.

그런데 어떻게 된 일일까요. 단도로 꾹 찌르자마자 몸이 무너지며 앞으로 쓰러지려고 했습니다. 그러다 나는 소리를 지르며 튀어올랐습니다.

아아, 리카코의 체온이었습니다.

리카코 위로 쓰러지려던 나는 리카코의 체온을 느끼고 튀어오른 것입니다. 리카코의 체온이 나를 뿌리친 겁니다. 리카코의 체온이 내게 전해진 순간의 공포—이것은 도대체 무엇일까요.

어쨌든 그것은 본능의 불꽃이었습니다. 인간의 밑바닥 깊은 곳에 숨어 있는 증오였을까요. 아니면 인간이 인간에게 느끼는 무시무시한 사랑이었을까요. 아니면 생명과 생명 사이의 벼락이 보이지 않는 세계에서 부딪힌 것일까요. 그때 내가 뭐라고 외쳤는지는 기억 못합니다만, 아마도 그렇게 엄청나게 소리를 지른 적은 없었으리라 상상합니다.

튀어오른 나는 옆으로 쓰러졌습니다. 통증이나 괴로움은 곧바로 통증이나 괴로움이 아니게 돼버렸습니다.

급격한 경사면을 질풍에게 쫓기며 달리는 듯한 느낌이 온몸에 퍼졌습니다.

이윽고 세계가 하나의 강한 리듬으로 느껴졌습니다. 나와 함께 세계가 크게 고동치고 있었습니다. 전신의 근육이 그 고동소리를 듣고 있었습니다. '덥다' 하고 생각하자마자 시야에 어둠이 느껴졌습니다.

그 어둠에 금색 고리가 두세 개 떠올랐습니다. 그리고 리카코가 내 고향마을의 다리에 서서 물을 바라보고 있었습니다—리카코는 살아 있는 것입니다. 그 리카코는 얼굴이 넙데데하고 다리가 작은 삼각형이었습니다. 내 아버지 같은 남자가 거꾸로 선 채 별똥별처럼 강바닥에서 떠올랐습니다. 꽃잎이 새똥 같은 달리아꽃이 풍차처럼 돌고 있었습니다. 그 꽃잎은 리카코의 입술이었습니다. 소복소복 소리를 내며 달빛이 옆으로 내려앉았습니다.

—이런 이야기를 아무리 써도 끝이 없습니다. 어쨌든 나는 한없이 빠른 환상을 타고 탄환이 초목을 앞지르듯이 시간이라는 것을 앞질러 간 것입니다.

그리고 이 환상의 세계에서는 색이 소리이고 소리가 색이었습니다. 단지 냄새만은 조금도 느끼지 못했습니다. 그리고 이 풍부하고 자유로운 환상의 단편 모두가 앞에서도 썼듯이 내게

'리카코는 살아 있다'

라는 의미로 느껴졌습니다. 그 느낌 뒤로는

'나는 죽는다'

라는 느낌이 푸른 밤처럼 퍼져 있었습니다—하지만 내가 내 가슴을

찌르기 전에는

'리카코는 죽었다'

하고 믿고 있던 것입니다.

아니요, 죽었는지 죽지 않았는지 의문조차 품지 않았습니다. 나중에 생각해보니 이상한 일이었습니다. 보통은 리카코의 생사를 일단 확인해보지 않을까요.

이상하다고 하면, 내 가슴을 찌를 때까지는 리카코는 죽었다고 믿었는데 내 흐려져가는 의식의 단편이

'리카코는 살아 있다'

라고 느낀 것도 이상합니다. 그러고 나서 의식을 회복하자 너무나도 당연하게

'리카코는 죽었다'

라는 말이 떠오른 것도 이상합니다.

물론 리카코는 분명히 죽었습니다. 하지만 내가 되살아났다는 것이 리카코의 죽음을 확인했다는 뜻은 아니지 않겠습니까.

만일에 내가 되살아나지 않았다면 어땠을까요. 나에게 이 세계는 '살아 있는 리카코'의 넓디넓은 바다이지 않았을까요.

또 리카코가 괴로운 숨 아래에서 맑디맑은 목소리로

"죽, 죽으면 안 돼요"

라고 한 말도 이상합니다. 함께 죽기로 한 상대에게 죽으면 안 된다고 한 말일까요. 자기 자신에게 한 말일까요. 아니면 리카코의 마음에 떠오른, 나도 리카코도 아닌 뭔가를 향해 한 말일까요.

그보다도 내가 단도로 가슴을 찌르기 전에 이 말에 관해 아무 생각

도 하지 않은 것은 왜일까요. 나는 그만큼 죽음이라는 것에 비겁했을까요. 그래서 기계처럼 자신의 행동에 의문을 품지 않으리라 생각했을까요. 그렇지만 정말로 나는 죽음에 대해 비겁했던 것일까요. 또 비겁했다면 어째서 죽을 필요가 있었을까요.

"죽, 죽으면 안 돼요" 하고 리카코도 말하지 않았던가요.

그리고 내 죽음은 '리카코는 살아 있다'라는 상징의 세계이지 않았던가요.

그렇기에 내 생은 '리카코는 죽었다'라는 확실한 말이지 않았던가요. 생은 그게 다가 아니란 말인가요.

'그래서 너는 되살아났어'

하고 말하는 건가요.

—내일 여러 일을 생각해봅시다.

창밖의 소나무숲은 똑바로 서 있습니다. 저 소나무숲이 물레방아 같은 소리를 내며 도는 달리아꽃으로 보인다면 나는 '리카코의 생존이라는 상징의 세계'에 살 수 있을까요.

시간과 공간을 정복한 저 멋지게 풍부하고 자유로운 세계를 잠시 가지기 위해 인간은 태어난 것일까요. 그리고 죽는 걸까요.

아아, 모르겠습니다.

내가 눈앞의 푸른 바다가 아니라는 게 불행일까요. 아니, 그때는 나도 리카코도 눈앞의 검은 바다이지 않았던가요.

작자의 말

작자는 이 두 글에 '제1유언' '제2유언'이라는 제목을 붙였다. 이 필자는 동반자살하기 전에 제1의 글을 쓰고, 두번째 자살 전에 제2의 글을 썼기 때문이다. 그리고 이번에야말로 되살아나지 않았다. 그래서 이제 더이상 그로부터 '생과 사'의 얘기를 들을 수는 없다. 그러나 아마도 그는 '리카코의 생존이라는 상징의 세계'에 다시 살게 되었을 것이다. 말할 필요도 없이 그는 리카코를 사랑했다. 하지만 작자는 비록 그가 '한 떨기 국화'를 사랑하고 들국화의 환상이라는 파도 위에서 죽었다고 하더라도 이 유언은 다시 쓸 필요가 없다고 생각한다.

봄날의 경치

1

날은 맑았지만 대나무숲이 바람에 흔들려 그가 데생하려던 경치를 망쳤다.

그러나 물감상자를 닫고 나서도 그는 삼각받침대를 옮기지 않았다. 골짜기를 흐르는 내에 걸린 철단*이 벗겨진 다리 위였다. 계곡에 오는 사람들을 기다리기에 다리 위만큼 좋은 곳은 없다.

주변의 대나무숲이 흔들리는데도 삼나무숲은 조용했다. 대나무숲에는 아침이 일찍 찾아오고 삼나무숲에는 저녁이 일찍 온다. 그러나 그때는 낮이었다. 낮은 대나무숲의 것이다. 대나뭇잎은 날개만 있는 잠자리 무리처럼 햇빛과 즐겁게 노닥거린다.

---

* 철에 녹이 슬지 않도록 바르는 붉은 도료.

그때도 바람과 햇빛이 있었다.

대나뭇잎과 겨울빛의 고전적이고 조촐한 춤을 가만히 바라보고 있자니, 그는 경치가 흐트러져 화가 났던 것을 잊어버렸다. 대나뭇잎에 쏟아지는 햇빛이 투명한 물고기처럼 그의 안을 졸졸 흘러갔다.

이 산골짜기에 도착하자마자 곧바로 여기 풍경의 특색이 드문드문 있는 대나무숲이라는 것을 알게 됐다.

그 앙상한 대나무숲이 산골짜기가 감정적으로 칠한 화장化粧이다.

그는 교토 근교의 '죽림천리'*를 자주 봐와서 대나무숲에는 익숙하지만, 이 산의 대나무는 앙상하고 드문드문 자라 있다. 게다가 대개 산의 돌출된 곳에 서 있다. 이 계곡이 바다의 만이라면 대나무숲은 모두 곶의 코에 해당한다. 그렇게 생각하니 흔들리는 대나뭇잎에서 바닷물 냄새가 희미하게 느껴졌다.

대나무숲은 이 산의 부드러운 촉각이었다. 그것은 이 산을 물들인 염색가게의 애정이었다.

"처형—처형 아니신가요."

계곡물 옆으로 난 돌길을 내려온 도회풍의 여성에게 그는 밝게 말을 걸었다.

"지요코의 언니분이시죠."

그녀는 잠시 멈춰 서듯이 어깨를 세웠지만 곧바로 공손하게 허리를 숙여 격식 차린 인사를 하려고 했다. 그는 웃기 시작했다. 뚜벅뚜벅 다가가서 서양식으로 그녀의 손이라도 잡으려는 형세였다.

---

* 교토의 사가노에는 약 사백 미터에 달하는 대나무숲이 있는데, 관광지로 유명하다.

"분명 이 다리를 지나가실 거라고 생각했습니다. 온천 숙소로 내려가는 길은 여기밖에 없지요."

처형—이라는 말이 불쑥 튀어나왔다. 그녀와는 첫 만남이다. 또 지요코와 결혼한 일도 그녀의 부모님이나 언니에게 승낙을 구하기는커녕 알리지조차 않았다. 그런데도 그는 지요코의 언니에게 뚜벅뚜벅 다가간 것이다.

"잠시 기다려주세요."

그는 다리 위에 하얗게 놓아둔 삼각받침대를 정리했다. 그것을 옆구리에 끼고, 캔버스를 손에 들고서 다가갔다. 물감상자는 처음부터 어깨에 메고 있었다.

"참으로 경치가 그림 같은 곳이네요. 그림 같은 곳에서 그림을 그리는데 그게 직업이라니 더할 나위 없지요" 하고 처형의 남편은 평범한 눈으로 산과 그와 캔버스를 번갈아 봤다.

"여기 색이 마음에 듭니다. 겨울 풍경이라고 하면 어디나 밋밋해서 곤란한데 여기 색은 차분한 멋이 있어 좋네요. 일본에서는 드문 곳 같습니다."

그는 걸으면서 매화 잔가지를 꺾었다.

활짝 핀 꽃이 여섯 송이—손가락 끝으로 빙글빙글 돌렸다. 돌리다 멈추자 매화의 수술이 그를 놀라게 했다. 매화꽃의 수술을 본 것은 태어나서 처음이었다.

한 송이 한 송이가 은으로 만든 활처럼 몸을 젖히고 있었다. 암술을 향해 작은 화분 머리를 치켜들었다.

그는 꽃을 들어올리고는 푸른 하늘을 봤다. 수술의 활이 초승달처럼 푸른 하늘로 화살을 날렸다.

그는 난데없이 아사쿠사에 있는 단주로*의 동상을 떠올렸다. 아름다운 긴장과 추한 긴장의 대조 때문이리라.

매화꽃 그림을 보는 눈이 방금 깨인 것 같다.

맹인 안마사가 스쳐가자 세 명 다 돌아봤다.

안마사는 그들 앞까지는 지팡이 끝으로 땅을 두드리면서 비틀비틀 걸어왔다. 그런데 다리 판자바닥에 한 걸음 내딛자, 지팡이를 왼쪽 어깨에 메고는 오른손을 난간 위로 술술 미끄러뜨리면서 케이블카처럼 다리를 건너가버렸다.

세 사람은 어안이 벙벙했다. 그러고 나서 크게 웃었다.

2

묵기로 했다.

토요일 밤이라 온천 숙소는 붐볐다. 처형 부부의 방은 잡을 수 없었다. 책상이나 긴 화로를 복도에 내놔도 4조 반 크기에는 이불을 두 자리밖에 펼 수 없었다.

여자는 여자, 남자는 남자끼리 자야 하나. 부부끼리 자야 하나.

그에게는 이부자리 문제가 은근히 재미있었다. 두 자매는 이 일을 어떻게 해결하려나.

* 유명한 가부키 배우의 예명. 한 사람의 이름이 아니라, 뛰어난 배우를 후계자로 삼아 대대로 이어받는 예명이다.

그는 지요코의 언니하고도 그녀의 남편하고도 처음 만났다. 처형 부부는 동생 결혼을 허락하지도 않았거니와 그 사실을 모른다고 해도 될 정도이다.

"먼저 실례하겠습니다."

그는 제일 먼저 오른편 이부자리에 뛰어들었다.

처형이 허리띠를 풀었다. 그녀는 그가 보고 있는데도 전혀 창피해하지 않았다. 속띠도 없이 밑단이 확 벌어진 채로 창틀을 붙잡고 버선을 벗었다. 그러고는 왼편 이부자리에 들었다. 그의 이부자리 쪽으로 올리야 없겠지.

그녀의 목은 지요코보다 희었다. 옆으로 눕자 산호구슬 비녀가 더욱 아름다운 물방울처럼 보였다.

지요코가 잠자코 어색하게 언니 이부자리로 들었다. 이것으로 해결이 됐다.

"이쪽에 실례할까."

처형의 남편이 그의 옆으로 파고들었다.

그는 남자의 피부가 꺼려져 어깨가 굳어버렸다. 네 사람 다 이상할 정도로 말없이 있었다.

잠시 후 처형이 이불을 끌어댔다.

"지요야, 좀더 이쪽으로 와⋯⋯ 이상한 애네. 둘이서는 어떻게 자야 하는지 모르나."

처형의 남편이 큰 소리로 웃으며 말했다.

"추운가."

"추워요."

"그렇다면 내가 녹여줄게. 지요 씨가 이쪽하고 바꿔줘요."

그러고는 아무렇지도 않은 듯이 아내 이부자리로 갔다. 그의 이부자리로 지요코가 자리를 잡는 것을 보고는 말을 건다.

"둘 다 좀 그렇지요. 몸이 찬 여자와 결혼한 게 잘못이었어요."

모두 웃었다.

지요코는 쿡 하고 목을 울리고는 코를 베개에 꽉 눌렀다. 그녀의 머리카락에 턱을 맞는 바람에 그는 눈꺼풀이 가벼워졌다.

"형님에게는 감탄했습니다."

"그런데 말이죠, 장모님이 이 모습을 보면 기뻐하시겠는걸요."

"이 악당!" 하고 처형이 요염하게 외쳤다.

지요코가 그의 손끝을 꾹 잡았다.

그는 불을 껐다. 그런 그의 팔을 지요코가 그녀의 목 아래로 끌어당겼다.

나란히 편 이부자리에서 안긴 언니와 동생의 몸을 그는 머릿속으로 그려보았다. 이 얼마나 아름다운 모습인가.

작은 방의 어둠 속으로 젖은 꽃 같은 냄새가 차올랐다. 그는 식물처럼 호흡을 했다.

부드러운 여성의 몸이 부러워졌다. 언니나 여동생이 돼보고 싶었다. 그렇게 된다면 이 얼마나 신선한 기쁨으로 몸을 떨 것인가?

그는 매화꽃의 수술을 떠올렸다. 그리고 단주로의 동상 얘기를 꺼냈다.

"아사쿠사 관음당 뒤편에 단주로 동상이 있잖아요. 〈잠시〉*인가 뭔가 하는 무대 장면으로 온몸에 힘을 실어 버티는 모습인데, 저는 언제나 그걸 볼 때마다 참 고생 많았겠구나 생각합니다. 일 년 내내 그렇게 용을 쓰고 있으면 참으로 힘들겠다 싶어 단주로에게 동정심이 들어요."

네 사람은 만족스럽게 웃었다. 그와 지요코의 결혼에 관해서는 아무도 한마디도 하지 않았다.

3

빨갛게 칠한 자동차 그림을 보고는 숙소의 네 살짜리 남자아이가 지요코에게

"누나, 이거 정기 차편이지" 하고 말했다.

바닥 부분이 빨간 승합자동차였다. 처형은 대나무 바구니를 무릎 위로 안고는 생버섯향을 맡고 있었다. 볼에서 턱으로 이어지는 선이 고요했다.

그는 뒤에서 셀룰로이드 창문을 두드렸다.

처형이 끄덕이자 동시에 자동차가 움직이기 시작했다.

오늘은 뒤에 새 타이어를 매달고 있었다. 둥그런 타이어 위에서 셀룰로이드 창에 대고 처형이 손을 흔들고 있었다.

"깜박 놓고 가는 거?—아아, 지요코 말이야?"라고, 흔들흔들 움직이는 손은 말하는 듯하다.

---

* 가부키 공연 중 하나로, 용맹한 주인공이 나오는 대표적인 공연이다.

고추냉이 가게 딸이 큰 지게를 메고 고추냉이밭에서 돌아왔다.

영차 하고 그녀가 마루에 지게를 내려놨는데, 그 가게에는 잎과 뿌리를 떼어 다듬은 고추냉이 줄기가 외양간의 건초처럼 널려 있었다.

강 아래로 모형 같아 보이는 흰 다리를 자동차가 건너갔다. 흐르듯이 사라져가는 빨간색은 길을 따라 멀리까지 트인 산골짜기를 빨아들여가는 느낌이었다.

"빨간색은 싫어하지만 멀리서 보니 좋은 점도 있구나."

"언니 말야, 꽤나 빨간 옷을 입고 왔지."

"하지만 잘 와줬고 잘 가줬어. 마차를 탈까."

"마차를 타고 어디 가게요."

"어디라도 좋겠지."

역참은 마을 변두리에 있다.

처마 밑 작은 새장에서는 어제쯤 잡은 듯한 동박새 두 마리가 날개를 펼치고서 퍼덕이고 있었다.

"이봐, 동박새를 살까."

"말을 보면……"

거기에서 지요코는 그의 말투를 흉내냈다.

"이봐, 말을 살까."

미끼로 쓰인 동박새가 홍매화 가지 바구니에서 울었다.

"수컷이군."

"어떻게 알아요?"

"알지. 어릴 때 시골 산에서 이런저런 작은 새 수컷이랑 암컷이 우는 소리를 듣곤 해서 기억하거든."

고향 산의 모습—그러나 이 무렵 그림을 그리고자 하는 그의 마음과는 상관없는 환상이었다. 환상 속 고향의 산을 환상으로 그리느니 그는 눈앞의 말똥을 그리고 싶었다.

마당에는 빈 마차가 짝을 내던지고 축 늘어져 있었다.

오늘도 홍매화의 빨간 꽃잎이 바람에 져서 마구간으로 툭툭 떨어졌다. 여물통을 들여다봤다. 물론 꽃잎이 떠 있다.

마구간 너머로 뒤편의 마른 들판이 보인다. 넓은 들판이다. 그는 뛰어내렸다. 억새에 불을 붙였다. 들불이다. 활활 타오르는 불꽃은 아지랑이 같았고, 검게 자국을 남기며 퍼져갔다.

"버드나무는 초록, 꽃은 빨강,* 버드나무는 초록, 꽃은 빨강."

이 무렵의 말버릇이었다. 그래서 지요코가 곧바로 뒤를 이었다.

"버드나무는 초록색이 아니고, 꽃은 빨갛지 않으니, 불조심, 불조심."

어느 틈에 버렸는지 성냥갑이 발아래에서 불이 붙었다.

4

갑자기 코끼리와 낙타가 마을 도로를 걸어왔다.

동백숲에서 동백꽃을 꺾어 도로에 막 나온 지요코의 코앞으로 불쑥 큰 동물이 나타났다.

"어머" 하고 놀라, 그녀는 그를 동백숲으로 넘어뜨릴 기세로 그의 소

---

* 인공적인 것이 더해지지 않은 자연 그대로의 모습을 뜻하는 관용구. 봄의 아름다운 경치를 말한다.

맷자락을 붙들고는 그의 등뒤로 휙하니 돌았다.

코끼리는 말조련사의 가죽채찍 같은 꼬리를 빙글빙글 돌리고 있었다.

낙타는 두세 걸음마다 태고의 무장처럼 머리를 흔들면서 걸었다.

코끼리가 여염집 처녀가 쑥스러워하듯 앞발을 안쪽으로 오므리고, 뒷발을 도리이*처럼 펼치고는 소변을 봤다.

"아."

지요코는 그의 어깨로 눈을 가렸다. 코끼리는 큰 수컷이었다. 어린아이들이 제각기 소리를 지르면서 길가로 물러섰다.

"저것 봐요. 저 동백요."

빨간 꽃이 소변에 잠겨 있었다. 지요코가 놀라서 떨어뜨린 동백이다. 그녀는 입술을 꽉 깨물고 눈초리를 조금 치켜올리고서, 동백꽃 배를 똑바로 쳐다보고 있었다.

그렇다면 그는 혹이 두 개 있는 낙타의 혹 사이에라도 올라탈까. 그 모습은 왠지 색정적이었다.

"태고의 여행자네요."

"코끼리도 낙타도 걸음걸이가 낡아서 너덜너덜해진 짚신을 신은 것 같아."

"이런 모습으로 낙타도 코끼리도 말보다 빨리 달린다니 믿을 수 없네요."

"응. 그거야 빨리 달리는 모습을 보면 다리도 빨리 달리는 것처럼 보

* 신사 입구에 세운 기둥문.

이지. 이들은 이전 세계의 유물이라고 하니, 이전 세계 사람의 눈에는 빨리 달리는 모습으로 보였는지도 모르고. 지금은 인간도 낙타보다 빨리 달릴 것 같은 얼굴을 하고 있는데."

"저 원숭이처럼 말이지요."

원숭이 한 마리가 의기양양하게 코끼리 등에서 책상다리를 하고 앉아 있다. 밉살스러운 주름이 쭈글쭈글한 노파처럼 정말 얌전하고 단정하다.

"이래서는 석가님도 안심하고 극락에 갈 수 있겠네."

"왜요? 석가님은 극락의 주인이잖아요?"

"새와 부엉이가 한 나무에 살며 친족처럼 사이좋게 지낼 때 비로소 나는 열반에 들리라. 뱀과 쥐와 늑대가 같은 구멍에 살며 형제처럼 서로 사랑할 때 비로소 나는 입멸하리라—라고 석가님이 말했는데, 코끼리와 원숭이가 저렇게 사이가 좋으니 말야."

"코끼리와 원숭이는 사이가 나쁜가요?"

"글쎄."

그런데 언덕처럼 솟아오른 코끼리 등의 어린아이 같은 곡선은 참으로 여유롭고 풍요롭지 않은지.

"그렇구나" 하고 지요코가 뒤에서 그의 윗옷을 잡아당겼다.

"기네요."

낙타가 목을 쭉 뺀 것이다. 보리밭 옆에 있는 서향나무로 입을 가져간다.

"서향 향기를 아는 걸까요."

서향나무에는 아직 꽃봉오리가 맺혀 있었다.

여하튼 U자 형태의 목이 갑자기 긴 사선으로 늘어난 것이다. 그 선이 문득 아름다워 보였을 정도로 길었다.

"낙타의 저 깨달음을 얻은 듯한 얼굴, 성인군자처럼 굴고……"

"좀더 어린아이처럼 생각해봐."

"산양 할아버지."

"턱수염만은 말야."

게다가 낙타는 잉꼬 같은 스포츠형 앞머리를 가지고 있다.

코끼리 코는 자벌레같이 늘어났다가 줄어들곤 한다. 또 촌백충처럼 둥글게 말았다가 풀곤 한다. 코끼리 코도 동물학 교과서의 촌백충 머리와 닮았다. 코가 말려올라가면 새고막 같은 입이 보인다. 그 입술은 온화한 바다가 부드러운 바위를 핥듯이 할짝할짝 움직인다. 달팽이처럼 달라붙을 것 같다.

낙타가 입술만 움직여 풀을 뜯는다.

"코끼리 눈은 싫어요. 낙타 쪽이 훨씬 더 온화한 호인이에요. 코끼리 눈은 음험해요."

코끼리는 감물을 칠한 부채 같은 귀로 볼에 부채질을 했다. 시원하지도 않은 볼이다. 뼈가 없는 것 같은 발에 헐렁한 낡은 바지를 입고 있었다.

"이동동물원일까요."

"그럴지도 모르겠군."

"곡마단일 거예요, 분명."

그와 지요코도 어느샌가 어린아이나 마을 사람과 함께 코끼리를 따라 길을 걷고 있었다.

강아지 한 마리가 순박한 얼굴로 코끼리를 올려다보면서 콩다닥콩다닥 따라왔다.

"항구로 가나봐요, 화물차를 탈 수 없어서 걸어가게 하는 거겠지요."

코끼리는 코를 뻗어 숯가게의 차양에서 숯섬을 굴려 무너뜨렸다. 그러고 나서 길가의 자귀나무를 손쉽게 끄집어냈다.

"어머, 먹으면 안 돼. 자귀나무를 굽는 거야."

남쪽으로는 산들이 있다. 산마루까지 3리 반.* 항구마을까지 11리. 산마루 계곡의 눈도 이미 녹았다. 산을 넘는 큰 동물을, 나무 사이로 사슴이 엿보고 있으려나.

잠의 신이 짊어지고 걷는 탄력 없이 부푼 자루처럼 늘어진 코끼리 엉덩이가, 터벅터벅 대나무숲 양지를 흔들면서 갔다.

"언제 돌아오려나. 돌아올 때도 분명 이 길로 오겠지요?"

지요코는 친한 사람 얘기를 하는 듯한 어조로 말했다.

5

붉은 황토색으로 칠한 다리 위로, 지요코는 물감상자와 병을 들고 그를 따라왔다.

병은 사이다병이었다. 숙소에서 받아 그림붓을 씻는 데 쓴다. 지요코가 머리를 묶는 검은 명주끈을 병 입구에 묶어놓았다.

---

* 1리는 약 400미터.

물감으로 탁해질 때마다 그녀는 그 병을 들고 골짜기에 흐르는 강으로 물을 뜨러 갔다. 건너편 물가의 동백꽃에 작은 돌을 던졌다. 꽃은 떨어지지 않았다.

삼나무숲의 진갈색 어둠 속에 벌써 밝은 부분이 살짝 보였다.

"삼나무 꽃가루가 모래 연기처럼 질 무렵까지는—이 그림을 완성시키고 싶군."

"어머, 그렇게 한가한 소릴—전부 다, 색이 변해버려도 괜찮아요?"

"물감은 많이 있어."

그는 그런 식으로 경치를 바라보았다.

삼나무는 언제나 높이 서 있었다. 그러나 그가 그 높이를 사랑했다는 말은 아니다. 높이 선 우울 따위는 지금의 그에게는 마음에 들지 않는다. 그래서 그의 풍경화는 삼나무숲의 한쪽부터 사실写実이 깨져오는 듯했다.

삼나무숲을 쇠뜨기 풀숲처럼 낮게, 그리고 밝게 그릴 것만 같아져, 이래서는 안 되겠다고 생각했다.

대나무숲은 햇빛 뒤편에서 봐야 좋다는 사실을 그는 발견했다. 햇빛이 닿는 바깥쪽에서 보면 안 된다.

대나뭇잎과 햇빛이 이루는 고전적이고 소박한 무도舞蹈는 빛의 뒤편에서만 잘 볼 수 있다.

역시, 대나무는 하나하나 이파리 모양을 표현하지 않으면 아름다움을 그려낼 수 없는 것인가.

그러나 그는 이 아름다운 햇빛의 잔물결에서, 일본화의 대나무보다도, 신록의 숲이나 온화한 바다를 그린 인상파의 유화를 떠올렸다. 숲이나 바다에 흘러넘치는 햇빛의 그림이다.

아니, 유화보다도 음악을 떠올렸다. 일본 악기다. 거문고, 퉁소—

"뭐야. 퉁소는 대나무잖아, 시시하네."

그는 언제까지고 웃고 있었다.

대나뭇잎이 빛을 반짝반짝 춤추게 하지 않을 때도 역시 뒤편에서 보는 게 좋다. 옅은 햇빛이 대나뭇잎을 통과하는 모습은 친근하다.

그렇지만 그의 풍경화는 이 계곡의 염색가게가 품은 애정과도 싸워야 했다. 대나무숲의 서글픈 밝기에 기댈 만큼 유치하지도 않았지만 삼나무숲보다도 어려웠다.

매화나무는 다리 옆에서 골짜기에 흐르는 강 쪽으로 기운 채 그의 눈앞에 있었다.

유리창 창살처럼 경치를 지배하고 있다. 그를 사실에 묶어놓기 위해 경치측량기가 되어 자기 역할을 다하고 있었다.

꽃은 만개했다.

그러나 그의 데생에서는 말살돼 있었다. 매화는 그의 풍경화에서 전경이 되기에는 괴물로밖에 생각되지 않는 크기였다.

풍경화가로서 그에게 이 매화나무 같은 경우는 흔한 일이었다. 눈에 너무 가까이 있는 것은 언제나 큰 괴물이 되었다.

그는 가까운 매화를 보지 않고 먼 대나무숲이나 삼나무숲을 본다. 그런 그의 눈에 매화꽃은 연기처럼 보이다 이윽고 사라져버린다.

그러나 매화꽃의 수술에 놀란 탓인지, 그는 문득 생각에 빠지곤 했다.

"어디로 사라지는 걸까."

매화는 연기처럼 그의 마음속에 깊이 스며든 것은 아닐까.

그렇다면 대나무숲과 삼나무숲이 있는 경치를 그리는 이는 그가 아니라 매화나무일까. 그러니까 이 그림은 '대나무숲과 삼나무숲이 있는 풍경'이라고 제목을 붙이기보다 '매화나무'라고 붙이는 편이 맞을까.

"있잖아, 누가 내 그림을 봐도 이 경치 속으로 설마 코끼리와 낙타가 지나갔다고는 생각 못하겠지."

"설명서를 붙여놓으면 좋겠지요."

"코끼리와 낙타가 지나간 매화 그림—이란 제목을 붙이면 금세 알려나."

그는 초원에 벌렁 누웠다.

"그냥 해본 소리야. 이 그림은 제대로 된 사실화야—이봐, 도쿄에 돌아가서 혼례라도 올릴까."

"꼭 심심풀이로 결혼을 하자는 것 같네요."

"인체를 한 장 그리고 싶어졌어."

지요코는 모델을 서는 여자는 아니었지만, 그의 아틀리에에서 그녀의 허리띠를 찾을 수 없을 때가 있었다. 그녀는 홑겹 위에 그의 허리띠를 돌돌 말고는 동네 채소 가게에 무를 사러 갔다. 그런 지요코를 그려야겠다.

6

큰 유리문을 덜컹덜컹 밀어 열면서 계곡물을 쓰는 욕탕 창틀을 지요코가 맨발로 넘어왔다.

"유리를 닦았나보군, 창백해졌네."

"닦지 않았어요" 하고 그녀는 소맷자락에서 새 칫솔을 꺼냈다.

"그 낡은 것은 버릴게요."

목욕탕 가장자리에서 그가 큰 소리를 냈다.

"어, 이건 여자 냄새가 나."

그러자 나무 냄새가 흘러왔다. 강 위쪽 제재소에서 나온 톱밥이었다.

"싫어라. 내 수건하고 헷갈렸네요."

탈의장에서 꽤나 큰, 지요코의 목소리가 들렸다.

그리고 그의 수건을 몸에 닿지 않게 하려는지 깃발처럼 앞으로 펼쳐 들고 돌계단을 톡톡 내려왔다. 하얗던 가슴에 오늘 아침에는 약간 색이 돌고 있다.

의아해하며 그는 골짜기를 흐르는 강의 돌무지를 쳐다봤다.

"뭐야, 봄이 왔어."

"네" 하고 그녀도 창밖을 봤다.

"그래서 제대로 새 이쑤시개를 사올 거니까, 나도 좀 괜찮은 아내죠."

그는 신경쓰지 않고 손바닥을 모아 물총을 쏘았다.

온천 냄새가 강하다, 바위 냄새도 나는 것 같다.

매일매일 계곡에서 산천어를 낚는 사람들이 많아졌다.

'3월의 올풀림 먹기'라는 말을 지요코가 듣고 왔다. 옷자락이 다 풀려 너덜너덜해진 옷을 입고 흐르는 물에 서 있으면 그 풀어진 올을 산천어가 문다. 봄날에는 산천어는 그 정도로 많이 잡힌다.

지요코도 숙소 지배인과 낚시하러 다녀왔다. 그리고 빨간색, 보라색,

노란색 반점으로 선명하고 아름답게 화장을 한 물고기를 늘어놓았다.

"당신 팔레트보다 예뻐요."

마을 공터에 임시오두막이 서고 여자 연기자들이 공연하는 가부키 공연이 열렸다.

"교토에서 온 분을 초대했으니까 같이 가줄 거지요?"

"교토에서 온 분이라니?"

"오늘 도착하셨대요."

교토에서 온 손님은 젊은 부부였다.

부인 쪽 피부는 온도 때문에 습기가 맺혀 있었는데, 냄새 짙은 안개 같은 땀이 날 것처럼 피부결이 좋았다.

무대에서 빨간 기모노를 입고 나온 여자아이가 소변을 봐서 무대가 빨갛게 물들었다.

그 빨간색에서 아지랑이가 피어오를 것 같은 밤이었다.

오두막을 나서자 지요코가 별안간 그의 손을 잡고 속삭였다.

"이렇게 흠뻑 젖었어요. 화로에 남편분 외투 소매를 씌우고는 부인이 내 손을 가만히 쥐었어요. 오두막에 들어갈 때부터 지금까지 쭉 손을 놓지 않았어요. 방금 아까 만났을 뿐인데 이상해라."

"이상하긴. 기쁘다는 표정이면서."

곡예사가 왔을 때에도 그녀는 그를 끌고 나갔다.

곡예사는 원숭이랑 개를 데리고 있었다.

인형 같은 얼굴로 인형 같은 목소리를 내는, 열여덟아홉쯤 되는 처녀가 개를 물구나무서게 하고 철사 위를 건너게 했다. 구경하던 할머니가 갑자기 큰 소리를 질렀다.

"이제 됐어. 아아, 다 봤으니까. 그만해둬. 불쌍하게, 개한테까지 그런 짓을 안 시켜도 되잖아."

처녀는 인형 같은 울상을 지었다.

달밤 돌아오는 길에 기생개구리가 울고 있었다.

지요코의 휘파람소리는 벌써 요전부터 기생개구리 울음소리를 외워 따라 하고 있었다.

그는 봄 식물을 보며 걸었다.

"잠깐 이걸 산호구슬이랑 같이 머리에 좀 꽂아봐" 하고 그는 식나무 열매를 지요코에게 건넸다.

겨울 동안 이 선명한 빨간 열매를 얼마나 만지고 싶었는지 모른다.

삼지닥나무꽃의 노란 대롱이 피었을 때에는, 그 잎이 없는 관목을 보여주려고 일부러 그녀를 산길로 데리고 갔다.

"이 꽃은 봉오리가 맺히고 나서 필 때까지 한 달이나 걸렸어. 추울 때부터 나목에 필 정도로 정말로 인내심이 많은 놈이야."

마취목의 꽃송이는 작고 흰 조개처럼 보였다.

"만져봐. 솜처럼 부드러워서 놀랄 거야."

이런 자그마한 꽃들일 때는 좋았다. 그러나 목련, 춘분 무렵 피는 벚나무, 자운영—그런 현란한 꽃이 도시처럼 어우러져 피기 시작하자 그의 눈은 어지러워졌다. 산 깊은 돌계곡에 핀 머위꽃을 찾으러 가고 싶어졌다.

나무들 싹도 마찬가지였다. 단풍이나 홍가시나무 새싹의 빨강, 감나무 새싹의 초록—갓난아기를 막 씻긴 듯한 색은 그에게 기적이었지만, 산나무들이 모든 색채의 분수와 양산이 되어버리자 닷새에 하루는 경치를 보고 싶지 않게 됐다.

그런 때는 멍하니 방 창문을 바라보았다. 흑송의 싹은 연필이었다. 나한송목의 싹은 잠자리 날개처럼 날아다녔다.

어느 날 흰 날개 달린 벌레가 온 하늘을 날고 있나보다 싶더니 봄비가 내리고 있었다. 그는 우산을 가지러 돌아왔다. 아니, 지요코를 부르러 온 것이다.

“이봐, 대나무숲을 보러 가자.”

안개비에 젖은 대나무숲은 푸른 융모의 양떼가 목을 늘어뜨리며 조용히 잠자는 듯한 모습이었다.

“다정한 고요함이여.”

그는 지요코의 어깨에 가만히 손을 올렸다.

옆쪽의 논에서는 막 흙에서 나온 진흙투성이 흙개구리가 삼사십 마리, 계절을 잘못 알고 울고 있었다.

수정환상

부인이 거울로 향하면 플레이보이는 언제나 손톱 정리용 테이블로 뛰어올랐다. 그 위에 놓인 쿠션에 앉아 고개를 갸웃하면서 부인이 화장하는 모습을 넋을 잃고 바라보았다. 마치 수다스러운 여자아이가 자신도 화장해달라고 보채는 모습 같았다. 플레이보이는 손톱 정리용 테이블 위에서 털을 깎는 게 화장이라고 느낄 뿐만 아니라, 그 화장 방법에 따라 교배일까지 아는 듯했다. 교배하는 날 아침에는 부인이 특별히 정성 들여 화장을 해주기 때문이다.

부인의 삼면경 속에는 세 개의 거울이 있듯이 언제나 세 개의 사물이 살고 있었다.

온실 모양의 유리 지붕을 비추는 것은 왼편에 있는 거울이었다. 그러나 꽃들이 있는 식물 온실은 아니다. 작은 동물들의 우리였다.

"자, 보세요. 이 거울은 여기 이렇게 놓으면 저한테는 결코 사치품이 아니에요. 마당의 정자와 난자를 늘 비추잖아요." 서양식 경대가 백화점에서 도착했을 때 부인은 불쑥 이렇게 말했는데, 요컨대 남편 기분을 맞추려 조급해진 부인이 거울 속에서 맨 처음 발견한 게 이 온실 모양의 유리 지붕이었던 것이다. 달콤한 말치고는 조금 기묘하지만, 어느 부부든지 부부란 다른 사람들이 기묘하다고 생각할 수밖에 없는 말로 서로에게 어리광을 부리고, 그러는 중에 내포된 비극을 잊기 마련이며, 그리고 또 모든 해학이나 재치 있는 농담 또한 인간의 비극을 표출하는 데 지나지 않을 수도 있으므로, 부인도 자신의 말이 약간 기묘하다는 걸 알아차리지 못할 정도였는데, 그러나 알아차리지 못한 것은 (아아, 푸른 하늘) 거울 속 푸른 하늘이 그녀를 몹시 놀라게 만들어 거기에 마음을 빼앗긴 탓이기도 했다. (은빛 돌멩이처럼 푸른 하늘에서 떨어지는 작은 새. 사라져가는 은빛 화살처럼 바다를 달리는 범선. 은빛 바늘처럼 호수를 헤엄치는 물고기.) 이와 같은 보이지도 않는 것들을 부인이 어른어른 보고, 그녀의 피부가 그 은빛 물고기 비늘의 차가움을 느낀 것은, 처음으로 푸른 하늘을 본 듯한 놀라움 때문이었는데, 그 놀라움은 외톨이의 쓸쓸함과 똑같은 감정이었지만, 대체로 푸른 하늘이라든가 바다라든가 호수 같은 것들이 태곳적 인간의 감정을 오늘날에 떠올리게 하는 것들 중 가장 대표적인 요소라는 사실을 보면, 부인의 쓸쓸함은 원시적인 슬픔임을—즉, 거울 속 온실 모양의 유리 지붕이 부인의 마음을 문득 완전히 공허하게 만들었음을 의미한다.

실제로 부인은 세 개의 거울 중 왼쪽 거울 한 장의 테두리를 세게 잡고 있으면서도 그 사실을 전혀 의식하지 못했다.

"여긴 안 좋다고 하던걸. 거울을 두는 장소로는 말이야. 사치스러운 물건은 역시 어디까지나 사치스러운 느낌으로 있는 게 좋아. 가정집 침실에서 과학을 쫓아내기 위해 이런 과학자답지 않은 장식품을 사들인 거니까. 화장하는 마누라의 옆얼굴과 함께 실험용 우리를 비출 필요는 없어."

"하지만 현미경으로 보면 결혼세포도 제겐 정말로 아름다운 빛깔의 무늬로밖에는 생각되지 않아요. 수정란이 변화해가는 모습은 신이 그린 도안이에요. 저, 언젠가 플레이보이의 뱃속에 있던 회충, 그렇게 불쾌한 벌레도 그토록 아름다운 세포를 가지고 있다고 당신이 가르쳐주셨죠. 그것만으로도 저는 행복해요."

"그렇게 생각하려고 하니까 안 되는 거야. 사실 당신은 거울을 여기 두고 싶지 않은 거지. 아무 생각 없이 여기 놓았는데 마당의 동물 우리가 비치니까 당신은 깜짝 놀라 그 왼편 거울을 손으로 잡고 있는 거잖아."

"어머나" 하고 부인은 처음으로 자기 손을 의식한다. (아아, 아름다운 나의 손. 하루에 몇십 번이나 씻는 산부인과의사의 손. 손톱을 금색으로 칠한 로마 귀부인의 손. 무지개. 무지개 아래 푸른 들판의 작은 시내.)

"저는 아무 생각 없이 하늘을 보고 있었을 뿐이에요. 거울 속의—하늘이 이렇게 예쁘게 비치니까 내 얼굴도 실제보다 예쁘게 비치겠지, 하고. 이 거울은 사물을 예쁘게 비추는 거울이에요."

"하늘이라. 당신은 유리 지붕을 보면서 하늘을 봤다고 생각하려 노력하는 거야. 삼면경은 양쪽으로 여닫을 수 있는 문과 비슷하니까 말이야. 보기 싫은 게 비치는 쪽 문은 그 손으로 닫으면 돼. 내 눈치 보지 말고."

"어머나, 거울이라는 건 사람을 심리학자로 만드나요?"

"그런 내용의 노래가 소학교 교과서에 있던 것 같군."

"과학자에게 심리학이라니, 화장대 거울보다도 사치품이에요. 여자 마음이 당신 과학하고 무슨 관계가 있어요?"

"아주 큰 관계가 있지. 여성잡지의 의학란에도 떡하니 쓰여 있어. 여자의 오르가슴에는 심리적인 기쁨이 필요하다고."

부인은 거울 속에서 핏기가 사라진 자신의 볼을 보고, (인공수정에 필요한 피펫. 콘돔. 침대에 늘어진 포충망 같은 흰 모기장. 첫날밤에 그녀가 밟아버린 남편의 근시 안경. 어린 그녀와 산부인과의사였던 아버지의 진찰실) 머리에 감긴 유리 사슬을 흔들어 떨쳐내듯 머리를 흔들고, (여러 동물의 정자와 난자를 놓아둔 프레파라트가 연구실 바닥에 떨어져 대물렌즈와 덱 글라스가 산산이 깨지는 소리. 햇빛처럼 빛나는 유릿조각) 남편의 말에 붉게 물들어야 할 볼이 창백해진 것은 그녀 자신이 슬프기 때문이라고 생각할 틈도 없이, 거울 속 창백한 여자의 볼은 거울 그 자체의 슬픔일까 생각해버렸다.

"사랑이라고 하는 거 말이야."

"사랑이라고 하는 거 말이야." 부인은 남편의 목소리를 메아리처럼 반복했다.

"어머, 사랑이라고 하는 거 말이야라니, 수정에 오르가슴이 꼭 필요한 건 아니라고 당신이 저에게 가르쳤잖아요." (피펫, 피펫, 피펫. 내 개를 훈련하는 가죽채찍조차 휘두르면 피펫 소리가 나. 뮤조 쌍구 겸자*.)

"독일인가 어딘가에서 백스물일곱 명의 여자가 인공수정을 했는데 그중 쉰두 명이나 어머니가 되었대요. 말이나 소보다는 훨씬 확률이 낮지만 그래도 41퍼센트였다고 해요. 또 이런 말도 들었어요. 비구니들이 모여 사는 깊은 절에서 처녀 비구니가 임신을 했다고요. 장애인이라 비구니가 되었고 남자 얼굴은 본 적조차 없는데 말이에요."

"그러니까 우리도 희망을 잃지 말아야 해."

"희망이라니—저는 이제 피펫 따위에는 질렸어요. 아이를 가지고 싶으면 체외수정 방법을 빨리 발견하는 게 낫지 않을까요. 발생학자라면 모계 피가 섞이지 않은, 순결한 부계 아이가 생긴다는 동정생식의 꿈을 꾸면서 아이 없이 죽어가는 편이 훨씬 아름답잖아요. 그렇다면 신과 싸운 사람이겠지만."

"그렇게 당신은 거울과 싸우고 있다는 건가. 거울 안에서조차 내 과학을 찾아내면서. 요즘에는 연지와 분을 바르는 것까지 화장과학이라고들 하니 할말이 없지."

"정말이에요. 그런 말을 하면서도 당신은 그 연지와 분 속에서 사랑이란 것을 찾고 계시니까요. 억지로 아내한테 아이를 낳게 하려는 건 발생학의 슬픈 후퇴예요. 그렇게 당신 과학의 힘을 약하게 만드는 게 결혼이라면 저에게 거울 따위는 안 사주셔도 돼요."

"그랬지. 우리 사랑은 발생학 연구실에서 발생했어. 발생학이라는 과학은 신의 창조력과 악마의 파괴력, 그런 말로도 표현할 수 없을 정도

---

* 수술할 때 자궁 경부를 고정하거나 압박하기 위해 쓰는 도구. 날이 없는 가위처럼 생겼다.

로 무서운 힘을 가지고 있다고 당신은 생각했던 것 같아. 그래서 발생학자인 나를 사랑했지. 하지만 그 사랑은 미움이었어. 지금 나는 그렇게 생각해. 즉, 당신은 발생학의 꿈을 미워했던 거야. 여자 안의 어머니가 발생학에 덤벼들었던 거지. 지금도 정말로 아이를 원하는 건 내가 아니야. 당신이지. 당신은 그 반대라고 믿고 싶어해. 그게 딱 좋은 거야. 당신은 점점 발생학자의 입장에서 사물을 보려고 들지. 나는 점점 어머니의 입장에서 사물을 보려 하고. 결혼이란 그런 거야. 뭐, 부부 사이가 너무 좋아서 그렇다고 해두지."

"네."

부인은 정면에 놓인 거울 속에서 그녀의 아름다운 장밋빛 볼을 보았다. (청결하고 흰 넓은 이발소. 그곳의 손톱 정리용 테이블. 피부가 번득이는 동물의 이빨 같은 아가씨에게 손톱을 손질하도록 시키는 산부인과의사.) 그런 것을 떠올리자 부인은 행복감에 달아오른 뺨을 느꼈고 마음이 들뜨기 시작했다. (투명한 물속에서 떠오른 아름다운 소년의 엉덩이. 소년은 개구리처럼 헤엄치고 있다.) 남편이 방을 나갔다. (여러분, 점잖지 못하군요. 여자아이도 남자아이도 발가벗고서 함께 헤엄이나 치고, 라며 강가를 지나가던 학교 선생님이 말한다. 아름다운 소년은 헤엄쳐 강가에 도착해 햇빛에 반짝이는 엉덩이를 드러내고 풀 속에 우뚝 선다. 하지만 선생님, 우리는 옷을 입고 있지 않아서 누가 남자고 누가 여자인지 전혀 몰라요.) 부인은 거울 속의 그녀가 소녀처럼 수줍어하는 것을 보았다. 그녀는 소녀였다. 그 소녀가 생각했다. (선생님을 웃게 만든 소년은 정말로 좋은 아이야. 산부인과의사였던 아버지의 진찰실. 하얀 법랑 수술대. 배를 위로 하고 누운 커다랗고 커다란 개구리. 진찰실 문. 흰 법랑 손잡이. 흰 손잡이가 달린 문이 있는 방 안에는 비밀이 있어. 지금도 내게는 그렇게 느껴져. 법랑으로 만든 세면기. 흰 법랑 손잡이를 잡으려다 그녀가 갑자기 주저한다, 여러 개의, 그리고 여기저기 있는 방문. 흰 커튼. 학교 수학여행날 아침, 흰 세면대에서 세수를 하는 동급생을 보았을 때 문득 나는 남자처럼 그 아이를 사랑하고 싶어졌던 거야. 이발사. 어린 그녀가 의자에 누워 얼굴의 솜털을 면도하면서 가만히 올려다보던 그의 흰옷. 타월. 우리가 헤엄치는 강가를 선생님이 지나가던 일 따윈 있지도 않았던 거야. 분명 어떤 책에 그런 내용이 적혀 있던 거지. 도쿄에도 무지개가 뜨려나. 이 거울 속에도? 무지개 아래 작은 강기슭에 서 있는 어린아이인 그녀. 흐르는 물속의 은빛 바늘 같은 작은 물고기. 가을바람. 그 물고기는 틀림없이 쓸쓸할 거야, 하고 생각하며 보고 있던 어린 그녀. 쥐는 나일강에서 태어나고, 풀잎에 맺히는 이슬은 곤충의 어머니지, 강 진흙에 해가 비치면 개구리가 만들어진다고 옛날 사람들은 생각했대. 눈雪. 밀랍. 불. 썩은 흙. 그리스의 아리스토텔레스는 이미 단성생식이라는 걸 정확히 알고 있었던 거야. 꿀벌 수벌은 수정되지 않은 알에서 태어난대. 혼인비행. 혼인예식—화촉지전. 축가—동방시洞房詩. 부부의 침대. 그녀가 맨발로 밟아버린 남편의 근시 안경. 부부의 침대—결혼 첫날밤. 혼인비행—구혼비상飛翔. 선녀의 날개옷. 천사의 순결. 성모마리아여, 선생님의 연구로 예수의 탄생도 과학적으로 증명되었다고 할 수 있습니다, 성모마리아여, 카를 폰 지볼트* 교수를 방문한 가톨릭 대주교. 가톨릭의 순결. 그녀

* 단성생식을 밝혀낸 독일 동물학자.

가 어릴 때 살던 오래된 바닷가 항구의 교회에서, 마리아 님—사랑스러운 나였지만 무엇을 사죄드릴 생각이었는지 잊어버렸네. 중력, 지레, 천칭, 관성, 마찰, 진자와 시계, 펌프. 어머, 소학교 5학년 3학기* 과학 과목들이네. 지그문트 프로이트와 십자가. 하지만, 그래도, 여왕벌은 평생에 단 한 번만 교미를 해. 단 한 번, 둥지 밖에서. 가정 밖에서. 둥지 하나에 한 마리의 여왕벌. 백 마리 정도의 수벌, 2만 마리 이상의 일벌. 봄날의 벌 날갯소리. 피펫, 피펫이라고 하는 것처럼 들리는, 기차 바퀴. 호텔의 흰 모기장. 봄이 아니라 여름이었어. 밀월여행. 하늘에서 은빛 돌처럼 떨어지는 작은 새들. 먼 옛날 사람들은 하늘의 색이 바다에 비친다고 믿었어요. 흰 조개가 연푸른색으로 보이고 빨간 동물이 검게 보인다는, 잠수부가 말하는 빨강과 노랑이 없는 바닷속 색의 세계. 프랑스의 니스항에서는 400미터, 이탈리아의 나폴리만에서는 550미터, 동지중해에서는 600미터, 남색 빛이 들이비치는 깊이. 깊은 바닷속 쓸쓸한 감광판의 감각이여. 투명도를 측정하기 위해 바닷속으로 던져넣는 직경 30센티미터의 흰 판. 물색 달빛 속에 가라앉는 법랑으로 된 흰 수술대. 달빛이 내리듯 바닷속에 쏟아지는 글로비게리나**의 사체 비. 영원히 그치지 않는, 비록 공중에 쏟아졌다고 해도 사람들은 느낄 수도 없을 정도로 가벼운, 눈처럼 흰 사체의 비가 소리도 없이, 그리고 밤에도 낮에도 끊임없이, 바닷속으로 하염없이 내린다. 해저 케이블 위의 흰 유해, 그것이 가르쳐준다, 백 년에 30센티미터꼴로 쌓인다고. 옛날

* 일본에서 대부분의 학교는 3학기제로 운영한다. 1학기는 4~7월, 2학기는 9~12월, 3학기는 1~3월이다.

** 해산 플랑크톤의 일종.

에는 바다 밑바닥이었는데 지금은 백악질의 산. 영국 남부에 있는 백묵색 벼랑. 아득한 시간의 흐름. 백묵. 학교 칠판에 그려진 꽃 그림. 삶은 짧구나, 소녀여. 수평선의 흰 돛. 호텔 생선튀김 요리의 눈 수정체. 불쌍해라, 물고기는 심한 근시인 거야. 포크처럼 생긴 산부인과 수술 기구. 흰 모기장 같은, 나이트캡 같은, 글로비게리나의 골격확대도에서 볼 수 있는 아름다운 그물 눈. 물고기 입이나 입술처럼 아무 맛도 나지 않았던 첫날밤 침대. 혼인비행. 그랬지. 나는 신혼에 문득 찾아온 공허한 쓸쓸함에 빠져 이탈리아 나폴리만을 닮았다는 해안선 언덕 위를 걷고 있다가 꿀벌의 날갯소리에 잠을 깼어. 혼인비행. 화창한 봄하늘로 여왕벌이 짝을 찾아 난다. 수벌 무리가 동행한다. 무리 속 단 한 마리의 수벌이 단 한 번 여왕벌에게 사랑을 받는다. 여왕벌의 수정낭. 여왕벌은 암놈도 수놈도 마음대로 낳을 수 있다. 암놈과 수놈은 여왕벌의 산실에 따라 달라진다. 여왕실과 일벌실에서는 수정란을 낳아 암놈으로. 수놈실에서는 미수정란을 낳아 수놈으로. 수정낭의 정자를 난관으로 보내지 않으면 단성생식. 수놈이 암놈의 소화기 속에 서식하고 있다가 생식시에 난관으로 옮겨가는, 보넬리아.* 작고 귀여운 남편. 평생 교미를 계속하는, 일본주혈흡충. 몸의 반이 수놈이고 반이 암놈이거나, 3분의 1이 수놈이고 3분의 2가 암놈이거나, 수놈에서 암놈이 되거나 암놈에서 수놈이 되는, 매미나방. 어린 수놈이 성장하여 암놈이 되는, 살파**나 먹장어. 어머, 뭔가를 사물에 비유해 말하려고 이런 일을 기억했던 건

* 심해에 사는 환형동물. 수컷이 암컷의 인두(咽頭) 속에 기생한다.

** 해산 부유동물. 무성생식과 유성생식이 번갈아 나타나는 세대교번 현상이 처음으로 발견된 종이다.

데, 완전히 잊고 있었네. 사물에 비유한다니? 전서 비둘기가 종마의 정자를 나른다, 그 아름다움을 쓴 나카가와 요이치*의 소설. 혼인비행. 하늘을 나는 결혼이야. 100미터, 자유형, 58초 6, 1922년, 와이즈뮬러의 세계 기록, 1분 25초 4, 1924년, 나가이 하나코, 일본 여자선수 기록. 그리운 소녀 시절이여. 1분에 3600미크론. 어머, 인간의 정자가 헤엄치는 속도네. 몸 크기를 비교해서 말하자면 세계 일류 수영선수만큼 빠른 거래. 은색으로 보이는 물고기. 창. 올챙이. 실로 묶은 고무풍선. 십자가와 프로이트. 사물에 비유한다니? 상징이라는 건 정말이지 얼마나 슬픈지 몰라. 근시인 물고기 눈의 수정체. 수정구슬. 유리. 큰 수정구슬을 바라보는, 인도인지, 터키인지, 이집트인지, 동방의 예언자. 수정구슬 안에 작은 모형처럼 과거와 미래의 모습이 떠오른, 활동사진의 화면. 수정환상. 파리玻璃**환상. 가을바람. 하늘. 바다. 거울. 아아, 이 거울 속에서 들려오는 거야. 소리 없는 소리. 소리 없는 눈처럼 바닷속으로 가라앉는 흰 사체 비. 인간의 마음속에 세차게 쏟아지는 죽음충동의 소리. 바닷속 감광판의 감각. 은색 판처럼 반짝이면서 거울이 바닷속으로 점점 가라앉는다. 내 마음속의 바다로 이 거울이 가라앉는 게 보여. 안개 낀 밤 푸른 달빛 아래 멀리 보이는 작은 은색. 나는 이 거울을 사랑해, 나는 불쌍한 거울이 되어버리는 걸까. 부인은 립스틱으로 윗입술을 그리면서 그 모란 빛깔 때문에 그녀의 볼이 창백해 보인다는 건 알아차리지 못했다. 이 새로운 거울이 부인의 화장법을 바꿨다면 그것은 그녀가 (발생학에는 부정한 아이를 낳은 여자에게 도움이 될 법한 학설도

* 가와바타 야스나리, 요코미쓰 리이치와 더불어 신감각파의 대표적인 문인.

** 불교의 일곱 가지 보배 중 하나인 수정.

있긴 해)라고 생각했기 때문이지만, 실은 부인의 그런 생각은 또하나의 무서운 생각을 마음 깊숙한 곳에 가둬버리는 역할을 했다. (피펫, 피펫. 그걸로 옮기는 액체가 무언지 아는 건 남편뿐이야. 혹시 다른 동물의? 오오, 이런 치욕을 당한 여자가 예로부터 이 세상에 또 있을까.) 그녀는 온실 모양의 유리 지붕을 비추는 왼편 끝 거울을 얼음 문처럼 탁 닫았다.

그러나 그녀는 화장대를 그 위치에서 옮기려고는 하지 않았다.

"당신은 화장이 즐거운가?"

"어머. 저는 소녀처럼 당신을 사랑한다고 생각해요. 이 거울을 사주시기 전하고 사주신 후하고, 어느 쪽의 제가 예쁜가요?"

"비극을 연기하는 배우는 아름답게 화장을 하면 할수록 비극적으로 보여. 그런 면도 있을 법하군."

"하지만 가정은 비극의 무대가 아니래요. 비극의 대기실이죠. 대기실이란……" 입에서 나오는 대로 아무렇게나 말하던 부인은 뒷말을 이을 수가 없어서 이렇게 말했다.

"저를 이런저런 것에 비유하지 마세요."

"바로 그거야, 내가 하고 싶었던 말이. 말하자면 당신은 시대에 뒤떨어진 상징시인이야. 과학의 파편으로 아무리 노래 가사를 만들려 한들 과학은 여자의 감정을 상징할 수 없으니까."

"상징을 가지지 않는 인간만큼 차가운 인간이 있을까요?"

"여자는 깊은 상징을 이해할 수 없어. 학자의 정설이야. 그러면서도 여자들은 남편의 직업을 싸구려 노래 가사로 만들고 싶어하지."

"그래요? 잘 알겠어요. 당신은 여자들이 화장을 할 때만 그 싸구려 노래를 잊는다고 생각하는 거죠? 그래서 이 거울을 사주셨군요. 거울이 삼면이나 있으면 너무 많이 잊게 되어서 나라는 사람은 아무것도 남지 않겠지요, 확실히."

이와 같은 말을 거울 앞에서 가끔 주고받는 걸 보면 과학자의 신분으로는 무척이나 돈을 들인 화장대 역시 아무래도 남편이 생각한 만큼의 효과는 없었는지, 그는 어느 날 무심히 말했다.

"개가 죽고 없으니 쓸쓸한걸. 이번에는 적어도 혈통서가 있는 개를 한 마리 키우고 싶군."

"네, 하지만 댁에는 아이가 없으니까, 같은 말을 들으면 저는 오싹하니 몸서리가 쳐져요."

"가장 쾌활하고 가장 손이 많이 가는 애완견은 뭐지?"

"와이어예요. 와이어헤어드 폭스테리어. 유럽이나 미국에서는 와이어를 데리고 다니지 않으면 귀부인이 아니랄 정도로 유행하고 있대요. 털을 깎아주고 식사 때마다 입 주위의 털을 닦아준다나요."

"삼면경보다 사치스럽군."

그러고 나서 산 것이 플레이보이였다.

영국 선원이 데려온 개였다. 요코하마에서도 애견 센터 사람이 봤지만 좋은 품종의 와이어는 손에 꼽을 정도로밖에 수입되지 않던 때라, 확실히 사 갈 사람이 없다면 장사꾼들은 굳이 나서지 않았다. 마침 그 얘기를 들은 부인이 동네 애견 센터 사람과 함께 고베까지 쫓아가서 사 온 것이다.

전에 있던 강아지도 폭스테리어종이긴 했지만, 애견 센터 사람들이 속칭 '일본 테리어'라고 부르는, 일본에서 개량한 스무드헤어드 수컷으로, 남편이 어딘가에서 받아온 개였다. 남편이 어딘가의 어딘가가 어디인지를 말해주지 않아서 부인은 석 달 정도 모른 채 지냈다.

그 무렵 남편은 들개 도살장에 들락거렸다. 발생학 실험 재료로 개를 썼기 때문이다. 이백 마리가 넘는 개의 복부에서 결혼세포가 있는 부분을 잘라내고 있었다. 사랑스러운 새끼 테리어는 개 도살자도 차마 죽일 수 없었던 것 같다. 그것을 남편이 받아왔겠지.

남편은 연구실에서 일어나는 일을 집에서는 거의 말하지 않았다. 부인이 연구실에 오는 것도 금했다. 그 대학에는 발생학 연구실이 없어서 남편은 병리학 연구실이나 해부학 연구실의 한편을 빌려썼다. 병리조직 표본이나 해부 표본은 여자가 볼 만한 게 아니라고 했다. 그러나 개를 어디서 데려왔는지 어렴풋이 알게 되자 부인은 오히려 개를 사랑하게 되었다.

남편은 연구실에서 밤을 보내는 일이 많았다. 현미경으로 세포를 들여다보다 지친 눈이 부인의 모습을 보면 놀라는지, 남편은 서류 가방을 내던지고 모자도 벗지 않은 채 부인의 어깨에 손을 얹고 현관에서부터 사교댄스를 추는 시늉을 할 때가 있었다. 그저 방을 빙글빙글 도는 것이다. 그 뒤를 개가 짖으면서 쫓아다니고 남편의 발꿈치를 계속 물어댔다. 남편은 재미있어하며 더욱더 신나했다. 부인은 점점 흥미를 잃고 남편이 이끄는 대로 걸어다녔다. 남편은 때때로 개를 내려다보며 부인을 때리는 시늉을 했다. 개는 표정을 바꾸고서 남편에게 짖었다. 부인이 안마사를 부르면 개는 눈먼 안마사의 얼굴에 달려들었다. 밤에 연구실에서 고급주택가로 돌아오는 길이면 여기저기서 개들이 남편 뒤를 쫓아오거나 짖어댔다. 양복에 개 주검의 냄새가 배어 있었기 때문이다.

부인의 테리어가 평소와 다르게 남편을 따르고 무릎에 코를 비벼댔던 이유는 그날 남편이 발정기의 암캐를 죽였기 때문이다. 부인이 이카호 온천에 열흘 정도 가 있는 동안 개는 거의 아무것도 먹지 않아 비쩍 야위었다. 부인이 하녀를 데리고 외출하면 혼자 남겨진 개는 집안의 미닫이문이란 문에는 죄다 구멍을 뚫으면서 찾아다니고, 이불솜을 물어뜯어 날리고, 침대 베개 위에 똥을 쌌다. 그 변은 극도의 노여움과 슬픔을 나타내는 듯했다. 개가 언제나 부인과 머리를 나란히 하고 자는 베개였던 것이다. 부인은 베개 위에 누운 개에게 장난을 쳤다. 그리고 개에게 공격당하는 것을 남편은 오히려 기쁘게 여기는 듯 보였다. 남편과 개의 그런 싸움은 부인에게 자기 안의 젊은 피를 느끼게 했다.

그러나 이 년이 지나지 않아 개는 심장사상충에 감염되어 폐에 피가 돌지 않아 죽었다.

그 일본 테리어와 달리 이번 와이어는 언뜻 보기에도 귀부인의 애완동물답게 기품이 느껴졌다. 거친 털은 어릴 적 아버지의 수염처럼 그녀의 피부를 자극했다. 눈에 검은 띠를 두른 듯 검은 윤곽의 눈꺼풀에 덮인 맑고 촉촉한 눈동자는, 일본에서는 이렇게 아름다운 눈은 나올 수 없다고 애견 센터 사람이 부인에게 말한 것도 있겠지만, 고향 바다 항구에서 본 외국인의 눈을 떠오르게 했다. 죽마처럼 쭉 뻗은 앞다리 때문에 터벅터벅 걷는 모습이 어설퍼 보였지만 그것은 아름다운 말의 걸음걸이를 닮아 있었다.

일이 년 사이에 교미 값으로 본전을 뽑게 해주겠다고 애견 센터 사람이 약속은 했지만, 정작 첫번째 교미 값을 받고 보니, 부인은 잠시 어안이 벙벙해서 플레이보이를 찬찬히 바라보았다. 허리띠를 고쳐 매고 부인이 응접실에 나갔을 때, 플레이보이는 이미 애견 센터 사람한테 목줄이 잡힌 채로 긴 의자에서 다리에 힘을 주고 암캐를 노리는 중이었다.

(어머나, 젊은 아가씨네. 남자. 남자아이 같은 얼굴.) 부인은 생각했다.

"어서 오세요."

"차를 마시는 중에 하인을 따라 들어왔는데 금방이라도 덮칠 것 같아서요. 사모님이 안 계신 동안 교미를 하게 둘 수는 없어서" 하고 애견 센터 사람이 말했다.

"그래요?" (크리스마스. 나는 거리에 더 나가봐야 하는데. 집에만 있네.)

"아, 실례했네요." (아가씨의 옷차림새를 보니 취미가 고상하네. 추워 보이는 눈이야.) 가스난로에 불을 붙이면서 (홍차가 식었네. 아가씨는 어째서 잠자코 있는 거지. 곤란하네. 애견 센터 사람한테 개를 마당으로 데려가라고 할까. 마당에 널어놓은 빨래가 뭐였더라? 과자는? 돈을 지불했으니 새침하게 있어도 된다고 저 아가씨는 생각하는 걸까? 추운 게 아니야. 틀림없이 어떻게 인사해야 할지 모르는 거야. 별로 좋은 개는 아닌데, 글쎄, 어디를 칭찬한담. 아참, 일하는 애한테 꽤 오랫동안 가스 사용법에 대해 주의를 안 줬네.) 난로 앞에서 일어난다.

"개를 데리고 긴자에 가기도 하시나요?" (어머, 긴자라네?)

"네, 긴자를 걸으면 항상 무슨 종이냐고 두세 분 정도 물어보세요. 길 한가운데서 서양 사람이 개를 팔라고 해서 곤란했던 적도 있지요."

(긴자를 걸을 때 나는 젊음이 없는 얼굴을 하고 있지는 않을까. 시내

에 나갈 일이 그리 없는 결혼한 여자의 얼굴. 긴자를 걸을 때면 집에서의 생활이 꿈처럼 여겨져. 시내에 좀더 나가야지.) 부인은 아가씨를 봤지만 아가씨는 무릎 위에 놓인 『우리 개』 크리스마스 특집호에 시선을 떨어뜨린 채였다.

"저희집에도 들르세요." (또 이상한 말을 하네. 어느 정도로 대단한 부잣집 아가씨려나.)

"개를 데리고 같이 가고 싶네요."

"어머, 오시라고 해도 돼요?" 아가씨는 밝게 얼굴을 들었다.

(정말로 남자 같은 눈이네. 잘 자란 아가씨구나. 내가 확실하게 말해 줄까? 애견 센터 사람이 말해야겠지. 우리집 플레이보이처럼 보르조이 같은 얼굴이야말로 새로운 영국 스타일이라 품위가 있어. 아가씨네 개는 미국 스타일이야. 얼마나 귀족적인 아가씨인지.) 부인은 생각했다.

"정말로 와이어다워요, 털빛이 좋네요. 흰색은 아름답지요. 손질을 잘하셨네요. 털은 이발기로 깎으세요?" (앉아 있으니까 좋네. 생김새는 칭찬할 도리가 없잖아.)

"네, 매니큐어 도구인데요, 여러 모양의 가위가 있어서 손질하기 딱 좋아요."

"어머." (매니큐어.) 어딘가에서 떨어지는 꿈을 기억해낸 것처럼. (가위라. 산부인과 기구. 가위 종류라면 산부인과 기구 쪽이 훨씬 많아. 매니큐어 가위와 산과의 네겔레 천두기. 태아천두술. 부서지는 태아의 뇌수. 아아, 나는—크리스마스. 정말이지, 남자아이 눈처럼 화장을 모르는 아름다운 아가씨의 눈. 남편의 근시 안경. 밀로의 비너스가 근시 안경을 끼고 있었다면. 죽은 자여, 그대들의 눈을 칠해 크게 만드는 일과 그대가 몸을 장식하는 일은 헛되도다,* 고향 바다 항구의 가톨릭 교회. 아버지 병원 산부인과의 수술실 냄새.)

"서 있는 자세를 좀 볼 수 있을까요?" (흥. 플레이보이를 지금 여기에 풀어놓으면 좋을 텐데.) 부인이 개의 머리를 쓰다듬으며,

"플레이보이, 네 일본 신부야" 하고 말한 순간 애견 센터 사람이 목줄을 늦췄기 때문에 플레이보이는 긴 의자에서 갑자기 암캐를 향해 뛰어내려갔다.

"어머, 어머, 애견 센터 분, 잡아주세요."

플레이보이의 목줄에 달린 은색 방울이 요란하게 울렸다. 아가씨의 개가 계속 신음소리를 냈다.

부인은 어깨를 으쓱하고 고개를 숙였고 (일부러가 아니야. 나는 일부러 이런 얼굴로 있는 건 아니야. 하지만 그래, 안 되겠어, 오히려. 아무렇지도 않은 것처럼 있어야지. 아가씨. 무슨 말을 해야 하지. 매니큐어. 자신의 손톱에 애인 사진을 옮기는 프랑스 여자. 애견 센터 사람은 왜 이렇게 말이 없는 거람. 장사잖아. 인간의 손 1평방데시미터 안에 있는 8만 마리의 곰팡이균. 66미크론. 개는 66미크론. 인간은 고양이와 마찬가지로 60미크론. 무슨 생각을 해야 하지. 결혼 첫날밤. 맨발로 밟아버린 남편의 근시 안경. 아가씨.) 목줄의 은색 방울은 점점 크게 울려 퍼졌다. (고향 항구 교회의 종. 크리스마스. 위선자.)

"크리스마스도 가까워졌네요."

---

* 「예레미야」 4장 30절을 연상시키는 구절. "예루살렘아, 모조리 헐릴 이 마당에, 붉은 비단옷이 다 무엇이냐? 금패물이 다 무엇이냐? 눈화장은 또 무엇이냐? 아무리 곱게 꾸며도 쓸데없다. 너에게 반했던 자들이 도리어 발길질하며 너를 죽이려고 달려드는데."

"네."

"애견 잡지의 크리스마스호나 기대할 정도로 냉담자가 되어버렸지만, 어렸을 때는……" (아가씨에 관해 전혀 모르니까. 무슨 말을 해야 좋을지 모르겠어. 처녀막. 크리스마스 눈썰매에 달린 종. 남자아이처럼 어찌나 순결한 아가씨인지. 얼굴을 보면 안 될까? 부부의 침대에서 틀림없이 떠올릴 거야, 아가씨는, 플레이보이를. 아아, 알았다, 나는 아가씨를 사랑하는 거구나. 플레이보이. 남자아이처럼, 이라고? 나는 어릴 때 남자아이 같다는 말을 들었어. 함께 헤엄친 아름다운 소년. 여학교 시절의 아름다운 하급생. 종. 성가대. 여체의 리듬. 고향 항구에 있는 교회 예배당. 어머, 나와 아가씨가 이 방을 나가면 되잖아. 그 생각을 못 했다니. 거짓말이야. 나는 처음부터 잘 알고 있었어. 알면서도 잊은 척했던 거야. 아가씨는 잘 알겠지. 나는 이 방을 나가고 싶지 않은 거야. 왤까. 왜냐하면, 아가씨에게 이기는 게 행복이니까. 남자. 검은 수염, 흰 구두. 개구리 폐에 기생했던 앙기오스토뭄니그로베노숨. 비트라. 보넬리아. 남편 현미경 속의 성염색체. 매미나방. 엘리자베타여왕. 르크제라베. 남자. 플레이보이. 나는 아가씨를 사랑하고 있어. 오늘밤 긴자에 가서 강아지 비스킷을 사줄게. 플레이보이. 그래, 네 발생학적인 활동의 대가로 매니큐어 도구를 사자. 산부인과 기기.)

목에 달린 방울소리가 그쳤다. 엔드 플레저end pleasure. (엔더스코프endoscope.) 이 단어와 함께 '컨설트 허 플레저consult her pleasure'라는 학교 영어독본의 한 구절이 눈앞에 떠오르자 부인은 교실, 영어교사, 그리고 그 한 줄을 번역하다 막혀 서 있던 자신의 모습이 생각났다. 아무래도 영어교사는 그녀가 몰래 화장한 얼굴을 가만히 보고 있었던 것 같다. (그 싫었던 느낌 때문에 기억하고 있는 한 줄. 그녀의 안색을 살피고 있어. 내가? 엔더스코프. 내가 그녀의, 아가씨의 안색 따위 살피고 있을 리가 있나. 내 화장은 얼굴을 붉혀도 미워 보이지는 않아, 교미기 도롱뇽 배의 선명한 빨강. 맑은 강에서 씻어 물의 신과 불의 신을 더럽히도다.* 피웅덩이 지옥.** 어린 시절 고향에서 들리던 찬불가의 방울소리. 여인을 구하고자 바라는 이 없기를. 교회의 종. 산사에서 바다로 흐르는 만종. 수업의 끝을 알리는 학교 종. 엔드 플레저에서 소리가 그친 암캐의 목에 걸린 방울. 남편과 그녀의 엔드 플레저. 엔더스코프로 보는 것처럼 나는 아가씨를 알 수 있어. 얼굴도 붉히지 않는 아가씨. 여자. 내시경. 스페큘럼.*** 대롱형 스페큘럼. 검은색 유리. 우윳빛 유리. 상아. 남편 지팡이의 상아 손잡이. 소리가 나지 않도록 안쪽 손잡이에서 바깥쪽 손잡이로 거즈를 감은 병실 문. 그 손잡이는 유리라서, 가을 밤처럼 빛나고, 아름다운 입술. 가스난로 소리 같은 산소흡입기 소리. 검은 고무관에 달린 뾰족한 니켈 깔때기를 아가씨의 입에 갖다대면서 나는 가만히 아가씨의 입술을 본다. 죽어가면서도 아가씨의 입술은 산소 이슬에 젖어 소년처럼 아름다워. 거즈로 입술을 닦아주자. 어머, 남동생이 죽은 일 같은 건 없는데. 이런 아가씨 따위, 나는 좋아하지도 않는데. 방이 너무 더워졌네. 산소흡입기 소리 같은 가스난로 소리. 니켈 도금을 한 얇은 금속을 핀셋으로 때리는 소리. 그러니까 더러운 물건들

---

* 다카기 스스무의 『성신풍토기』에는 '여성이 달거리한 것을 강에서 씻으면 물의 신, 불의 신을 더럽히는 것과 같다. 그 죄로 피의 연못의 지옥에 떨어진다'라는 내용이 있다.

** 불교의 일부 경전에 등장하는 지옥. 월경과 출산으로 피를 흘린 여자가 가는 지옥이다.

*** 질 내부를 검사할 때 쓰는 산부인과용 의료도구. 질경이라고도 한다.

도 맑은 강에서 씻어. 치과 진료의자에 딸린 니켈로 만들어진 타구대. 유리에 은도금을 한 퀠그슨식 스페큘럼. 산부인과용 진찰대. 골반을 들어올리는 기계. 불쌍한 어머니. 우리 진찰실 문손잡이는 유리가 아니었어. 흰 법랑. 어머니는 하루종일 지쳐서, 아버지가 안으려고 할 때는, 어머니에게서 떠나지 않는 울음소리는, 하지만, 리졸에 물든 아버지의 손가락. 리졸 냄새. 내진.* 살균 올리브유.** 기저귀를 갈면서 울어대는 아기의 발 모양. 슬픈 자장가. 어린 날 고향 삼도천 모래 강변의 찬불가. 저승길로 향하는 산길의 들판이 아니더라도, 이 세상에 있는 거야. 삼도천 강변 모래 강변.*** 두 살이나 세 살이나 네댓 살, 열 살이 안 된 아이들은 모두, 그곳을 알아. 낮에는 혼자서 놀지만, 해질 무렵이 되면 지옥의 도깨비가 나타나지. 동쪽 서쪽으로 뛰어다니며, 돌이나 나무뿌리에 걸려 넘어지고, 손발을 피로 물들이는, 기댈 데 없는 어린아이여, 모래를 깔고 돌을 베개 삼아, 울며 울며 잠들 때에.**** 어린아이 마음의 노래구나. 아기는 알고 있어, 어른들이 알아주지 않는 저 외톨이. 어머니. 아버지가 안으려고 하면 어머니는 흰 타구대를 들고 진찰실을 나왔어, 언제나 그때였어. 아이가 볼 만한 게 아니에요. 치과의사가 핀셋으로 니켈 타구대 가장자리를 두들겼을 때 나는 정신이 혼미해졌어. 질 경련. 허벅지를 배에 붙이고 기저귀를 갈고 있는 아기 엉덩이의 몽

---

* 손을 이용해 촉감으로 진찰하는 진찰법.

** 신생아나 미숙아의 몸을 닦는 데 올리브유를 사용하기도 한다.

*** 부모보다 먼저 죽은 어린아이는 이곳에서 부모에게 공양하기 위해 돌을 모아 탑을 쌓는다고 한다.

**** 〈삼도천 지장보살 찬불가〉의 일부를 변용한 것. 일본에서는 영유아의 천도를 위해 지장보살에게 기도를 올린다.

고반점. 흰 법랑 손잡이가 달린 방문 안에는 비밀이 있어. 어머니. 나는 아버지의 리졸 냄새 나는 손에 안겨 쓸쓸했어요. 폐허. 영화와 환락의 거리, 폼페이. 폼페이의 폐허에는 스페큘럼도 묻혀 있어. 죽음의 마을. 파묻힌 내 나날들, 파묻힌 나날의 폐허인 나. 이 사람과 결혼해서 정말로 좋았다고 생각한 적이 나에게 하루라도 있었을까. 정말로, 나는 이렇게 아가씨와 마주보며 앉아 있고, 나는 내 안에 앉아 있어. 두 사람이지만 외톨이. 남편 팔에 안겨 있는, 그때의 고독. 고독한 모습을 한 짐승의 감정은 어떤 걸까. 유아의 고독. 아이가 볼 만한 게 아니에요. 병리조직 표본이나 해부 표본은 여자가 볼 만한 게 아니야. 아가씨가 나빠, 마주보고 있는 사람을 외톨이로 만들어. 나는 지금 부끄러움을 감추기 위해 잠자코 있어. 그리고 부끄러운 환상을 좇으면서 아가씨에게 창피를 주려 하는 거야. 왜냐하면 아가씨한테 이기는 게 행복이니까. 나는 플레이보이를 일부러 무릎에서 놓아준 걸까. 산타고스티노성당의 마리아.)

"저기." 부인은 다음에 물으려던 말을 (처음이세요?) 우물거리다 말했다.

"저기, 내일 한번 더 오시는 거지요? 확인 차원에서."

"네, 고맙습니다."

"아, 모레가 더 좋을 것 같네요. 그렇죠, 애견 센터 분?" (아가씨도 함께. 애견 센터 사람만 보낼지도 모르겠네. 내일 와달라고.)

"네에, 하루 사이를 두는 편이 좋겠지요." 부인은 멍하니 대답한 애견 센터 사람을 힐끗 보고 (정말 품위 없는 얼굴이야. 같이 온 사람. 첫 교배냐고 나는 물어볼 뻔했어. 미혼 여성의 내진에는 반드시 그 어머니

혹은 육친이 같이 올 것. 복벽腹壁의 긴장. 마취. 아버지의 병원에 아가씨들과 같이 온 사람들을 보면서, 나는 여러 번, 그보다 흉측한 건 없으리라 생각했어. 내 아버지로부터 아가씨의 순결을 보호하러 온 사람들이 오히려 아가씨의 순결을 더럽히러 온 것처럼 느껴졌지. 나는 그 정도로 깊이깊이 아버지를 사랑했던가. 어머, 그렇지 않아. 아가씨들한테 나는 여자아이였어. 나를 안아준 아가씨들의 무릎. 나는 얼굴을 붉히고, 다른 집 언니, 언니에게서 아버지 냄새가 나요. 몇 무리의 아가씨들과 그 어머니들. 나는 나이라는 게 얼마나 추한지 알게 된 것 같아. 세 살 이후부터 인간은 짐승 쪽에 가까워진다고 해블록 엘리스*는 말했지.)

"아직 세 살도 안 됐다면서요." 부인은 여태껏 유심히 보고 있던 개를 일부러 다시 살피는 척했다. 아가씨도 부인의 말을 따라 말했다.

"아직 고작—한 살 삼 개월 정도일 거예요."

두 마리의 개는 조용했다. 장미무늬 양탄자 위에서 얼굴을 서로 다른 쪽으로 향하고, 게다가 동공이 풀린 듯 물기어린 눈동자로, 각각의 주인을 멍하니 올려다보면서 서 있었다. 플레이보이의 가슴은 요동치고 있었다. 방울소리가 멎음과 동시에 고요해진 부인의 가슴으로, 재차 플레이보이의 고동이 전해져왔다. 그 고동은 그녀가 보면서도 못 본 척하는 추한 것으로부터 오는 것임에도 불구하고, 왠지 오히려 그녀의 생활이 거짓되었다고 느끼게 하는 힘을 가지고 있었다. 그러나 그것도 소년같이 아름다운 이 아가씨 탓일까 하고 부인은 생각했다.

---

* 영국 의학자, 문명비평가. 성 행동과 성 심리에 관한 『성 심리의 연구』를 발표해 큰 화제를 불러일으켰다.

"그럼 겨우 성견이 된 거군요." (겨우? 아가씨를 말하는 거구나. 겨우라고 말하면서 아가씨는 어머니를 떠올린 게 틀림없어. 겨우 아이라서요. 양탄자가 꽤나 오래되었네. 장미. 여자들만의 사랑을 떠올리게 만드는 감시의 장미꽃이여, 위선의 꽃이여, 무언의 꽃이여. 구슬이라면 낮에는 손에 쥘 텐데, 밤에는 자겠지, 밤에는 자겠지. 이런 노래로 손자를 재우면서 할머니는 무슨 생각을 했을까? 남자와 달리 여자는 다 커서도 여자끼리 손을 잡거나 같이 자는 걸 좋아해. 어린아이. 애완동물. 아직 고작이라니, 맞아, 아가씨는 개를 사랑해, 어머니처럼. 개의 어머니인 처녀, 얼마나 아름답고, 얼마나 슬픈가. 밤에는 자겠지. 양탄자는 신혼 때 산 거던가. 어머니가 못 만나게 하는 아내는 더욱 예쁘지, 그만큼이나 생각해준다면 야하기 시장에 구두를 사러 가자꾸나.* 장밋빛 붉은 유두. 장밋빛 붉게 축축한, 처녀막. 노란 장미. 보라색 라일락꽃. 감꽃—아름다운 나라에 날 묻어주세요. 당신은 나를 묻는 날에야 나를 인간으로 취급해줄 건가요. 처녀막이 인간의 상징이라고, 레더러가 말했어. 이텔멘인의 사랑의 양식. 쥐의 회전. 스트라스만 수술.** 개. 인간은 무엇 하나 동물하고 다르지 않다는 생물학설이, 왜 나한테만 비극적인지. 개. 폼페이의 폐허가 아니야. 18세기였어. 스팔란차니***가 암캐에게 인공수정을 시도한 것은. 피펫. 수간獸姦. 인조인간이라는 기계를 왜 인간의 모습으로 만들어야 하느냐고 남편은 말했지, 결국은 그것도

---

* 일본 중고시대 민요 '사이바라' 중 〈누키카와〉라는 곡의 가사 일부.

** 선천적 기형인 쌍각자궁을 치료하는 수술.

*** 이탈리아의 박물학자, 생리학자. 처음으로 개의 인공수정을 시도해 성공했다.

인간의 감상인 거야.『팔견전』*과 크라프트에빙.** 여자의 수간. 제기랄, 나는 반드시 남편에게 복수하고 말 거야.) 그러자 부인은 갑자기 생기가 돌아 여자다운 예의를 잊은 듯이 수다를 떨기 시작했다.

"이 개도 일본에 오고 나서 처음이라서요. 만일 실수하면 새끼를 잘못 배게 한다는 소리를 들을지도 모르겠구나, 플레이보이." 마음속으로 남편을 조롱한다.

"암캐도요, 수입산 셰퍼드 같은 좋은 불임이라는 평판이 나버리면, 단번에 천 엔이나 이천 엔씩 가격이 떨어지기도 한다죠."

"개 입장에서는 꽤나 불쾌하겠네요."

"아직 여대생 시절이에요, 개의 세계는. 하지만 실은 개가 과학적으로 훨씬 더 발달했는지도 몰라요. 개는 우생학적으로 좋은 종끼리만 교배하며 발전해왔으니까요. 인간은 일껏 우생학이라는 학문을 만들었으면서도 그것을 인간한테 쓸모 있게 이용하지 못하고 가축 개량하는 데만 쓰고 있죠." (카이사르의 것은 카이사르에게 돌리고, 하느님의 것은 하느님께 돌려라.*** 죽음의 힘도 감히 그것을 누르지 못할 것이다.****) 부인은 입안에서 이렇게 중얼거리고는 말했다.

"와이어가 요즈음 드문드문 요코하마에 들어오는 모양이니 우생학적으로 플레이보이도 이제 곧 버려질 거예요."

---

* 『난소사토미 팔견전』. 사토미 가문 영주의 딸 후세히메가 개 야쓰후사와 지내다 신비한 기운으로 임신하자, 아버지 앞에서 할복하여 뱃속의 아이가 개의 자식이 아님을 증명하는 내용이 있다.

** 독일의 정신의학자. 범죄이상심리와 성용병리학 연구에 업적을 남겼다.

*** 「마태오의 복음서」 22장 21절.

**** 「마태오의 복음서」 16장 18절.

"어머, 수캐는 좋겠어요. 늘 예쁘니까요. 암캐는 무척 여윈다는데요. 털이 긴 암캐는 새끼를 낳으면 털이 죄다 빠지니, 주인의 사랑은 완전히 새끼 개한테 옮겨갈 테죠."

"몸매도 망가지고, 인간 여자와 마찬가지지요."

"품평회에서도 암캐는 별로 안 보여요."

"저희 친정에 오는 환자를 두고, (어머, 뭐 어때.) 아버지가 저녁 자리에서 자주 웃곤 해요. 오늘도 애를 낳은 적이 있는 임신부가 첫 임신인 척하고 가장하고 왔다고." (처녀를 판별하거나 신생아의 사인死因을 감정하는 것만큼 어렵지는 않아요.)

"아가씨."

아가씨는 자신을 부른다고 생각하고 약간 얼굴을 갸웃거리며 부인을 보았지만, 그 소년같이 정직한 시선은 감정의 그늘이 없는 밝은 창 같아서 오히려 부인을 당황스럽게 했고, 결국 부인은 아가씨가 자신을 비웃는다고 느끼면서 더욱더 아가씨를 비웃을 수밖에 없었다.

"남편 말로는…"

부인은 갑자기 웃음을 터뜨렸다. 자신의 웃음소리가 아름답다고 느끼면서. (남편이래. 남한테 남편을 '남편'이라고 말한 적은 한 번도 없었는데. '남편 말'이라고? 내 남편이 아니라 이 세상 남편이라는 작자들의 말 같아.)

"남편은 팔리지도 않는 발생학 책을 한 권 쓴 적이 있어요. 그 책의 동식물명 색인에 일본주혈흡충, 이매패二枚貝, 닭, 인간, 이해되세요? 인간이라고 쓰고 그 아래쪽에 괄호를 치고서 인류와 사람도 보라, 라고 했지 뭐예요. 남편한테는 인간도 짚신벌레도 헬리오트로프*도 차이가 없으니까, 어차피 인간을 바보 취급하고 있지만요." ('신발에 신경쓰는 게 고상한 취향이라니. 당신은 아버지 병원에서 여자들의 신발을 치웠지, 그러니 남의 신발에만 신경쓰는 거야'라면서 남편이 나를 바보 취급했을 때만큼 분한 적이 없었어. 헬리오트로프 향기. 맞아, 아가씨의 싸구려 향수. 그래, 아까 현관에서 본 아가씨 신발은 고급품이 아니었어, 확실히 평범한 신발이었는데, 어째서 그걸 잊어버리고 고상한 취향의 옷에만 정신을 빼앗겼담. 좀처럼 빈정거림이 통하지 않네.) "남편은 인간만큼 행복한 암컷은 없다고 말하곤 해요. 암컷이 수컷보다 모습도 목소리도 아름다운 것은 인간뿐이라고요. 거미나 칠면조 수컷은 춤을 추고, 방울벌레나 카나리아 수컷은 노래하고, 공작새 수컷은 화려하게 치장하고, 영묘靈猫라고들 하는 사향고양이 수컷은 향수 냄새를 풍기지요. 즉, 인간을 제외한 동물들은 모두 수컷이 교태를 부리는데 인간의 여자만이, 여러 동물의 구애 방식을 본보기로 다 모아서 남자한테 애교를 부려요. 하늘은 수컷을 학대한다는 게 생물학계의 정설이래요. 그런 식으로 동물 암컷이 수컷을 깔보며 살 수 있는 것도 자식 때문이에요. 자연이 어머니라는 존재를 보호하는 거죠. 그럼 인간 여자들이 아이 낳기를 거부하고, 인간 여자만을 의붓자식 취급하는 자연에 복수하면 어때, 하고 남편이 놀릴 때가 있어요. 저는 이렇게 말하지요, 자손 때문에 산다는 걸 가장 잘 아는 것도 인간이고 자손 때문에 살지 않는다는 걸 가장 잘 아는 것도 인간인데, 이 두 가지는 알면 확실히 천벌을 받을 두 가지 일이라고요. 종교나 예술은 모두 인간이 자손 때문에 살지 않는다

---

* 주로 관상용으로 재배하는 식물.

는 생각에서 생기는 거라고 하죠. 당신처럼 인공으로 아이를 만들려는 생각도, 창세기 이전 생물이 없는 세계를 동경하는 것과 똑같다고 말이에요. 과학의 길은 죽음의 빙하기를 향하고 있다고. 지구가 원을 그리며 움직이는 것처럼 시간의 흐름도 원을 그리고 있는 거라고 했답니다." 언젠가 그런 말을 남편에게 했다. 전혀 근거 없는 말이라는 건 알지만, 부인은 내키는 대로 내뱉는 말에 뭔가 자신의 가슴속 탄식이 담긴 듯 으스댔다. 실은 부인이 가만히 얼굴을 쳐다봐서 곤란한 것 같으면서도, 미소조차 지어 보이려 하지 않는 아가씨의 얼굴이 왠지 아름답게 생각되어, 부인은 고향 교회 목사의 아름다운 따님이 영어로 설교하던 일을 생각했다. 그래서 아가씨가 잠자코 있어도 부인은 조금도 신경쓰이지 않았다. 그러다가 애견 센터 사람이 일어서자 조롱당한 설교자처럼 놀랐다.

애견 센터 사람은 개 두 마리 앞에 쪼그려앉아, 수캐의 엉덩이를 손바닥으로 때렸다. 플레이보이는 부인의 치맛자락으로 달려와 꼬리를 흔들며 목과 앞다리를 낮추고 몸을 비벼댔다.

"대략 이십오 분이었습니다." 애견 센터 사람이 난로 장식 위의 탁상시계를 보면서 말했다.

"좋네요."

암캐는 아가씨의 무릎 위에서 다리를 구부리고 안겨 있었다. 부인이 오른손을 늘어뜨리자 플레이보이는 와이어헤어드 폭스테리어 특유의 동작으로, 몸 뒤쪽을 흔들면서 말처럼 앞발을 올린 모습으로 부인의 무릎에 훌쩍 뛰어올랐다. 그리고 해면체를 핥기 시작했다. 아가씨는 곧 일어나려는 듯 몸단장을 하면서 애견 센터 사람을 바라보았다.

"아가씨, 좀더 있다 가시지요. 가능하면 한두 시간 가만히 놔두는 게 더 좋거든요. 멀어도 걸어서 돌아가는 편이 좋고요. 탈것도 자동차의 흔들림보다 인력거의 흔들림 쪽이 지장이 없어요."

"천천히 놀다 가세요. 어머, 따뜻한 차로 다시 내오지도 않고." 부인은 자신이 알몸으로 벗겨진 것 같은 창피함을 피하기 위해 플레이보이를 안고 방을 나왔다. 그러나 등뒤로 문을 닫고 수캐를 거칠게 복도에 내던지고 나자, 웃음이 터져나와 오랫동안 참았던 것처럼 시원스레 웃었다.

"인간이란 어디까지 뻔뻔해질 수 있는 걸까?" (아버지의 진료실 문을 한 발짝 나온 여자들. 나는 역시 아이였던 거야. 여자라는 건 언제 새로운 희망을 찾은 듯한 기분이 드는지, 알 게 뭐람. 개는 66미크론. 인간은 60미크론. 도롱뇽은 700미크론. 송장헤엄치개가 가장 길어서 12밀리미터. 인간과 고릴라의 난자는 0.13 내지 0.14밀리미터. 개는 0.135밀리미터에서 0.145밀리미터. 고래도 0.14밀리미터. 오리너구리는 2밀리미터 반 정도 크기. 그것이 난관卵管을 미끄러져 내려가는 동안 18밀리미터까지 부풀어. 플레이보이, 나는 동화 속 산술을 알고 있단다. 인간 여자한테도 계절 결혼의 잔재가 있대. 그 사람은 오늘도 늦을 거라고 말하고 나갔어. 개와 만찬을 하는 젊은 부인일까, 아름답지.) 부인은 마음이 들떠 삼면경 앞에 서서 하녀를 불렀다.

"손님한테 홍차를 내드려." (수은이로다 석류를 닦아내는 빛이로구나 거울처럼 보이는 달의 겉표면.*)

---

* 일본 중세에 유행하던 〈71번 직인 노래 경합〉의 한 수. 일본에서는 한때 주석과 수은에 숫돌가루를 섞고 소량의 산을 더해 구리거울을 닦았는데, 이때 산으로 석류를 썼다.

"그리고 거울을 다시 닦아놔."

마음 급하게 화장을 고칠 때는 역시 거울이 부인을 명랑한 이야기를 좋아하는 사람으로 만들었다. 응접실로 돌아가자 곧 아가씨가 남자의 명함을 꺼내더니 말했다.

"오빠가 찾아뵙고 싶다고 했어요."

부인은 현관에서 아가씨를 배웅하면서 그 명함을 허리띠 사이에 끼웠는데, 지폐가 손에 만져졌고, 아까 애견 센터 사람한테 교배료를 받고는 아가씨에게 뭐라고 말을 해야 할지 잊고 있었던지라, 어쩜 인사도 제대로 안 하고, 하고 부인은 다시 얼굴을 붉혔다.

"내일—아니, 모레, 그럼 기다리고 있겠습니다."

그리고 저도 모르게 경박하게,

"애견 센터 분한테는 일부러 오라고 안 해도 되겠지요? 우리만으로도" 하고 말하다가, 아직 애견 센터 사람한테 중개료를 주지 않았다는 걸 깨닫고는, 당황해서 애견 센터 사람을 안으로 불러들여 10엔짜리 지폐를 한 장 건네던 참에 플레이보이가 달려들어왔다. 아가씨는 코트 단추를 잠그고 있었다. 플레이보이가 요란하게 짖으며 부인의 무릎으로 뛰어올랐다. 부인이 아가씨의 흰여우 목도리를 손에 들고 있었기 때문이다.

"조용히 해." (나한테 털목도리가 없다는 걸 알아차리잖아.) 부인은 개의 옆구리를 가볍게 차면서 아가씨 어깨에 흰여우 목도리를 둘러주었다.

"플레이보이도 역시 폭스테리어네요. 몇십이나 몇백 마리의 개를 데리고, 말을 타고서 여우 사냥을 가는 건 무척 귀족적인 놀이일 거예요,

생각만 해도.”

암캐가 돌아가자 플레이보이는 복도 냄새를 맡으며 걷다가 응접실 문을 앞발톱으로 긁었다. 그러는 걸 거칠게 안아올리고 부인은 또 거울 앞에 앉았다. 새벽녘에 남편이 돌아왔을 때도 부인은 거울을 보고 있었다.

서류가방을 화장대 끝에 내던진 남편은 갑자기 부인의 어깨를 잡아 흔들면서 말했다.

“이봐. 남편이 돌아온 기척도 못 느낄 정도로 화장 삼매경에 빠진 부인을 가진 남편은 행복하다고, 당신이 좋아하는 소설에 쓰여 있을 법하군.”

“다녀오셨어요, 어깨까지 한기가 느껴지네요, 손이 차가워요.”

“그래. 화장 성불이라는 건 없으려나. 득도하는 길은 어디에나 있잖아. 현미경 속에도, 화장대 거울 속에도.”

“당신은 늘 늦게 돌아오실 때에만 큰 소리로 문을 여시네요.”

“그랬나. 그러니까 그 말은……”

“뻔해요. 잘 알고 있어요.”

“뭘 안다는 건데.”

“마누라가 그리운 게 아니에요. 인간 여자라는 게 그리운 거예요. 당신의 경우는요.”

“슬슬 시작이군.”

“현미경 속 인간을 오랫동안 보고 있으면 화장대 거울 속의 인간에게 갈증이 나는 거예요. 저는 당신이 현관문을 거칠게 열면, 아아, 쓸쓸한가보구나, 하고 생각해요.”

"반대야. 연구가 잘되면 집에 돌아오는 게 즐거우니까 그런 거라고. 쓸쓸한 건 당신이잖아. 흠, 뭐 그러나 쓸쓸한 건 나라고 해두지. 정말로 쓸쓸하다고 생각하면 쓸쓸하니까. 마누라란 남편이 쓸쓸해 보여도 그냥 잠자코 있어야 해."

"그건 그렇네요—그런데 당신은 현미경 속 인생과 화장대 거울 속 인생 중 어느 쪽이 더 쓸쓸하다고 생각하시나요."

"그런 건 괴테한테나 물어봐. 그놈은 생물학자면서 시인이니까. 여하튼 내 연구를 여자의 노래*로 만드는 건 이젠 그만해줬으면 해."

"여자의 거울 속에는 노래밖에 없다고 생각하시네요. 그런 생각 때문에 우리 가정에 불행이 생기는 거예요."

"현미경 속에는 적어도 거짓은 없지. 행복이라든가, 불행이라든가, 그런 건 모두 거짓이야."

"저도 그렇게 생각하지만."

"여자와 시인은 떠오르는 모든 생각을 진실이라고 믿으니, 아무리 해도 과학자와는 겨룰 수 없지—아니, 개털투성이군. 어떻게 된 거야?"

"화장해줬어요."

"아이쿠, 이런, 개한테까지 인공의 노래를 부르게 하려는 거군. 꽤나 신비한 동물이 되겠지. 아내는 쓸쓸하여 개털을 깎는 것인가." 남편은 윗도리를 벗어던지고 바지 멜빵을 풀고는 한 발로 다른 쪽 바지를 내리면서 머리를 긁적긁적 긁었다.

---

* 『고킨와카슈』의 서문에서는 여자의 노래에는 독특한 발상과 표현이 있다고 말한다. 또한 근대문학자 오리구치 시노부는 남자의 노래에 반발하고 그걸 야유하려는 발상에서 여자의 노래가 시작되었다고 주장한다.

"기분이 무척 좋으시네요."

"응. 자자."

남편은 하품과 함께 반쯤 흘러내린 양말을 끌면서 침실로 갔다. 부인은 아까부터 남편 쪽은 돌아보지도 않고 거울 속 남편과 말하고 있었다는 걸 깨닫고는, 문득 조용한 미소를 거울에 남기고 일어섰다. 와이셔츠를 입은 채 침대에 걸터앉아 담배를 피우는 남편을, 소리 없는 미소로 보면서 허리띠를 풀었다. 지폐와 명함이 발밑으로 떨어졌다. 순간 등을 돌리고 앉아 허리띠를 개고, 그녀는 스스로에게 놀라면서 (나쁜 여자)라고 중얼거렸다. 그러나 자신을 나쁜 여자라고 생각함으로써, 멀리서는 강한 바람소리가 들리지만 자기 주변은 완전히 고요한 듯한 생생한 기쁨의 전조를 느꼈다. (정말이지 남편의 얼빠진 모습이란. 코퀴*의 얼굴이란 저런 건지도 몰라. 스키파의 '〈팔리아치〉의 세레나데'. 카루소의 〈이제 어릿광대는 끝이야〉 〈메리 위도〉.** 고향 교회의 성가. 하이든. 바흐. 멘델스존. 구노. 베토벤, 나는 가톨릭 음악을 좋아하나봐. 가톨릭 작곡가의 레코드를 갖춘 레코드 케이스. 인간이 짓는 모든 죄는 몸밖에서 일어나는 것이지만 음행하는 자는 제 몸에다 죄를 짓는 것입니다. 처녀가 결혼한다고 해서 죄를 짓는다는 것은 아닙니다. 다만 결혼한 사람들은 세상 고통에 시달릴 터이므로 여러분을 아끼는 마음에서 이 말을 하는 것입니다. 그러나 자제할 수 없거든 결혼하십시오. 욕

---

* 프랑스어로 속아넘어간 사람, 바보라는 뜻. 부정한 여자의 남편이라는 뜻도 있다.

** 티토 스키파와 엔리코 카루소는 이탈리아의 유명 테너로, 둘 다 오페라 〈팔리아치〉의 주역을 맡았다. 〈이제 어릿광대는 끝이야〉는 〈팔리아치〉에 나오는 아리아. 〈메리 위도〉는 프란츠 레하르의 오페레타이다.

정에 불타는 것보다는 결혼하는 편이 낫습니다.* 크로이처 소나타.) 「고린토인들에게 보낸 첫째 편지」의 말과 함께 자크 티보의 바이올린과 알프레드 코르토의 피아노로 연주되는 〈크로이처 소나타〉가 부인의 마음에 파도가 되어 밀려왔다. 부인은 이 레코드를 들으면 언제나 톨스토이의 소설 「크로이체르 소나타」의 감정으로 곡을 해석하는 자신을 발견했다. 고향 교회에서 성가를 합창하면서 노랫소리의 흐름에 떠다니며 아름다운 사랑을 꿈꾸던 소녀였던 자신을 떠올리는 게 습관이었다. 그런데 허리띠를 개는 그녀에게 떠오른 아름다운 꿈은 (모레, 아가씨가 와. 응접실. 두 마리의 개. 개는 귀를 핥는 걸 좋아해. 아가씨 앞에서 곤란해하는 남편의 얼굴. 그 얼굴. 코퀴 같지 않아? 하고 아가씨 귀에 입을 대고 속삭이는 나. 헬리오트로프 향기. 새빨갛게 물드는 아가씨의 볼. 아아, 나는 이제 남편을 팔았어. 유다. 유다의 아이를 낳은 다말. 유다의 아들인 엘의 아내 다말. 엘의 남동생 셀라는 다말이 아이를 못 낳는다고 혼인을 거절했어.** 과부 옷을 벗고 너울로 몸을 감싸고서, 딤나길가 에나임 문 어귀에 앉았지. 원래는 셀라의 부인이 되어야 하지만 그가 부인으로 삼지 않았기 때문에. 아이를 가진 다말의 기쁨. 다말이 얼굴에 너울을 썼기 때문에 유다는 그녀를 창녀라고 생각했어. 렐러티브 사이키컬 임포텐스.*** 여자에게는 없어. 자연의 것밖에. 그것이 여자를 어머니로 만들어. 그것이 여자를 창기로 만들어. 막달라 마리아.

---

* 「고린토인들에게 보낸 첫째 편지」 6장 18절, 7장 28절, 7장 9절을 인용한 것이다.

** 「창세기」 38장. 성경에는 셀라가 다발을 거부한 것이 아니라 유다가 둘을 혼인시키지 않았다고 되어 있다.

*** 심정적 성교 불능.

발레리아 메살리나.* 남편에게서 느끼지 못했던 기쁨을 다른 남자에게서 처음으로 느꼈을 때의 여자의 행복이란 얼마나 아름다울까. 렐러티브 사이키컬, 뭐라고 해야 하려나, 여자의. 첫날밤. 피펫. 질 경련. 오르가슴. 아아, 성모마리아여. 어머니 마리아, 요셉과 약혼만 하고 동침하지 않았지만 성령에 의하여. 아아, 나는 악령에 목말라 있어. 성령, 아름다운 상징이야.)

남편이 침대에서 일어나 지폐와 명함을 주운 모양이다. 부인은 남편의 구타나 발길질을 등뒤로 기다렸다. 그러나 아이처럼 말했다.

"그분한테서 그걸 받았어요." (아가씨가 나를 봤을 때의 그 소년 같은 눈매를 흉내내서 남편을 봐주자.) 부인은 휙 뒤돌아 앉아 남편의 손에서 지폐와 명함을 뺏으면서 남편을 똑바로 쳐다보았다.

"그분의 여동생한테서요. 개를 교배하러 왔었어요." (정말로 남자한테 받은 돈이었다면 얼마나 좋을까.) "제가 받았어요. 제가 받아둬도 괜찮겠지요?" 하고 남편의 와이셔츠 단추를 풀어주면서 말을 이었다.

"흰 라일락처럼 상큼한 아가씨였어요. 당신의 애인이었으면 하고 생각했어요. 언젠가 약속했죠, 삼 년 안에 아이가 안 생기면 첩을 두어도 된다고요." (코퀴 씨.) "우리 플레이보이도 아버지가 돼요."

"당신도 다시 한번 의사한테 찬찬히 진찰받고 오지 않겠어?"

부인은 남편을 큰 소리로 벌컥 비난하려고 했다. 볼을 붉히고 고개를 끄덕이려고 했다. 그러나 부인은 화석처럼 새파래졌을 뿐이다.

"왜 그래, 당신은 의사 딸이잖아."

* 클라우디우스 1세의 황후. 늙은 남편이 자신에게 무관심하자 방탕한 생활로 성욕을 해소했다.

(부인의 잘못이 아닙니다.) 젊은 의사의 말이 부인의 가슴속 고동에 되살아났다. 그리고 그때 의사에게 느꼈던 격렬한 증오가 떠올랐다. (마르타. 마르타. 아버지.) 그녀는 떨리는 목소리로 말했다.

"저는 당신의 실험실에서 인조인간이 태어나기를 기다리는 편이 좋아요. 그 아이를 사랑하는 편이 발생학자의 아내다워요. 아름다운 상징이에요."

"인조인간이라니, 요전에 당신이 백화점에서 봤다는 수상쩍은 인도산 여불상 같은 광고인형 얘기인가. 그렇군, 불쌍한 상징이야. 인조인간을 생산하는 미국 전기회사의 기사는 그 기계인형한테 텔레박스라는 이름을 붙였다던데. 상자라는 이름을 붙인 게 그야말로 기술자다워. 기계 입장에서는 인간의 가면을 쓰고 손님 기분을 맞춰야 하다니 바보 같겠지. 목소리를 내는 거라면 축음기나 라디오 쪽이 훨씬 발달했어."

부인은 남편이 자신의 심란함에서 멀어져가는 걸 보고는 스스로도 즐기려는 듯 다정히 말했다.

"그것 보세요. 지금 말씀하신 걸로 저는 당신의 약점을 잘 알 수 있어요. 여자의 화장도, 기계가 인간의 가면을 쓰는 것과 마찬가지로 바보 같은 짓이에요. 식물의 꽃도, 새의 노랫소리도, 닭의 몸에서 분리된 심장이 배양액 속에서 팔 년 동안이나 살아 있었다고, 언젠가 말씀하셨던 것 같은데요. 자궁까지 배양액 속에 살려둘 수 있다면 여자는 필요 없다는 게 당신의 생각이에요. 아메바 같은 단세포 생물의 생식이야말로 꾸밈없는 것이고, 생물의 진화는 모두 허영이라고 생각하는 거죠."

"아메바에게는 죽음이 없어. 아름다운 상징이야. 부모도 없고 자식도 없어. 남자도 없고 여자도 없고. 형도 없고 동생도 없지." 남편은 잠옷을 걸치고 부인의 얼굴 앞에 메톡시에테인* 냄새가 나는 손을 내밀었다. 부인은 허리끈을 풀어 건넸다.

"인견이에요."

"그래?"

"왜 인조견사를 만드는 걸까요? 인조대리석. 인조진주. 인조가죽. 인조대모갑. 인공 술. 인스턴트커피. 인조인간. 자연을 흉내내기만 하는 불쌍한 인간들. 자연보다 아름다운 게 있을 텐데요. 인간의 꿈꾸는 힘이 빈곤한 탓이라고 생각하세요? 아메바의 그것은, 발생학의 꿈인가요?"

"뭐가?" 하고 남편은 침대 위에서 하품을 했다.

"피곤하시군요." (생식에 의한 자기 세포의 불사를 믿는 것 말이에요. 14, 15세기의 불화살. 포유류의 정자 모형도. 내 몸이 100분의 1체로 분할이 되기도 전에 당신의 눈은 일찍이 태아인 나를 보았고, 내 생명의 모든 날은 당신의 책에 기록되었나니. 잡종을 만들어 생명의 분류를 없애는 것까지. 윤회전생. 피펫. 후세히메. 현미경의 프레파라트. 가장자리 거울에 비치는 마당의 온실 유리 지붕을 떠올리는 일에도, 메톡시에테인의 냄새, 나는 오르가슴의 리듬을 죽일 수 있어. 여자의 비밀스러운 복수.) 부인은 또 어린아이처럼 말했다.

"개가 공작새 새끼를 낳거나 하는 동화 같은 세상이 되면 인간은 심심할 일이 없겠어요. 부처님은 훌륭하셨지만 다른 생물로 다시 태어나는 것을 벌이라고 한 걸 보면 당신보다 얄팍하네요."

---

* 메틸에틸에테르. 의료용 마취제나 프레파라트 고정액으로 사용한다.

“말도 안 되는 소리 마. 파우스트 박사라도 그런 꿈은 꾸지 않았을 거야. 소와 인도 소, 말과 당나귀 정도라면 새끼를 배게 할 수도 있겠지만 말이야. 그런 건 바닷속에 사는 하등동물에게 실험해볼 정도의 일이야.”

“안심했어요, 저.” 부인은 자기 말에 놀라 일어서서, 침대로 다가가 아첨하듯이 남편의 눈을 가만히 내려다보았다.

“오늘 연구재료는 뭐였어요? 프레파라트를 만드셨네요. 냄새가 나요.”

그리고, 부인은 자신의 냉정함의 깊은 곳에서 기쁨이 솟는 것을 깨닫고 말했다.

(남자가 창녀를 생각할 때는 아내의 뭔가가 곧바로 그걸 알아차리고 싸늘하게 변한다고 하지만, 작은 유릿조각을 생각하는 남자는? 자살. 연구실에 쓰러져 있는 창백한 남편의 시체. 연구에 따른 희생. 흩어진 작은 유리.)

“사람? 이번에도 사형수였나요?”

서정가

죽은 사람에게 말을 건넨다는 것은 얼마나 슬픈 인간의 습성인지요.

하지만 인간이 죽은 후 저세상에서조차 생전의 인간 모습 그대로 살아야 한다는 것은 더욱 슬픈 인간의 습성이라고 저는 생각하지 않을 수 없습니다.

식물의 운명과 인간의 운명이 서로 닮은 점을 느끼는 것이 모든 서정시의 영원한 주제이다—그렇게 말한 철학자의 이름조차 잊었고, 앞뒤로 이어지는 구절도 모르고서 그 문장만 기억하고 있으니, 식물이란 게 그저 꽃이 피고 잎이 지는 것만을 말하는지 더 깊은 뜻이 담겨 있는지 저는 모르겠습니다만, 그러나 요즘 불교의 여러 경문을 비길 데 없이 고마운 서정시라고 생각하는 저는 이렇게 죽은 사람인 당신에게 말을 걸면서도, 저세상에서도 역시 이 세상에서와 같은 모습을 하고 계실 당신에게 말을 거는 것보다는, 봉오리를 일찍 피운 제 눈앞의 홍매화를 보며 당신이 환생하신 거라는 이야기를 지어내어 도코노마*의 홍매화에게 말을 거는 편이 훨씬 기쁜 일입니다. 딱히 눈앞에 놓인 이름 있는 꽃이 아니라도 좋습니다. 프랑스처럼 먼 나라, 이름 모를 산의 잘 모르는 꽃으로 당신이 환생하셨다고 생각하고 그 꽃에 말을 걸더라도 마찬가지입니다. 그 정도로 지금도 역시 저는 당신을 사랑하고 있습니다.

이렇게 말하며 문득 정말로 먼 나라를 바라보는 상상을 하노라면, 보이는 건 없고 이 방의 향기가 납니다.

이 향기는 죽어 있어.

그렇게 중얼거리고 저는 웃어버렸습니다.

저는 향수를 사용한 적이 없는 아가씨였습니다.

기억하시나요? 벌써 사 년 전이 되어버린 그날 밤, 저는 목욕탕 안에서 갑자기 진한 향기에 휩싸였지요. 그 향수의 이름은 모르지만, 알몸으로 이런 강한 향기를 맡다니 너무 창피한 일이라고 생각하다 저는 어지러워져 정신을 잃고 말았습니다. 그것은 바로 당신이 저를 주저 없이 버리고, 저에게는 아무 말도 없이 결혼하신 뒤, 신혼여행 첫날밤 호텔의 새하얀 침상에 신부의 향수를 뿌린 때와 같은 시각이었습니다. 저는 당신이 결혼하신 걸 몰랐지만, 나중에 헤아려보니 완전히 같은 시각이었습니다.

당신은 첫날밤 잠자리에 향수를 뿌리면서 문득 저에게 용서를 구하셨을까요.

* 일본식 방의 상좌에 바닥을 한 단 높여 만들고, 족자와 장식물 등을 놓는 대.

그 신부가 저였더라면 하고 문득 생각도 하셨을까요.

서양의 향수란 현세의 향기가 강하게 납니다.

오늘밤 오랜 친구 대여섯 명이 집으로 찾아와 가루타*를 했는데, 정월이라고 해도 한두 주쯤 지나 가루타 모임을 하기에는 좀 늦어서인지, 이미 각각 남편이나 아이가 있는 우리 나이 또래가 가루타 모임을 하는 건 계절과 좀 어울리지 않아서인지, 서로 토해내는 숨결에 방이 무거워진다고 다들 느끼던 차에 아버지가 중국산 향을 피워주었습니다. 그 향은 방을 시원하게 만들어주긴 했지만 역시 제각기 멋대로 추억에 잠겨 분위기는 활기를 띠지는 못했습니다.

추억은 아름다운 것이라고 저는 믿습니다.

하지만 만약 지붕 위에 온실이 있는 방에서 사오십 명이나 되는 여자들이 모여 동시에 추억 경쟁을 한다면, 방에서 피어오르는 심한 악취 때문에 온실의 꽃은 모두 말라버릴 것입니다. 그 여자들이 유난히 못된 짓을 해와서는 아닙니다. 미래와 비교하면 과거는 훨씬 더 생생하고 동물적인 면이 있기 때문입니다.

그런 엉뚱한 생각을 하면서 저는 어머니를 떠올렸습니다.

제가 신동이라고 불리기 시작한 건 가루타 모임에서부터였습니다.

아직 네 살인가 다섯 살 무렵, 저는 가타카나도 히라가나도 전혀 읽지 못했는데, 어머니는 무슨 생각을 했는지 놀이가 한창 무르익을 무렵 돌연 제 얼굴을 들여다보고는, 이해하겠니? 다쓰에, 언제나 그렇게

* 정초에 하는 일본식 카드놀이. 일본의 정형시조인 '와카' 중 각 시대를 대표하는 백 수를 모아놓은 '햐쿠닌잇슈'가 적힌 카드를 놓고, 상구(上句)에 대응하는 하구(下句)를 찾는 놀이.

얌전히 보고만 있구나. 그러고는 머리를 쓰다듬으면서, 너도 끼어서 해봐, 다쓰에도 한 장쯤 맞힐 수 있을 거야. 상대가 천진난만하고 귀여운 어린아이니, 모두들 뻗으려던 손을 거두고 저 하나만을 가만히 바라보았지요.

엄마, 이거야? 하고 저는 무심코, 정말 무심코 어머니 무릎 바로 앞에 있는 패 한 장을, 그 패보다 작은 손으로 집으면서 어머니를 올려다 보았습니다.

어머나, 하고 제일 먼저 놀란 것은 어머니였지만, 모두들 그뒤를 이어 감탄의 소리를 내자 어머니는, 어쩌다 맞힌 거예요, 글자도 못 익힌 어린아이인걸요, 하고 말했습니다. 하지만 일이 그렇게 되자 손님으로 와 있던 사람들은 모두 우리집에 예의를 차리려는지, 이미 승패는 내버려두고, 이 패를 읽던 사람까지, 꼬마 아가씨, 잘 들어보세요, 하고 저만을 위해 천천히 세 번이고 네 번이고 반복해서 패를 읽어주었습니다. 저는 또 한 장의 패를 집었습니다. 그것도 맞았습니다. 그렇게 몇 장을 집은 것이 모두 맞았는데, 와카를 들어도 의미는 전혀 모르고, 외우고 있는 와카는 한 수도 없는데다 글자도 못 읽으니, 말 그대로 찍어서 맞혔다고 봐야 맞고, 단지 무심히 손만 놀리면서 머리를 쓰다듬어주는 어머니 손에서 강한 기쁨을 느낄 뿐이었습니다.

이 일은 곧바로 아주 크게 소문이 났습니다. 우리집에 초대받아 온 손님들 앞에서, 또 어머니와 제가 초대받아 간 수많은 집에서, 어린 저는 그때마다 모녀의 사랑의 증표인 이 유희를 얼마나 되풀이했던지요. 그렇게 저는 가루타 맞히기뿐만 아니라 영광스러운 신동의 기적을 점점 더 보이게 되었습니다.

혼자 햐쿠닌잇슈 와카를 외우고 혼자 바닥에 깔린 패의 히라가나를 읽을 수 있게 된 오늘밤의 저는, 신동이라고 불리면서 단지 무심히 손을 움직이던 무렵보다 오히려 패를 맞히기가 어려우니, 실력이 줄어든 것 같기도 합니다.

어머니. 하지만 지금의 저는, 그렇게까지 하면서 사랑의 증거를 구하시던 어머니가 오히려 서양 향수처럼 불쾌하게 느껴집니다.

연인이던 당신이 저를 버리신 것도, 당신과 저 사이에 사랑의 증거만이 너무나도 가득차 있었기 때문이겠지요.

당신과 신부의 첫날밤 잠자리에 뿌린 향수 향을 두 사람의 호텔에서 멀리 떨어진 욕조에서 맡고 난 후, 제 영혼은 문을 하나 닫아버렸습니다.

당신이 돌아가시고 나서 저는 아직 한 번도 당신의 모습을 뵙지 못했습니다.

아직 한 번도 당신의 목소리를 듣지 못했습니다.

제 천사의 날개는 부러져버린 것입니다.

왜냐하면 저는 당신이 계시는 죽음의 세계로 날아가고 싶지 않기 때문입니다.

당신을 위해 목숨을 버리기 아까운 건 아닙니다. 죽어서 한 떨기 들국화로나마 환생할 수 있다면 저는 내일이라도 당신 뒤를 따를 것입니다.

이 향기는 죽어 있어, 하고 중얼거린 후 제가 웃어버린 것도, 장례식이나 제사 때 이외에는 중국풍 향을 딱히 맡아본 적이 없는 저에 대한 조소였지요. 바로 얼마 전에 두 권의 책에서 읽은 향기에 관한 옛날이야기가 기억났습니다.

하나는 『유마경』*에 나오는 중향국** 이야기로, 여러 향기를 풍기는 여러 나무 아래에 성자들이 앉아 각각의 향을 맡음으로써 진리를 깨닫는다는—하나의 향에서 하나의 진리를 깨닫고 그렇게 다른 향에서 또 다른 진리를 깨닫는다는 이야기입니다.

물리학 책은 비전문가에게, 향이나 소리나 색은 단지 그것을 느끼는 인간의 감각기관이 다를 뿐 근본은 같다고 착각하게 합니다. 과학자들은 영혼의 힘도 전기나 자력 같은 것이라는 아주 그럴듯한 이야기를 지어냅니다.

전서 비둘기를 사랑의 사자使者로 쓴 연인이 있었습니다. 남자는 여행중이었습니다. 남자가 있는 먼 타지 곳곳에서 비둘기는 어떻게 여자가 있는 곳으로 돌아올 수 있었던 걸까요? 연인들은 비둘기 발에 묶은 편지 속 사랑의 힘이라고 믿었습니다. 유령을 본 고양이가 있었습니다. 동물들은 인간의 운명을 인간보다 예민하게 예견하는 경우가 많습니다. 제가 어릴 때 사냥을 나가셨던 아버지가 이즈산에서 잉글리시포인터를 잃어버린 적이 있다고 당신에게도 언젠가 말씀드렸죠. 그 개는 여드레 되는 날, 휘청거리며 볼품없이 앙상해진 모습으로 우리집에 돌아왔습니다. 주인이 주는 것 외에 아무것도 먹지 않는 개였어요. 이즈에서 도쿄까지 이 개는 무엇을 의지하며 걸어온 것일까요?

인간이 여러 향기로부터 여러 진리를 깨닫는다는 것이 단지 아름다운 상징의 노래로 그친다고 생각하지는 않습니다. 중향국의 성자들이

---

* 일상 속에서 해탈의 경지를 체득해야 한다는 가르침을 담은 대승불교의 초기 경전.

** 『유마경』에 등장하는, 모든 것이 향기로 만들어져 있다는 나라.

향기를 마음의 양식으로 삼았던 것처럼 레이먼드가 말한 영계의 사람들은 색깔을 마음의 양식으로 삼고 있습니다.

육군 소좌 레이먼드 로지는 올리버 로지 경*의 막내아들이었습니다. 1914년 지원병으로 입대해 사우스랭커셔 제2연대 소속으로 전장에 나갔다가, 1915년 9월 14일 후지 힐 전투에서 전사했습니다. 이윽고 그는 곧 영매인 레너드 부인과 A. V. 피터스를 통해 영계의 모습을 여러 가지로 상세하게 전해줍니다. 아버지 로지 박사가 그 영계의 소식을 한 권의 커다란 책**으로 정리했지요.

레너드 부인에게 내린 영혼은 피더라는 인도의 소녀였고, 피터스에게 내린 영혼은 문스톤이라는 이탈리아의 나이든 은자였습니다. 그 때문에 영매는 어설픈 영어로 이야기했지요.

영계 제3계에 사는 레이먼드가 어느 날 제5계에 가보니 설화석고로 만들어진 것처럼 보이는 큰 전당이 있었습니다.

새하얀 전당에는 여러 색깔의 등불이 잔뜩 켜져 있었습니다. 어떤 곳은 빨간색 등불로 가득, 그리고…… 푸른색도, 그리고 한가운데는 오렌지색이었다고 합니다. 그 색들은 지금 말한 단어로 상상할 수 있는 생생한 색깔이 아니라 정말이지 부드러운 색조였어요. 그리고 그분은 (피더는 레이먼드를 그분이라고 말해요) 그런 색깔들이 어디에서 오는지 둘러보았습니다. 무척 넓은 창이 아주 많고, 각 창마다 색유리가 끼워져 있었습니다. 전당 안의 사람들은 빨간 색유리를 통해 들어오는 핑

---

* 영국 물리학자. 아들이 1차대전에서 전사한 후 심령술에 흥미를 가져 이를 과학적으로 연구했다. 죽은 자와 교신이 가능하다고 믿었다.

** 『레이먼드—또는 삶과 죽음』.

크빛 안에 가서 서 있거나, 파란빛 안에 서 있거나 했습니다. 오렌지빛이나 노란빛을 쬐고 있는 사람도 있었습니다. 왜 다들 저러고 있는 걸까, 레이먼드는 생각했다는군요. 그랬더니 누군가가 가르쳐줬습니다. 핑크색 빛은 사랑의 빛, 파란색은 진정으로 마음을 치유해주는 빛, 그리고 오렌지색은 지혜의 빛. 모두들 각자 자신이 바라는 빛에 가서 서 있는 거라고요. 안내해준 사람은 그것이 지상의 사람들이 알고 있는 것보다 훨씬 더 중요한 일이라고도 말했습니다. 현세에서도 머지않아 여러 가지 빛의 효과를 더 연구하게 될 거라고요.

당신은 웃고 계시겠지요. 그런 빛의 효과로, 우리는 지상에서 사랑의 침실 색깔을 장식했습니다. 정신과의사도 색에 신경을 쓰고 있지요.

향기에 대한 레이먼드의 이야기도 역시 색깔 이야기처럼 유치합니다.

지상에서 시들어버린 꽃의 향기는 천상으로 올라가고, 그 향기가 지상에서와 똑같은 꽃을 천상에 피운다는 것입니다. 영계의 물질은 모두 지상에서 피어오르는 향기로 만들어진다고 합니다. 주의해서 잘 보면 지상에서 죽은 것, 썩은 것에는 모두 각각의 향이 있습니다. 그 향이 하늘로 올라가고, 향기가 되기 이전의 원래 형태가 그 향으로부터 만들어진다고 합니다. 아카시아향과 대나무향은 다릅니다. 썩은 마麻의 향과 썩은 나사羅紗 향도 다르지요.

레이먼드에 따르면, 인간의 영혼도 도깨비불의 불덩어리처럼 한순간에 시체에서 뛰쳐나가거나 하지 않고, 향기의 실처럼 천천히 시체에서 빠져나가는데, 그것이 천상에서 한데 엉켜 지상에 남긴 육체를 복사하듯이 그 사람의 영혼의 몸을 만들어냅니다. 그러니까 저세상 사람의 모습은 이 세상 인간의 모습과 똑같은 겁니다. 레이먼드 역시 속눈썹이나 지문까지 살아 있을 무렵과 전혀 다르지 않았을뿐더러 이 세상에서는 충치가 있던 자리였는데 저세상에서는 깨끗한 치아로 새로 나기도 했습니다.

이 세상에서 눈이 안 보였던 사람들은 눈을 뜨고, 다리를 절었던 남자는 양쪽 다리 모두 건강해지고, 이 세상과 똑같이 말이나 고양이나 작은 새도 있고, 기와로 만든 집도 있고, 더욱 흐뭇한 것은 시가나 위스키소다까지 지상에서 존재했던 향기의 에센스나 에테르* 같은 물질로 만들어진다는 것입니다. 어린 나이에 죽은 아이는 영의 세계에 가서 성장합니다. 어릴 때 이 세상을 떠났지만 저세상에서 성장한 형제를 레이먼드도 만났는데, 지상의 세계를 잘 알지 못하는 그 영적인 아름다움, 특히 빛으로 짠 의상을 입고 손에 백합을 든 릴리라는 소녀의 청아함은, 시인의 붓으로 표현하면 어떤 모습이 될까 생각하게 됩니다.

대大시인 단테의 『신곡』이나 대심령학자 스베덴보리**의 천국과 지옥에 비하면 레이먼드의 영계 통신은 아기의 옹알이에 지나지 않지만, 그렇기 때문에 아주 그럴싸한 이야기로 미소를 자아냅니다. 그리고 또 저는 이 긴긴 기록 중 그럴듯한 부분보다 옛날이야기 같은 부분을 더 좋아합니다. 로지라고 해서 영매가 이야기하는 저세상의 모습을 확신한 것은 아니었습니다. 단지 죽은 아들과 여러 얘기를 나눴다는, 즉 죽어서도 영혼이 존재한다는 증거를 들어 1차대전에서 사랑하는 사람을 잃어버린 기십만의 어머니들이나 애인들에게 이 책을 보낸 것입니다.

---

* 빛이나 전파를 전하는 매질로 여겨진 가상의 물질.

** 스웨덴 과학자. 심령 체험을 한 후 과학의 한계를 깨닫고 신비주의 신학자가 되었다.

정말이지 제가 수없이 읽은 영계의 통신 중에서 『레이먼드—또는 삶과 죽음』만큼 영혼의 영생을 현실적으로 전한 기록은 없었습니다. 당신과 사별하고 이 책으로 위로받아야 할 제가, 그중에서 어린아이에게 들려주는 것 같은 이야기만을 하나하나 찾아내다니 대단히 잘못된 일이겠지만요.

하지만 단테나 스베덴보리를 보면, 도대체 서양인의 저세상에 대한 환상은 불전의 부처님들이 사는 세계의 환상에 비해 어찌나 현실적이고, 또한 하찮으며 비속한지요. 동양에서도 공자 같은 사람은, 아직 삶에 대해서도 제대로 알지 못하는데 어찌 죽음에 대해서 알겠느냐며 하고 담백하게 정의해버렸지만, 불교경전의 전세와 내세의 환상곡이야말로 유례없이 고마운 서정시라고 요즘 저는 생각하고 있습니다.

레너드 부인에게 내린 피더가 인도 소녀라면, 레이먼드가 천상에서 예수를 만났을 때의 전율하는 기쁨을 얘기하면서 어찌하여 천상에서 석가모니세존의 모습은 보지 않았을까요. 불교가 가르치는 저세상의 풍부한 환상을 어찌하여 이야기하지 않았던 걸까요.

크리스마스가 되면 영혼들은 하루종일 지상의 집에 돌아가는데, 유족들은 죽음과 함께 영혼도 소멸해버린다고 생각하기 때문에 영혼들이 쓸쓸해한다고 레이먼드가 한탄하는 대목에서, 저는 문득 깨달았습니다. 당신이 돌아가신 후 우란분회*에서, 조상의 혼령을 제사지내듯 제가 당신의 혼을 맞아들인 적은 한 번도 없었습니다.

그래서 당신도 쓸쓸해하셨을까요.

---

* 죽은 사람의 성불을 기원하며 음력 7월 보름날에 민가와 절에서 불공을 드리는 일.

목련존자에 관해 쓴 『불설우란분경』*도 저는 좋아합니다. 도비가 독경의 공덕으로 아버지의 해골을 춤추게 한 이야기도 『섬자경』**에 나와 있지요. 석가모니 전생의 몸이었다는 흰 코끼리 이야기도 저는 좋아합니다. 껍질을 벗긴 삼대에 불을 붙여 조상의 혼을 맞고, 백중맞이 마지막날까지 불을 켜서 강이나 바다에 띄워 영혼을 보내는 정령제의 형식도 아름다운 소꿉장난이라고 생각합니다. 연고 없는 망자를 위해서도 강가나 배에서 법회를 여는 일을 잊지 않고, 부러진 바늘까지 모아 공양하는 일본인이지요.

하지만, 야마시로***의 참외나 가지도 그것 그대로 영전의 제물 돼라 가모강의 물이여, 하고 시조를 읊은 잇큐 선사의 정령제에 대한 마음을 저는 무엇보다도 아름답다고 생각합니다.

얼마나 큰 정령제냐. 금년에 난 햇참외도 정령, 가지도 정령, 가모강의 물도 정령, 복숭아나 감이나 배도 정령, 망자도 정령, 산 자도 정령, 이 정령들이 다 같이 모여 무념무상으로 대면하니, 그저 감사를 올릴 뿐, 오직 일체의 정령제, 이것이 즉 일심법계의 설법이라. 법계일심, 일심법계, 초목국토가 다 성불하나니.

쇼오****는 잇큐 선사가 노래한 마음을 이렇게 해석하고 있습니다.

---

* 목련존자가 아귀도에 떨어진 어머니를 구하기 위해 7월 보름날 큰 잔치를 벌여 여러 수행승을 공양하고 어머니를 극락왕생하게 했다는 이야기가 실려 있다.

** 『불설보살섬자경』은 부처가 전생에 눈이 불편한 부부의 아들로 태어나 겪은 일을 설법한 책이다.

*** 교토 지방의 옛 이름.

**** 에도 시대 사상가 후세 쇼오. 가와바타 야스나리는 쇼오의 저작 『쇼오도와』에 큰 영향을 받았다.

『심지관경』에서는 일체의 중생은 오도*를 바퀴처럼 돌아 백천 겁을 거치면서 몇 번이고 태어났다 죽기를 반복하는 동안 언젠가 어디에서든 서로 부모가 되기 때문에, 세상 남자들은 모두 자비로운 아버지이고 세상 여자들은 모두 슬픈 어머니라고 설법합니다.

비모悲母라는 말을 씁니다.

아버지에게는 자비로운 은혜가 있고 어머니에게는 슬픈 은혜가 있다고 쓰여 있습니다.

슬프다는 글자를 단지 슬프다고만 읽는 건 어리석은 일이겠지요. 불법에서는 어머니의 은혜가 아버지의 은혜보다 깊다고 말합니다.

당신은 제 어머니가 돌아가셨을 때의 일을 잘 기억하시겠지요.

어머니를 생각하는 건가, 하고 그때 갑자기 당신이 말을 건네서 제가 얼마나 놀랐던지요.

비가 뭔가에 쏙 빨려들어가듯이 날이 개자, 세상이 비어버린 것처럼 밝은 초여름 햇빛이 비쳤습니다. 창 아래 잔디에서 자못 생생한 아지랑이가 피어오르는 동안 벌써 해는 서쪽으로 기울었습니다. 저는 당신의 무릎에 앉아 방금 선을 다시 그린 듯 선명한 서쪽 잡목림을 바라보고 있었지요. 잔디 끝자락이 불그레하게 물들어 석양이 아지랑이에 비추나 싶었는데, 그곳에서 어머니께서 걸어오셨습니다.

저는 부모님의 허락 없이 당신과 살고 있었습니다.

하지만 그런 부끄러움도 없이 어머나, 하고 일어서려는데, 뭔가 말씀하시려는 듯 왼손으로 목을 누르고 있던 어머니의 모습이 갑자기 사라

---

* 선악의 업보에 따라 중생이 가는 다섯 세계. 천도, 인도, 축생도, 아귀도, 지옥도.

져버렸습니다.

그 결에 제가 다시 당신 무릎 위에 체중을 실은 채 주저앉자, 당신이 말씀하셨죠. 어머니를 생각하는 건가.

어머나, 당신도 보셨어요?

뭘?

어머니께서 지금 저기 오셨어요.

어디에?

저기요.

못 봤어. 어머님께 무슨 일이라도 생긴 걸까.

네, 돌아가셨어요. 딸에게 죽음을 알리러 오신 거예요.

저는 곧바로 아버지가 계신 집으로 돌아갔습니다. 어머니의 시신은 아직 병원에서 집으로 도착하지 않았습니다. 소식을 끊고 지냈던 저는 어머니의 병환을 조금도 몰랐습니다. 어머니는 설암으로 돌아가셨지요. 그래서 제게 목 부근을 눌러 보여주셨던 걸까요.

제가 어머니의 환상을 본 것과 어머니가 숨을 거두신 것은 완전히 같은 시각이었습니다.

이 슬픈 어머니를 위해서조차 저는 우란분회의 제단을 세우지 않았습니다. 하물며 무녀의 입을 통해 어머니에게서 저세상 이야기를 듣고 싶지는 않습니다. 잡목림 중 어린나무 한 그루를 어머니라고 생각하고, 그 나무에게 말을 거는 편이 저에게는 더 낫습니다.

석가는 윤회의 굴레에서 벗어나 열반의 불퇴전*에 들어서라고 중생

---

* 불퇴전은 이미 체득한 공덕과 선함을 잃지 않는 것을 의미한다. 불교에서 불퇴전의 단계는 성인이 도달하는 높은 단계이다.

에게 설법합니다. 생을 되풀이해야 하는 영혼은 아직 길을 헤매는 불쌍한 영혼이지요. 저는 이 윤회와 전생轉生의 가르침만큼 풍부한 꿈을 짜 넣은 이야기는 이 세상에 없다고 생각합니다. 인간이 만든 가장 아름다운 사랑의 서정시라고요. 인도의 『베다』*에도 이런 신앙이 있었으니, 원래부터 동양적인 마음이 아닐까 생각할 수도 있겠지요. 하지만 그리스신화에도 밝은 꽃 이야기**가 있고, 『파우스트』의 그레첸이 감옥에서 부르는 노래를 비롯하여 서양에도 동물이나 식물로 다시 태어났다는 전설은 밤하늘의 무수히 작은 별만큼이나 많습니다.

옛 성자들도, 오늘날의 심령학자들도, 인간의 영혼에 관해 생각하는 사람들은 대개 인간의 영혼만을 중요시하고 다른 동물이나 식물은 업신여기고 있습니다. 인간은 몇천 년에 걸쳐, 인간과 자연계의 만물을 여러 의미에서 구분지으려는 쪽으로만 무작정 걸어왔습니다.

그 독선적이고 허무한 걸음이 지금 와서 인간의 영혼을 이렇게 쓸쓸하게 만든 건 아닐까요.

언젠가 인간은 왔던 길을 다시 거꾸로 되돌아가게 될지도 모릅니다.

원시인이나 미개민족의 범신론이라고 당신은 웃으실까요. 하지만 과학자들이 물질을 만드는 근원이라는 것을 세세히 규명하면 할수록, 그것은 만물 사이를 떠돈다는 사실을 깨닫게 되지 않았던가요. 이 세상에서 형태를 잃어버린 것의 향기가 저세상에서 물질이 형태를 갖추게 만든다는 것도, 과학을 상징하는 노래에 지나지 않습니다. 물질의 근원

* 고대 인도의 종교 및 사상과 관련된 노래, 시, 기도 등을 써놓은 문헌. 기원전 2000년부터 기원전 1100년 사이에 편찬된 것으로 추정된다.

** 아네모네 이야기를 가리킨다.

이나 힘이 불멸인데, 어째서 지혜가 얕은 젊은 여자인 저의 반생으로도 깨달을 수 있던 영혼의 힘만이 소멸하는 거라고 생각해야 하는지요. 영혼이라는 단어는 천지만물을 흐르는 힘을 나타내는 하나의 형용사에 지나지 않는 건 아닐까요.

영혼 불멸이라는 생각은 살아 있는 인간의 생명에 대한 집착과 죽은 자에 대한 애착의 발로일 테니, 저세상의 영혼이 이 세상에 존재했을 때와 같은 인격을 가진다고 믿는 건 인정이라는 슬픈 환상의 습속이겠지요. 인간이 생전 모습뿐만 아니라 이 세상의 사랑이나 증오까지 저세상으로 가져가고, 삶과 죽음으로 가로막혀 있어도 부모 자식은 부모 자식이고 형제는 형제로 산다고들 하는 것, 또한 서양의 영혼이 대개 저승도 현세의 사회와 닮았다고 얘기하는 것을 들을 때면 오히려 저는 인간만이 존귀하다고 여기는 생에 대한 집착이 쓸쓸하게 느껴집니다.

하얀 유령 세계의 주민 따위가 되기보다, 저는 죽어서 한 마리 흰 비둘기나 한 떨기 아네모네꽃이 되고 싶습니다. 그렇게 생각하는 편이 사는 동안 훨씬 너그럽고 자유로운 마음으로 사랑할 수 있으니까요.

아주 먼 옛날 피타고라스 일파 같은 사람들도, 악인의 영혼은 내세에서 짐승이나 새의 몸안에 갇혀 고통받아야 한다고 생각했습니다.

십자가의 선혈이 채 마르지 않은 사흘째에 예수그리스도는 승천하시고 주님의 주검은 사라져버렸습니다. 바로 그때 눈부신 옷을 입은 두 사람이 그들 곁에 나타났다. 여자들은 그만 겁에 질려 감히 쳐다보지도 못하고 있었는데 그들은 여자들에게 "너희는 어찌하여 살아 계신 분을 죽은 자 가운데서 찾고 있느냐? 그분은 여기 계시지 않고 다시 살아나셨다. 그분이 전에 갈릴래아에 계실 때에 무어라고 말씀하셨느냐? 사람의 아들이 반드시 죄인들의 손에 넘어가 십자가에 처형되었다가 사흘 만에 다시 살아나리라고 하시지 않았느냐?" 하고 말해주었다.*

이 두 사람처럼, 레이먼드가 천상에서 뵌 예수그리스도도 눈부신 옷을 입고 계십니다. 그리스도뿐만 아니라 영계 사람들은 모두 빛으로 짠 의상을 입고 있지요. 영혼들은 이것을 자신의 마음으로 만든 의복, 즉 지상에서 보낸 정신생활이 사후에 영혼의 의복이 된 거라고 생각합니다. 그 영혼의 의상 이야기에는 이 세상의 윤리적 가르침이 들어 있습니다. 불교의 내세와 마찬가지로 레이먼드의 천국에도 제7계까지 있어, 영혼의 수행에 따라 점점 높은 곳으로 올라갑니다.

불법의 윤회전생설도 이 세상 윤리의 상징과 같지요. 전생의 매가 이번 생에서 사람이 되는 것도, 이번 생의 사람이 다음 생에서 나비가 되거나 부처가 되는 것도, 모두 이 세상에서 했던 행위의 인과응보라고 가르치고 있습니다.

이것은 감사한 서정시의 오점입니다.

옛 이집트의 유명한 서정시인 『사자의 서』**에 쓰여 있는 환생의 노래는 더 진솔하고, 그리스신화에 나오는 무지개의 여신 이리스의 무지개 의상은 더 밝은 빛이며, 아네모네의 환생은 더 명랑한 기쁨이었습니다.

달도 별도 그리고 동물이나 식물까지 모두 신이라고 여기며 그 신이라는 존재가 인간과 전혀 다를 바 없는 감정으로 울거나 웃는 그리스신화는, 맑은 하늘 아래 푸른 풀 위에서 알몸으로 춤을 추는 것처럼 건

* 「루가의 복음서」 24장 4~7절.

** 고대 이집트에서 관 속에 죽은 자와 함께 매장했던 사후세계에 관한 안내서.

전합니다.

거기에서는 신들이 마치 숨바꼭질이라도 하는 양 무심히 풀꽃이 되어버립니다. 숲의 아름다운 정령 베리디스는 남편이 아닌 젊은이가 던지는 사랑의 눈길에서 숨으려고 데이지꽃이 되어버렸지요.

다프네는 음탕한 아폴론을 피해 처녀의 순결을 지키려고 월계수가 되어버렸고요.

아름다운 소년 아도니스는 그의 죽음을 슬퍼하는 연인 아프로디테를 위로하기 위해 복수초의 모습으로 되살아나고, 아름다운 청년 히아킨토스의 죽음을 탄식한 아폴론은 죽은 애인을 히아신스꽃으로 바꾸었습니다.

그렇다면 제가 방안의 홍매화를 당신이라 여기고 그 꽃에 말을 건다한들 뭐가 이상하겠어요.

기이한 일이로고, 불 속에 연꽃이 피어나고 애욕 속에 참된 깨달음이 나타나도다.

당신에게 버림받고 나서 아네모네꽃의 마음을 알게 된 저에게 딱 맞는 말일까요. 아네모네라는 아름다운 숲의 신을 바람의 신이 어느 사이에 연모하게 되었습니다. 어찌된 건지 이 일이 바람의 신의 애인인 꽃의 신의 귀에 들어갔고, 꽃의 신은 질투한 나머지 아무것도 모르는 청순한 아네모네를 궁전에서 내쫓아버렸습니다. 아네모네는 들판에서 여러 밤을 울면서 지새우고 나서 이럴 바에는 차라리 풀꽃이 되어버리자, 이 세상이 존재하는 한 아름다운 풀꽃으로 살자, 풀꽃의 순박한 마음으로 하늘과 땅의 은혜를 받자, 하고 문득 깨달음을 얻었다고 합니다.

불쌍한 신으로 지내기보다 아름다운 풀꽃이 되는 편이 훨씬 즐거우리라는 생각에 이르자, 신의 마음은 처음으로 어슴푸레하게 밝아졌다는 것입니다.

저를 버린 당신에 대한 원망과 당신을 빼앗아간 아야코 씨에 대한 질투로 날마다 밤마다 괴로워하던 저는, 불쌍한 여인으로 사느니 차라리 아네모네 같은 풀꽃이 되어버리는 편이 얼마나 행복할까 몇 번이나 생각했던지요.

인간의 눈물이란 이상합니다.

이상하다고 하면 제가 오늘밤 당신께 하는 말도 온통 이상한 말뿐이지만, 생각해보면 저는 수천 년 동안 수천만이, 또는 수억의 인간이 꿈꾸거나 바란 것들만 말하고 있습니다. 저는 다름 아닌 인간의 눈물 한 방울 같은 상징서정시로서 이 세상에 태어난 여자가 아닌가 싶습니다.

당신이라는 애인이 있을 때, 제 눈물은 잠자리에 들기 전 볼에 흘러내렸습니다.

하나 당신이라는 애인을 잃고 한동안, 제 눈물은 아침에 깰 때 볼에 흘러내리고 있었습니다.

당신 곁에서 잠들었을 때 당신 꿈을 꾼 적은 없습니다. 당신과 헤어지고 나서는 오히려 매일 밤 당신에게 안기는 꿈을 꾸었지만, 자면서 저는 울고 있었습니다. 그렇게 아침에 일어나는 일이 슬픔이 되어버렸습니다. 밤에 잠들 때 눈물이 흘러내릴 정도로 기뻤던 그 시절과 뒤바뀐 것입니다.

사물의 향기나 색조차, 정령들의 세계에서도, 마음의 양식이 된다고 하지요. 하물며 애인의 사랑이 여자의 마음에 샘물이 된다고 한들 뭐가 신기할까요.

당신이 제 것이었을 때, 백화점에서 사는 한에리* 하나도, 부엌에서 칼로 손질하는 도미 한 마리도, 저는 행복한 여자다운 사랑의 마음으로 대할 수 있었습니다.

하지만 당신을 잃고 나서는 꽃의 색, 작은 새의 지저귐도 저에게는 따분하고 허무한 것이 되어버렸습니다. 천지만물과 제 영혼이 통하는 길이 뚝 끊어진 것입니다. 저는 애인을 잃은 것보다 사랑의 마음을 잃은 것을 더 슬퍼했습니다.

그래서 읽은 것이 윤회전생의 서정시였습니다.

그 노래에서 가르침을 받아 저는 금수초목 안에서 당신을 발견하고, 저를 발견하고, 또한 천지만물을 너그럽게 사랑하는 마음을 점점 되찾았습니다.

그러니까 제 깨달음의 서정시는, 너무나도 사람 냄새를 풍기는 애욕의 슬픈 끝이라고 해야 할까요.

저는 그렇게까지 당신을 사랑했습니다.

당신과 만난 지 얼마 안 되어 아직 사랑을 확실히 고백하지 않았던 무렵의 습관대로, 지금도 저는 봉오리가 맺힌 홍매화를 바라보면서 가만히 마음을 하나로 모으며, 제 영혼이 눈에 안 보이는 파도나 흐름처럼 어디에 계시는지도 모르는 죽은 당신이 있는 곳에 드나들 수 있게 되기를 간절히 마음속으로 바라고 있습니다.

어머니의 환영을 보았을 때, 제가 무슨 말을 하기도 전에 당신은 어

---

* 여성의 기모노 위에 덧대는 장식용 옷깃.

머님께 무슨 일이라도 생긴 걸까, 하고 말해주셨습니다. 그렇게 하나가 된 두 사람이기에 어떤 힘도 두 사람을 떼어놓을 수는 없으리라 안심하고는 헤어져 저는 어머니의 장례식에 갔습니다.

아버지의 집에 남겨둔 삼면경 화장대 앞에 앉아 저는 헤어지고 나서 처음으로 당신에게 편지를 썼습니다.

아버지는 어머니의 죽음으로 마음이 약해져 우리 결혼을 허락해주셨어요. 그 표시인지 검은 상복을 마련해주셔서* 저는 지금 슬픔어린 화장을 하고 있어요. 하지만 당신과 함께 지내고 나서 처음으로 예장을 한 저는, 조금 말랐지만 정말로 아름답답니다. 이 거울 속의 저를 당신에게 보여주고 싶어요. 그래서 조금 짬을 내어 편지를 써요. 검은색도 아름답지만, 우리를 위해서는 더 색이 화려한 혼례의상을 해달라 조를 거예요. 하루라도 빨리 돌아가고 싶지만 멋대로 집을 나갔던 자식이니, 사죄하기 좋은 기회인 것 같아 어머니의 삼우제까지는 여기에서 참고 지내려고 해요. 아야코 씨가 왔겠죠. 신변 일은 아야코 씨한테 부탁하세요. 남동생은 누구보다 제 편이고, 나이도 어리면서 친척분들 앞에서 저를 감싸주곤 하는데 정말로 귀여워요. 이 화장대도 가지고 돌아갈게요.

당신의 편지가 도착한 것은 다음날 저녁이었습니다.

장례식이니 뭐니 해서 여러모로 무리하고 있겠지만 건강은 챙기도록 해. 이쪽은 아야코 씨가 와서 여러 가지로 돌봐주고 있어. 미션스쿨에서 사귄 프랑스 아가씨가 귀국하면서 선물로 주고 간 화장대가, 집에

---

* 집안의 문장이 들어간 상복을 만들어주었다는 것은 딸로 다시 받아들였음을 뜻한다.

남기고 온 물건 중에서 가장 아쉽다고 말하곤 했잖아. 서랍에 넣어둔 연백분 같은 건 이미 딱딱하게 굳어버렸겠지만, 다른 것들은 집을 나왔을 때랑 완전히 똑같겠지. 나는 멀리 있지만 화장대 거울에 비친 검은 상복을 입은 당신의 아름다운 모습이 눈앞에 보이는 듯해. 빨리 다쓰에한테 화려한 혼례의상을 입히고 싶어. 이쪽에서 마련해도 되지만 아버지한테 조르는 편이 분명히 아버지를 기쁘게 해줄 거야. 상대의 슬픔을 이용하는 것 같지만, 아버지는 마음이 약해져 있을 테니 결혼을 허락해 주시리라 생각해. 다쓰에가 생명을 구해줬다던 남동생은 어때?

제 편지는 당신의 편지에 대한 답장이 아니었습니다. 당신의 편지는 제 편지에 대한 답장이 아니었지요.

우리 두 사람은 같은 때 같은 내용을 서로에게 쓴 것이었습니다. 우리에게는 신기한 일이 아니었지요.

이것도 우리 사랑의 증표 중 하나였습니다. 우리가 아직 함께 살지 않았을 때부터 있던 두 사람의 습성이었습니다.

저와 함께 있는 동안에는 불의의 재난을 당할 일이 없으니 안심이라고 당신은 자주 말씀하셨습니다. 남동생의 익사를 제가 미리 막은 이야기를 했을 때도 당신은 그렇게 말씀하셨지요.

여름 한철 빌리는 해안 별장의 우물가에서 가족들의 수영복을 빨 때였습니다. 어린 남동생의 외침과 파도 사이로 솟아오른 한 손, 배의 돛과 소나기가 내리는 하늘과 거친 파도, 문득 그런 것들을 느끼고 저는 깜짝 놀라 얼굴을 들었습니다. 날씨는 좋았지만, 황급히 집으로 뛰어들어가서는, 어머니, 동생한테 큰일이 났어요, 하고 소리쳤습니다.

어머니는 안색이 변해 제 손을 끌고 해안으로 달려갔습니다. 동생은 마침 요트에 올라타려던 참이었지요.

제 친구인 여학생 두 명과 여덟 살 남동생이 있었고, 요트를 조종할 사람은 고등학교 남학생이었습니다. 샌드위치에 멜론, 아이스크림 기계까지 배에 싣고 바닷가에서 2리쯤 떨어진 피서지로 아침부터 떠나려던 참이었습니다.

아니나다를까 요트는 귀항길 앞바다에서 돌풍을 동반한 소나기를 만나, 돛의 방향을 바꾸려다가 전복했습니다.

배를 탄 세 사람은 쓰러진 돛대를 잡고 거친 바다를 표류하다 모터보트에 구조되었고 바닷물을 약간 먹었을 뿐 생명에는 지장이 없었지만, 만일 어린 동생이 그 사이에 있었다면 어땠을까요. 남자는 한 사람뿐인데다 여학생들은 수영을 그리 잘한다고는 할 수 없었으니 어떻게 되었을지 모르는 일입니다.

어머니가 곧바로 달려간 건 제 영혼이 미래를 예지할 수 있는 힘을 가졌다는 걸 믿었기 때문입니다.

가루타 놀이로 제 평판이 자자해졌을 무렵, 소학교 교장선생님이 그런 신동이라면 한번 만나보고 싶다고 하셔서 어머니에게 이끌려 그 댁을 찾은 적이 있었습니다. 아직 소학교에 입학하기 전이어서 겨우 백까지 셀 수 있었고 아라비아 숫자도 읽지 못했지만, 곱셈이나 뺄셈은 쉽게 해냈습니다. 학과 거북의 합계와 그 다리의 합계를 각각 구하는 응용문제 같은 것도 곧바로 답했습니다. 제게는 어이없을 정도로 쉬운 일로, 계산식도 셈도 하지 않고 무심코 떠오르는 숫자를 대답할 뿐이었습니다. 간단한 지리나 역사 문제에도 답할 수 있었습니다.

하지만 그런 신동의 힘은 어머니가 곁에 계시지 않으면 결코 발휘되지 않았습니다.

과장되게 무릎을 치고 감탄하는 교장선생님에게 어머니는 말했습니다. 집에서 뭔가 물건이 없어지거나 해도 이 아이한테 물으면 곧바로 찾을 수 있어요.

그렇습니까, 하고 말하고는 교장선생님은 책상 위에 놓인 한 권의 책을 펼쳐 어머니에게 보이며 물었습니다. 설마 이게 몇 쪽인지는 따님도 모르겠지요. 제가 또 무심코 숫자를 말했고 바로 그 쪽이었습니다. 그러자 교장선생님은 책의 펼쳐진 부분을 손가락으로 짚고 저를 보면서 물었습니다. 그럼 이 줄에 뭐라고 적혀 있을까요.

수정 염주, 등나무꽃. 매화꽃에 눈이 내리고 있습니다. 예쁜 아기가 딸기를 먹고 있습니다.

이야, 정말 놀랐습니다. 천리안을 가진 신동이네요. 그럼 이 책 제목은 무엇인가요?

저는 한참 고개를 갸웃거리다가 세이쇼나곤의 『마쿠라노소시』*입니다, 라고 답했습니다.

"매화꽃에 눈이 내리고 있습니다"라고 말한 것과 "예쁜 아기가 딸기를 먹고 있습니다"라고 말한 것은, '매화꽃에 눈이 내리도다'와, '무척이나 아름다운 어린아이가 딸기를 먹고 있도다'를 잘못 맞힌 것이긴 하지만, 그때 교장선생님이 놀라던 모습이나 어머니가 자랑스러워하던 모습을 저는 아직도 생생히 기억합니다.

그 무렵 저는 구구단을 암송할 수 있었을뿐더러, 내일 날씨나 키우

* 헤이안 시대 고위 궁녀였던 세이쇼나곤이 궁정에서 보고 들은 일을 자신의 체험과 감상을 바탕으로 쓴 글. 일본 수필문학의 효시로 꼽힌다.

는 개가 밴 새끼의 성별과 마릿수, 그날 찾아올 손님이나 아버지의 귀가 시각, 다음에 올 하녀의 용모나 때로는 이웃집 환자의 임종 시각 등 이것저것 예언하기를 좋아하곤 했고, 게다가 대개는 멋지게 적중했습니다. 맞아떨어지면 주변 사람들이 치켜세워줬으니 얼마쯤은 우쭐해서 더욱더 좋아하게 되었겠지요. 저는 어린아이의 천진난만함으로 그들이 즐기는 예언 놀이에 빠져 있었던 것입니다.

미래를 예견하는 이 힘은 제가 성장해 어린아이의 천진함을 잃어버림에 따라 점차 사라진 것 같습니다. 어린아이의 마음에 자리잡고 있던 천사가 저를 버린 걸까요.

제가 아가씨가 되고 나서는 단지 변덕스러운 번개처럼 저를 찾아오곤 했습니다.

그 변덕스러운 천사조차 당신과 아야코 씨의 첫날밤 침상에 뿌린 향수의 향기를 맡았을 때 날개가 꺾여버렸다고, 조금 전에도 말씀드렸지요.

아직 젊은 아가씨였던 시절에 쓴, 제 반생의 편지 중 가장 신기한 그 눈 소식도, 지금은 두 번 다시 쓸 힘이 나지 않는 그리운 추억이 되어버렸습니다.

도쿄는 폭설이 내렸지요. 당신 댁 현관에서 멋들어진 색의 셰퍼드가 녹색 개집까지 쓰러뜨릴 듯 쇠사슬을 끌어당기며 요란하게 짖고 있네요, 눈을 쓸고 있는 남자를 향해서요. 저한테도 그렇게 짖어댄다면 멀리서 찾아가도 도저히 문안으로 들어갈 수가 없겠네요. 불쌍하게도 눈을 쓰는 남자 등에 업힌 아기는 울어버렸군요. 당신은 밖에 나와 다정하게 아기를 어르고 계십니다. 이런 초라한 노인의 아기가 어쩜 이렇게도 생기발랄하고 귀여울까 생각하면서요. 하지만 노인은 그리 나이를 먹지는 않았어요. 단지 고생을 많이 해서 늙어 보이는 거죠. 처음에는 하녀가 눈을 쓸고 있었군요. 그런데 걸인 같은 노인이 와서 머리를 조아리며, 이런 힘없는 늙은이에게는, 게다가 아이까지 업고 있으니 눈 쓰는 일조차 시켜주지 않습니다, 오늘 아침부터 아이에게 우유도 못 먹이고 있으니 제발 온정을 베풀어주십시오, 하고 말했습니다. 어찌할까요, 하고 하녀가 응접실로 와서 물었을 때, 당신은 축음기로 쇼팽을 듣고 계셨습니다. 방안 온통 하얀 벽에, 고가 하루에의 유화와 기소 지역의 설경을 그린 안도 히로시게의 판화가 마주 걸려 있어요. 벽에 걸린 인도사라사는 극락조무늬고, 의자 커버는 흰색이지만 안은 녹색이 도는 가죽이네요. 역시 하얀색인 가스난로 양끝에는 캥거루 모양 같은 장식이 붙어 있고 테이블 위에 펼쳐진 사진집은 이사도라 덩컨이 그리스풍 드레스를 입고 춤을 추는 장면. 구석에 있는 장식장에는 크리스마스의 카네이션이 그대로 있는데, 틀림없이 아름다운 분의 선물이라 설날이 지나도 버리지 않으신 거겠지요. 그리고 창문의 커튼은…… 어머, 본 적도 없는 당신 댁 응접실을 멋대로 상상하다니.

그런데 다음날 신문을 보니 도쿄는 폭설은커녕 따뜻하고 맑은 일요일이라고 해서 저는 크게 웃고 말았습니다.

그 편지에 쓴 방의 모습은 환상으로 본 게 아니었습니다.

꿈에서 본 것도 아니었습니다.

편지를 쓰는 동안 그저 무심결에 떠오르는 말을 적어내려간 것에 불과했습니다.

그렇지만 제가 당신의 사람이 되리라 결심하고 집을 떠나, 기차를 타고 가는 동안 도쿄에 폭설이 내렸습니다.

저는 당신의 응접실에 들어갈 때까지 눈 얘기를 쓴 그런 편지 따위는 완전히 잊어버리고 있었지요.

그런데 그 방을 본 순간, 그때까지 손조차 잡은 적이 없는 사이였는데도 저는 갑자기 당신의 가슴에 몸을 내던지고 말했습니다. 어머나, 당신은 이렇게나, 이렇게나 저를 사랑하고 계셨군요.

네, 개집은 곧바로 뒤켠에 갖다뒀어요. 다쓰에 씨의 편지가 도착한 날에.

방도 완전히 제 편지대로 장식해주셨군요.

무슨 말이에요. 방은 예전부터 쭉 이 모습이었어요. 무엇 하나 손대지 않았어요.

어머나, 정말요? 저는 새삼스레 방을 둘러보았습니다.

다쓰에 씨가 신기해하는 게 더 신기하네요. 그 편지를 봤을 때 나야말로 얼마나 놀랐던지요. 이렇게까지 나를 사랑해주는구나 생각했어요. 당신의 영혼이 몇 번이나 내가 있는 곳을 찾아왔기 때문에 이 방을 그렇게 잘 알고 있다고 믿었거든요. 그렇다면 영혼이 와 있는데, 몸은 오지 않는다는 건 있을 수 없는 일이라고 생각해 집을 버리고라도 나한테 오라는 편지를 쓸 자신과 용기가 생겼습니다. 당신은 나를 보기도 전에 내 꿈을 꾸었지요. 그 정도로 우리 두 사람은 운명으로 맺어져 있는 거 아니겠어요.

역시 제 마음은 당신과 통하고 있었군요.

이것도 우리 사랑의 증표 중 하나였습니다.

다음날 아침에는 역시 제가 편지에 썼던 대로 할아버지가 눈을 쓸러

왔지요.

대학 연구실에서 돌아오는 당신을 저는 매일 마중나갔습니다. 당신이 돌아오는 시간은 매번 달랐고, 교외정류장에서 집으로 돌아오는 길은 번화한 상점가와 쓸쓸한 잡목림길 두 갈래가 있었지만, 우리는 길 중간에서 반드시 만났습니다.

우리 두 개의 입에서는 시종 하나의 같은 단어가 맞닿았습니다.

저는 어디에서 뭘 하고 있든, 당신이 저를 원하실 때면 부르지 않아도 당신 곁으로 갔습니다.

학교에 계시는 당신이 저녁에 먹고 싶다고 생각한 것을 제가 집에서 요리했던 적도 여러 번 있었습니다.

우리 사이에 사랑의 증표가 지나치게 흘러넘쳐버린 걸까요. 이제 헤어지는 일밖에 남지 않을 정도로.

한번은 아야코 씨를 현관으로 배웅하다가 제가 문득 말했지요. 지금 보내드리려니 왠지 걱정이 되는데 조금 더 집에 계세요. 십오 분도 지나지 않아 아야코 씨는 코피를 많이 흘렸습니다. 집에 가는 도중이었다면 꽤나 곤란하셨을 거예요.

그것도 당신이 아야코 씨를 좋아한다는 걸 알아서였을까요.

그토록 서로 사랑한 우리였는데, 그런 우리의 사랑을 예지한 저였는데, 왜 당신과 아야코 씨의 결혼이나 당신의 죽음은 알 수 없었던 걸까요.

왜 당신의 영혼은 당신의 죽음을 제게 알려주지 않았던 걸까요.

푸른 바다 위로 가지를 뻗고 꽃이 만발한 협죽도, 흰 나무판 이정표, 숲속 나뭇가지 사이로 보이는 온천 수증기, 그런 해안의 작은 길에서

비행복 같은 옷을 입고 가죽장갑을 낀, 눈썹이 진하고 웃을 때 입술 왼쪽이 조금 올라가는 청년을 만나는 꿈을 꾸었지요. 잠시 같이 걷는 동안 제 가슴은 사랑으로 부풀어올랐고, 꿈에서는 깨어났지만 눈을 뜬 저는 공군 장교와 결혼이라도 하는 걸까 생각해 이 꿈을 오랫동안 잊지 않았습니다. 해안 가까이 달리는 기선에 쓰여 있던 제5로쿠마루라는 글자까지 확실히 기억하고 있었지요.

그 꿈을 꾸고 이삼년이나 지나서야 꿈과 똑같은 풍경의 작은 길에서 당신을 만났습니다. 그 온천장은 숙부님께 이끌려 그날 아침 태어나 처음으로 간 곳이었기 때문에 전에 보았을 리 없었습니다.

당신은 저를 보자 안심한 듯이, 그리고 첫눈에 제게 끌린 듯이, 시내에 가려면 어떻게 해야 하느냐고 물었습니다.

제가 새빨갛게 물든 얼굴을 문득 바다로 향했을 때, 아아, 배꼬리에 제5로쿠마루라고 확실히 적힌 기선이 항해하고 있었습니다.

저는 떨면서 말없이 걸었습니다. 당신은 뒤따라오며, 시내로 돌아가시나요, 자전거 가게나 자동차 가게를 알려주시겠습니까, 갑자기 죄송합니다만, 실은 오토바이 여행을 하는데 마주 오던 마차의 말이 폭음에 놀라 날뛰어서, 피하려다 바위에 부딪혀 오토바이가 심하게 망가졌어요, 하고 말했습니다.

2조*도 가기 전에 우리는 마음을 터놓고 얘기하게 되었습니다.

저는 당신에게 전에 한번 뵌 적이 있는 것 같아요, 라는 말까지 해버렸지요.

* 1조(町)는 약 110미터.

그리고 저는 왜 더 일찍 당신을 만나지 못했을까 생각했어요. 그러니까 당신이 말씀하신 것과 같은 뜻으로요.

그러고 난 뒤, 온천 마을에서 당신의 뒷모습을 보고 제가 마음속으로 부를 때마다, 당신은 아무리 먼 거리에 있어도 곧바로 뒤돌아봐주셨습니다.

당신과 함께라면 어디든, 전에 한번 가본 적 있는 것 같았습니다.

당신과 함께하면 뭐든, 전에 한번 해본 적 있는 것 같았습니다.

그런데도 두 사람을 잇는 마음의 실이 툭 끊어진 것처럼—정말로요, 피아노 B음을 치면 바이올린의 B음이 답하지요, 소리굽쇠가 공명하고요, 영혼도 꼭 그런 식으로 통할 텐데, 당신의 죽음조차 제게 소식이 오지 않은 것은, 당신이나 저 둘 중 한쪽 영혼의 수신국이 고장나서였을까요.

또는 시공간을 넘나드는 제 영혼의 힘을 스스로 두려워하며, 당신과 신부의 평온함을 위해 스스로 제 영혼의 문을 닫은 탓일까요.

아시시의 성 프란체스코를 비롯하여 십자가의 주 예수를 사모한 신심 깊은 소녀들의 겨드랑이에서는 창에 찔린 듯이 피가 흘러내렸습니다. 저주하는 마음을 담은 기도만으로 사람을 죽인 생령生靈과 사령死靈의 이야기를 누구나 들어보았을 것입니다. 당신의 죽음을 알고, 저는 오싹 소름이 끼치면서 더욱더 풀꽃이 되고 싶다는 생각이 들었습니다.

이 세상과 저세상의 맹렬한 영혼의 병사들은 생과 사를 갈라놓는 인간의 습성을 없애, 두 세상 사이에 다리를 놓고 길을 열어 이 세상에서 사별의 슬픔을 없애기 위해 싸우고 있다고, 심령학자들은 말합니다.

하지만 요즈음 저는 영계에서 당신이 전하는 사랑의 증표를 듣거나 황천이나 내세에서 당신의 연인이 되기보다, 당신도 저도 홍매화나 협죽도꽃이 되어 꽃가루를 나르는 나비의 도움을 받아 결혼하는 편이 훨씬 아름답다고 생각합니다.

그렇게 되면 인간의 슬픈 습성에 따라 이렇게 죽은 이에게 말을 건네는 일도 없을 테지요.

그것을 본 사람들

1

그것을 본 사람들 중 경시청 감식과 기술자의 견해는, 숙련된 의사가 한 사체에 십삼 일이나 시간을 들인 현장검증 보고이기 때문에 가장 정확하고 가장 상세하다. 하지만 그 감정서 전문을 지금 여기에 옮겨적는다면 쓸데없이 끔찍하고 참혹한 질 나쁜 장난이라고 사람들이 생각할 것이고, 문학의 필요를 좀 넘는 경향도 있다. 그래서 그 사체감정의 대략적 내용을 다음에 적는 것으로 그치려 한다.

그렇다고는 하지만, 이것은 나중에 알게 될 일인데, 그것을 본 사람은 이 의사 단 한 명뿐이었다. 그를 제외하고 그것을 본 사람들은 사실은 그것을 보지 않은 것이다. 그렇다면 이 의사가 이 소설의 주인공이 돼야 한다. 그러나 나는 여기에 그것을 본 사람들이라고 제목을 붙이고 실은 그것을 보지 않은 사람들에 대해 쓰려 한다. 법의학적인 서술어 뒤에 감정인의 어떤 마음이 숨어 있다 하더라도 그는 사체를 보는 전문가이니 우선 내 소설 문밖으로 내쫓겠다.

그러나 이것은 가공의 이야기는 아니다. 내가 얘기한 그것을 보면서 그것을 보지 않은 사람들도, 경보국*이 발행한 『경찰 연구자료 제18집』에 기재된 실존하는 인물뿐이다. 그들이 어떻게 그것을 보았는지, 혹은 보지 않았는지를 감식관의 견해와 비교함으로써 이 소설은 성립되기 때문에, 잔혹하고 참혹한 말을 다소 부드럽게 표현한다 해도 역시 감정서의 초록에서 벗어날 수는 없다.

얘기하자면, 그 사체의 머리카락은 다 빠져서 두부는 백골이 되고 뇌는 녹아서 두개골 속은 텅 비어 있었다.

치아는 잇몸에서 떨어져나가 주변에 흩어져 있었고 혀도 간데없고, 볼과 볼을 암갈색 피부처럼 생긴 게 간신히 연결하고 있었으며 얼굴도 백골이었다.

인두咽頭, 기관, 식도는 형체도 없이 무너져내려 어두운 오물색의 척추뼈가 드러났는데 뒷목 부위의 연골이 반쯤 썩은 채 남아 있었다.

유방은 형태도 남지 않았고 폐는 암갈색 진흙으로 변했고 심장도 얄팍해져 모두 가슴 구석에 가라앉은지라 검사도 할 수 없었으며, 드러난 늑골 사이로 흉강 안이 들여다보였다.

배는 시퍼렇게 부풀어올랐고 복벽 군데군데 난 크고 작은 구멍에서 구더기가 기어나오고 있었다. 위 안은 텅 비어 있었고 표면도 내면도 엷은 분홍색이었다. 간은 엷은 검은색, 비장은 짙은 검은색이었고 췌장

* 일본에 1947년까지 존재한 내무성의 내무부국으로 경찰 사건을 관리했다. 현재의 경찰청에 해당한다.

은 엷은 붉은색이었는데 전부 쪼그라들었다. 장은 빨갛고 가스로 부풀어올랐는데, 윗부분은 텅 비었고 아랫부분에는 노랗고 부드러운 진흙 같은 것이 차 있었다. 검게 줄어든 신장 안도 부드러운 진흙 같았다. 방광은 희고 텅 비어 있었다. 임신은 하지 않았다. 이들 내장은 모두 검사도 할 수 없을 만큼 썩어 있었다.

손은 뼈가 드러났고 팔이나 손가락 관절도 대부분 떨어져 손가락뼈가 뿔뿔이 떨어졌으며, 남아 있는 연부조직은 탁하고 지저분한 색이거나 푸른 기가 도는 엷은 갈색이었다.

다리도 아래쪽으로 갈수록 뼈가 드러났는데, 대퇴부나 둔부 등에 남은 연골조직은 황갈색이었다.

○○부 일대의 연부조직은 탁하고 지저분한 썩은 죽처럼 녹았고, 구더기가 우글댔으며, 봉합한 뼈 부분이 튀어나와 있었다. 신체구조는 확실하지 않았지만 대체적인 윤곽으로 여성임을 알 수 있었다.

치아나 뼈의 생김새로 보아 스무 살 이상이고 서른 살 정도로 추정됐다.

사체의 부패 정도가 심하다고 할까 군데군데 부패 과정마저 끝나버려 이미 사라져버렸기 때문에 학술상 사인을 단정할 수는 없었으나, 머리카락과 머리 부분에는 이상소견이 있었다.

머리카락은 유행이 지난 트레머리 그대로 머리에서 약 36센티미터나 떨어진 곳에 흩어져 있었다. 조사해보니 18센티미터 정도로 자른 자기 머리에 가발을 갖다붙인 것이었다.

또 목에는 길이 51센티미터 정도 되고 돋을무늬로 짠 가는 명주끈을 이중으로 둘렀는데 왼편에서 나비 모양으로 묶어놓았다. 죽은 자가 스스로 그렇게 나비 모양으로 묶었을 리는 없겠지만 목이 썩어버렸기 때문에 그 끈이 사인인지도 알 수 없었다.

사체는 위를 보고 누워 있었다.

2

나카노 통신대의 한 부대가 훈련 장소인 잡목림에서 야영을 했다. 나미카와 일등병은 밥을 짓는 데 쓸 땔나무를 주우며 걸었는데 어느 샌가 숲속 깊숙이 헤치고 들어가 있었다.

6월 초 밤 여덟시 무렵, 별빛이 비치고 있었다.

숲에서 마른 가지를 줍거나 하는 일은 꼭 고향의 추억 같았다. 그러나 그는 도쿄에서 자랐다. 그런데도 걷는 동안 그 역시 소년 같은 무심한 마음으로 빠져들었다. 그러다 문득 멈춰 섰을 때 나무들이 바람에 울고 있어 깜짝 놀랐다. 갑자기 집으로 도망쳐 돌아가는 아이처럼 밤이 두려워졌다. 사체가 그가 있는 곳 근처에 있었던 것이다.

녹음의 향이 강하다고 생각했다. 그렇게 생각한 것도 잠시, 동물이 썩는 냄새가 코를 찔렀다. 옅은 빛 아래서 검은 무언가를 백골이 꿰뚫고 있는 것처럼 보였다. 쏜살같이 달리는 일등병은 발이 닿는 흙에서 낮의 온기를, 볼에 스치는 잎에서 밤의 차가움을, 그런 뒤죽박죽인 자연에 쫓기는 듯한 기분만을 생생하게 느꼈을 뿐이고, 야영장에 도착하자마자,

"분대장님, 사람이 산 숲속에 죽어 있습니다" 하고 말했다.

"사람이?" 하고 분대장은 웃고는

"농담하지 마"라고 했다.

"사람 시체였습니다."

일등병이 마치 가면처럼 사심이라곤 없는 얼굴을 하고 있어서

"개나 뭐 그런 거겠지" 하고 대꾸했다.

"네" 하고 대답한 나미카와 일등병은 잠시 멈칫하다가

"기모노를 입고 있었습니다"라고 대답했다.

병사들이 웃기 시작했다. 분대장은 반신반의하면서 명령했다.

"나미카와 일등병하고 서너 명 같이 가서 잘 보고 와."

나미카와 일등병은 이처럼 냄새가 심한데 아까는 어째서 모르고 가까이 갔던 걸까 스스로도 의아했다. 한 병사가 회중전등으로 비추자 사체의 다리가 보였다. 두려움은 전등이 꺼진 순간에 있었다. 그 두려움을 확인하듯이 회중전등을 든 병사가 이번에는 그 불빛으로 죽은 사람의 온몸을 비췄다.

"사람이야, 틀림없어."

뭐가 재미있는지 그 말에 모두 동시에 웃었다. 돌아오는 길에는 수다가 이어졌다. 두려움은 사라지고 없었다.

분대장이 남자인지 여자인지 묻자

"남자입니다" 하고 대답한 병사가 두 명,

"여자입니다" 하고 대답한 병사가 세 명이었다.

나미카와 일등병과 또다른 이등병이 관할경찰서에 알리러 갔다.

남쪽으로 고가네이 가도*, 북쪽으로 도코로자와 가도**가 지나지만

---

* 도쿄도 후추시 옛 고슈 가도에서 기요세시와 사이타마현의 경계까지 이어진 도로.

** 니시도쿄시 오우메 가도에서 히가시무라야마시와 사이타마현의 경계까지 이어진 도로.

그 어느 길에서도 멀고 인가가 있는 곳에서도 1킬로미터 이상 되는 곳인데, 주변 일대 산림 사이에 작은 밭이 흩어져 있었다. 사체가 있는 잡목림은 사 년 정도 된 어린나무로 이루어진 곳이었다.

일등병과 이등병은 어깨동무를 하고서 사체 모습을 번갈아 설명하고 서로 맞장구를 치면서 경찰한테 갔다. 두 사람은 소리를 높이고 서로의 거짓말을 넘어가주며 하나의 시체상을 만들어냈고, 그러면서 상대에게 육감적인 애착을 쌓아가며 점점 보폭을 넓혀 걸었다.

남은 병사들은 다들 죽은 자를 보러 갔다. 한 사람이 코를 틀어막자 모두가 흉내를 냈다. 입고 있는 기모노로 여자라는 것을 알 수 있었다.

이윽고 경찰이 도착하고 현장감시원이 밤새울 준비를 할 무렵 병사들은 잠들었다. 모두의 말소리가 멈추고 십 분이나 지나서야 한 사람이 하품처럼

"아아, 아, 안타깝네" 하고 말했다.

나미카와 일등병은 금속성 같은 별이 빛나는 하늘을 바라보면서 자신이 아직 여자를 한 명도 만나지 못했다는 사실을 생각하고 있었다.

그로부터 네댓새 동안 그는 모두한테

"사람이 죽어 있었습니다"라든가,

"사람의 시체였습니다" 같은 말을 들으며 놀림을 받았다.

그것도 사람이었나 생각해봤지만 사체의 모습은 어느 한곳 확실히 기억나지 않고, 밤에 여는 약장수 노점상의 그림에서 본 해골 족자가 머리에 떠올랐을 뿐이다.

그러나 그 시체가 싸구려 카페나 작은 요릿집이나 싸구려 여인숙의 종업원인 것 같다는 얘기는 통신대한테도 전해졌다. 나미카와 일등병

은 다음 일요일에 처음으로 여자를 사는 집에 갔다.

3

목에 감긴 가는 끈을 꼼꼼히 나비 모양으로 묶어놓은 것 등으로 추정해 경찰당국은 타살이라고 인정했다. 그러나 얼굴 형태도 피부도 완전히 썩어서 피해자 신원은 의복이나 휴대품으로 판단할 수밖에 없었다.

사체 곁에는 피우다 만 배트* 두 개비와 아홉 개비가 들어 있는 담뱃갑 하나와 3월 3일 신문이 떨어져 있었을 뿐이다.

우선 가까운 전당포나 헌옷가게 상인들을 경찰서로 불러모아 죽은 사람의 의류를 감정하게 했다.

짧은 겉옷에는 면에 큼지막하게 눌러 그린 가스리** 무늬가 있었다. 짧고 끝이 둥근 옷소매에, 옷깃은 매끄럽고 광택 있는 검은색 면모혼방 직물***로 덮었으며, 뒷면은 빨강과 검정 바둑판 모양 격자무늬로 된 목면이었다. 겹옷은 면사로 짠 회색빛 민무늬 플란넬****인데, 옷깃은 검정 주란사에 실켓 가공을 하여 무늬 없는 견포처럼 짠 평직 명주, 뒷면

---

* 1906년부터 판매된 담배 골든 배트.

** 미리 염색한 실을 가로세로로 짜 가장자리로 갈수록 색이 점점 흐려지게 만드는 무늬 혹은 기법.

*** 세로는 면실, 가로는 모로 짠 직물로, 옷깃이나 옷소매, 서양 우산 등에 쓰인다.

**** 한 면만 보풀보풀하게 만든 무늬 없는 옷감.

에는 모오카면*의 중형 유카타감을 사용하였고, 옷자락 안감은 등나무색 면이었다. 허리띠는 반 폭짜리 모슬린에 안팎을 다른 천으로 댄 것이었고, 진갈색 물결 모양 단풍잎 바탕무늬에 국화꽃 모양이 있었다. 긴 속옷의 앞쪽 몸통은 모슬린, 옷자락에 댄 헝겊은 모슬린을 흉내내어 얇게 짠 평직 면인데 싸리, 도라지, 국화 무늬가 있었고, 뒤편 몸통은 다홍색 면, 옷자락은 푸른색 모슬린을 썼다. 속치마는 살구색 플란넬, 앞치마는 가스리 무늬의 무라야마산 비단**이었다.

재봉 솜씨는 모두 안 좋았다. 바느질을 서툴게 하는 자가 기운 것 같았다.

겹옷과 긴 속옷은 어울렸지만 겉옷은 아무리 봐도 어울리지 않았다. 하나같이 유행에 뒤떨어진 무늬였다.

여하튼 여염집 여성은 결코 이런 식의 옷차림을 하지 않는다는 점에서는 감정인들의 의견이 일치했다. 우선 틀림없이 카페나 작은 요릿집이나 여인숙의 종업원, 공사판 막노동꾼의 아내, 직공, 유녀, 행상인 중 하나라고 보면 되고, 서른 전후의 여자가 입었던 옷이라는 결론이 났다.

"그렇다고 해도 좀 너무하네. 우리집에서는 이런 걸 취급한 적은 없어요. 앞치마 무라야마 천이 그나마 제일 좋은 천일 것 같네요" 하고 한 헌옷가게 주인이 말했다.

"면플란넬 겹옷에 낡은 유카타 뒷감이라니, 아무리 변두리라고 해

---

* 도치키현 모오카시에서 만드는 튼튼하고 실크 같은 재질의 면.

** 에도시대 말기 도쿄도 무사시무라야마시를 중심으로 명선(銘仙) 비단실을 생산하는 무라야마 산지가 형성돼 메이지 무렵부터 크게 번성했다.

도 도쿄에서는 이런 차림으로는 장사 못하지요. 꽤나 형편이 안 좋았나 보네."

"이미 갈 데까지 갔고, 얼굴도 별로고……"

"십장네 여자일 수는 있겠네요, 험악한 노가다꾼들이 딸려 있는."

"하지만 듣자 하니 그렇더구먼" 하고 경관이 한 전당포 주인에게 물었다.

"전당잡히는 물건 중에는 더 심하게, 밥통이라든가 아이 책상 같은 것도 가지고 오는 사람이 있다고 하던데."

"네, 그렇지만" 하고 전당포 주인은 급소를 찔린 듯 당황하며 일부러 계산하는 것처럼 눈을 가늘게 떴다.

"글쎄요. 여기 보는 것처럼 여자가 벌거벗은 채로 왔다고 치고."

"향 피울 값 정도는 빌려줄 수 있나?" 경관은 무심하게 웃고는,

"여러분 중에 뭔가 눈에 익거나 짐작 가는 게 있는 물건은 없나?" 하고 물었다.

대답하는 사람은 없었다. 누더기들은 부패된 액체로 얼룩져 썩은 냄새도 났지만, 사체를 보지 않은 그들은 반사적으로 미간을 찌푸릴 뿐이었고 사람보다도 비바람 맞은 진흙을 생각하고 있었다.

전당포 주인이 모두와 헤어져 혼자가 되자 더러운 들개가 뒤를 쫓아왔다. 누더기보다도 그 개 쪽이 인간의 죽음을 생각하게 했다. 그는 빠른 걸음으로 걸으면서 아까 경찰 앞에서 생각난 것을 또 생각해냈다. 종종 아내가 입고 있던 것을 벗겨 그의 가게로 가지고 오던 철새 막노동꾼이 있었다. 그 옷은 살냄새가 나고 따뜻했다. 아내는 벌거벗은 채 이불 속에 들어가 있었다. 전당포 주인은 딱 한 번 그 아내를 길에서 만

난 적이 있었다. 생각지도 않게 그 아내는 전당포 주인에게 가볍게 머리 숙여 인사했다. 전당포 주인은 여자의 뒷모습을 돌아보며 다음에 만나면 그 막노동꾼과 헤어지라고 권해볼까 생각했었다. 그 여자가 죽임을 당한 것은 아닐까.

"제기랄, 왜 그때 인사 같은 것을 했을까." 전당포 주인은 왠지 무턱대고 화를 냈다.

사체의 금니를 본 치과의사 중에는 더 확실하게 한 여자를 떠올린 남자가 있었다.

씌운 금은 우선 치과의학교에서 감정을 받았다. 젊은 여자의 윗턱 오른쪽 두번째 앞니에 가공한 것으로, 금으로 씌운 지 이 년 정도 지났고 기술은 나쁘지 않지만 조잡한 솜씨라서 별로 규모가 크지 않은 개업한 치과의사가 씌운 것 같다고 했다.

그래서 형사는 그 금을 들고 중앙선 전철 주변의 치과의원을 돌아다녀봤다.

오기쿠보*에 있는 가도타치과의원 원장은 형사로부터 피해자의 직업이나 추정 연령을 듣고 곧바로 한 작부를 떠올렸다. 아무렇지도 않게 형사를 돌려보내놓고 재작년 환자 명부를 찾아봤다. 금을 씌우는 값을 지불하는 대신에 치료실에서 그를 유혹한 여자였다.

살해당했다고 생각하니 그 여자의 몸에 대한 기억이 놀랄 정도로 생생하게 되살아났다. 이미 잊어버린 줄 알았던 자신의 불명예스러운 일이 여자의 죽음으로 흔적도 없이 사라져버렸다는 생각이 앞섰지만, 환

* 도쿄 스기나미구의 한 동네.

자 명부에 적힌 작은 요릿집으로 그가 이끌린 것은 또다른 문제였다. 마흔을 넘긴 가도타는 쓴웃음을 짓듯이 휘파람을 불며 그 집에 들어갔다. 6월의 밤이 생생하게 아름다웠다.

비료를 실은 차들이 지나다니는 길의 먼지가 쌓인 유리문을 열자 여자가 곧바로 그의 옆에 붙어 앉아서는 어깨에 손을 두르다시피 하며

"어서 오세요" 하고 말했다.

"살아 있었군" 하고 말하며 빤히 쳐다보는 그의 등을 여자는 두세 번 치고 말했다.

"살아 있어서 미안하네요."

"자네도 제법 능숙해진 것 같네."

"당신이 발길을 뚝 끊어버리시니까 자포자기해서요" 하고 여자는 콧노래라도 부르듯 말했는데, 그가 누구인지는 기억 못하는 것 같았다.

여자 앞니의 금이 보이자 가도타는 속이 메슥거려서 토할 뻔했다. 그때는 이렇게 기분 나쁜 여자는 아니었다고 억지로 믿으려고 했다. 죽은 여자는 틀림없이 더 아름다웠을 것이라고 생각했다.

그는 곧바로 싸구려 술에 엉망으로 취해 주사를 부리며

"너 같은 건 죽여달라고 해도 죽여주는 놈도 없을 거야" 같은 소리를 울먹이며 떠들어댔다.

"어머나, 당신, 사람이라도 죽이고 온 사람 같네, 반해버리겠어."

"나는 슬프다고. 내 옛날 애인이 살아 있을지 죽었을지 너 따위가 알겠냐고."

그러면서 아름다운 여자가 살해당할 것 같은 밤이라고, 어울리지도 않는 생각을 했다.

4

다케자와 산키치라고 하는 농부가 농가 앞마당에 흙을 쌓기 위해 아내 고향인 이웃 마을에서 소를 빌려왔다. 소에게 흙을 나르게 하다보니 소가 신은 짚신이 찢어지려고 했다. 산키치는 소 짚신을 주문하기 위해 딸 아사를 아내 고향으로 심부름 보냈다. 아사는 사촌동생 요시와 함께 돌아왔다. 아사는 열두 살, 요시는 열 살이었다.

오후 세시 무렵 돌아오는 길에 두 소녀가 도코로자와 가도의 네거리에 들어서려는데 자동차 한 대가 고가네이 방향에서 흙먼지를 일으키며 질주해 왔다. 소녀들은 신기한 나머지 달리기 시작했다. 뚜껑이 없는 소형 자동차였는데 서양식 옷을 입은 젊은 남녀가 타고 있었다. 그런데 근처까지 가기도 전에 자동차가 갑자기 서버리는 바람에, 아이들은 겁을 먹고 그 자리에 선 채 움직이지 못했다. 타고 있던 남녀가 뭔가 죽은 여자 같은 것을 자동차에서 들고 내리더니 왼편 잡목림 안으로 운반해간 것이다.

달려 돌아온 아이들한테서 아사 어머니는 그 얘기를 들었지만 웃으며 상대하지 않았다. 그러고 나서 그날 저녁 아사가 또 요시를 배웅하러 어머니 고향으로 갔을 때, 두 아이는 아직 아까의 무서움이 사라지지 않아서 길을 돌아갔다. 다음날에는 진무왕* 축제, 그리고 일요일이 이어져 아사는 어머니 고향에서 이틀 밤을 묵고 왔다.

그리고 아이들도 거의 잊어버린 두 달 뒤에 여자 사체가 발견되어

* 일본 제1대 덴노.

소동이 일었다. 아사 어머니는 새삼스럽게 놀랐고 마을에 소문이 퍼져 주재소 순사가 탐문하러 왔다. 순사의 보고를 받은 다음날, 경시청에서 수사과장이랑 형사부장 등도 출장을 왔고 후추, 오우메, 하치오지의 각 경찰서 사법주임과 형사순사도 참가하여, 자동차를 본 현장으로 아사를 데리고 가서는 그때의 얘기를 들었다. 사체가 발견되고 나서 사흘째 되는 날이었다.

자동차 목록을 아사에게 보여주자 이인승 로드스터*형을 가리키며 말했다.

"이 빨간색이었어요."

"빨간 거? 그럼 뚜껑은?"

"아무것도 없었고 사람이 타고 있는 것이 보였어요."

"여자도 서양식 옷을 입고 있었다는 거지? 옷 색깔은?"

"빨간 옷이었어요."

"옷 색깔도 빨간색이었다고? 그리고 얼굴이라든가?"

"아주 예쁘게 화장을 하고 있었어요. 젊고 얼굴이 갸름하고 아주 예쁜 얼굴이었어요"라고 대답하면서 도쿄의 아름다운 여성을 동경하듯이

"머리는 둥글게 묶었습니다"라고 말했다.

"남자 쪽은?"

"우리 아버지보다 젊어 보였어요. 키는 비슷했고요."

아사의 아버지는 서른세 살로 키는 157에서 160센티미터 정도였다.

---

* 좌석이 두 개이고 지붕이 없거나 열리는 자동차.

그리고 남자는 흰색이 희끗희끗 섞인 양복을 입고 외투도 모자도 없이 곱슬곱슬한 머리를 옆으로 탔으며, 피부는 거무스름하고 마른 체형이었다고 한다. 아사는 이 이틀 동안 자동차나 두 남녀의 모습을 여러 사람이 꼬치꼬치 캐물어서 아마도 삼사십 번은 되풀이해 말했던 만큼, 그 말은 자신감에 차 있었다.

하지만 사체 쪽은 단지 죽은 여자 같다고 할 뿐 무엇 하나 확실하게 기억하지 못했다. 빨간 옷 여자의 모습이 머릿속에서 선명해지면서 죽은 여자의 모습은 더욱더 희미해져가는 것이었다.

현장에서 조사해보니 아사는 자동차를 90여 미터쯤 떨어진 곳에서 본 모양이다. 그리고 사체가 발견된 것은 아사가 멈춰 선 곳에서 1헥타르 정도 오른쪽이었다. 아사는 길 왼편의 잡목림 쪽이라고 말했지만 반대로 오른편 잡목림 안이었다. 하지만 여자 사체를 자동차에서 잡목림 안으로 안고 들어가는 모습을 아사가 목격한 것은 담당 조사관들이 사실이라고 인정했기 때문에, 처음에는 왼쪽으로 옮겼지만 거기 잡목이 굵어서 사체가 한눈에 보이기 쉽다보니 나중에 반대편 어린나무 수풀 쪽으로 옮겼을 것이라는 의견이 나왔다.

소녀의 진술이 사실이라면 이 범죄는 어딘가 다른 곳에서 이루어졌고 사체를 자동차에 싣고 와 버린 것이다. 살인 동기는 남자가 양장 차림의 여자와 동거하는 곳에 피해자가 방문했든가 남자와 피해자 두 사람이 있는 곳에 양장을 한 정부가 나타났든가, 어느 쪽이든 삼각관계로 일어난 연애 다툼의 결과일 것이다. 하지만 아사가 봤다는 자동차를 탄 남녀와 죽은 여자는 옷차림을 생각해봐도 너무나도 동떨어져 있었고, 한낮에 인간의 사체를 뚜껑도 없는 자동차로 운반해서 버리러 간다는 것도 상식적으로 이해되지 않았다. 그저 멀리 차를 타고 온 남녀가 어린아이한테 볼일을 보게 했거나 담요 따위를 들고 와 밀회를 한 게 아니겠느냐는 반대 의견을 내는 형사도 물론 있었다. 그러나 형사부장은 어쨌든 우선 자동차를 수색하라고 명령을 내렸다.

그리고 보안부 교통과의 자동차 카드에 따라서 각 경찰서는 자기네 형사들을 시켜 도쿄시 내외에 있는 이인승 자동차의 소유자를 조사하게 했다. 그러나 아무 단서도 나오지 않았다.

자동차 목격자로서 아사의 인기도 마을에서 시들해져갔다. 그러나 한번 여왕의 자리에 오른 소녀는 거기에서 내려올 수가 없었다. 그것은 이 살인범이 전과자가 된 것과도 같은 일이었다. 자동차 안의 여자가 소녀의 머릿속에 평생 갈 꽃을 피웠다. 아사는 빨간 자동차에 타 빨간 옷을 입고 남자와 힘을 합쳐 나쁜 여자를 죽이는 자신을 공상했다.

그러나 마을 사람들한테 들은 잡목림 안 잔인하게 죽은 여자의 모습은 그 나쁜 여자와 조금도 연결되지 않았다. 소녀에게 하나의 미래를 심어놓은 죽은 사람은 소녀 머리에 끝내 모습을 드러내지 않았다.

5

자동차 수사에서 쓸 만한 단서를 얻을 수 없었던 수사본부는 피해자의 신원을 알아내는 데에 한층 더 힘을 쏟았다. 신문기자를 모아 사체가 입고 있던 옷차림이나 기타 내용을 자세히 설명하고, 그 기사를 보고 가출인 신고가 들어오기를 기다렸다. 그러자 구두나 편지로 문의가 계속 이어졌는데, 체격이 비슷한 가출인이 많아 담당관도 새삼스럽게 놀랐다.

또 한편으로 각 경찰서의 순사들은 각자 담당 구역의 음식점, 카페, 작은 요릿집, 여인숙 등의 종업원과 손님, 고가네이시에 벚꽃이 필 무렵 임시로 고용된 종업원, 담뱃가게에서 사체와 닮은 옷차림으로 배트를 사간 사람, 유녀, 행방불명된 직공, 막노동꾼 숙소에 드나드는 여자 등을 여기저기 찾아다녔으니, 탐문수사도 결코 적은 수가 아니었다.

그렇게 해서 경찰에 출두한 많은 사람들은 사체의 의류 사진 등을 보았으니 역시 그것을 본 사람들이라고 말할 수 있을 것인데, 경보국 기록에도 간단히 기록돼 있지만 그 내용을 일일이 여기에 번거롭게 쓸 만큼 죽은 사람과 관련있는 자는 없었다. 그래서 그것을 본 사람들 중에서도 결코 놓쳐서는 안 되는 한 사람, 즉 가해자에 관해서만 쓰도록 하겠다. 가해자는 정말로 어이없이 잡혔다.

도쿄 다이토구의 시타야류센지초에 있는 미야타 시게스케의 집에 두 사람의 형사가 불쑥 들렀다. 시게스케는 원래 인력거꾼이었는데, 동네에서 편지 송달업을 한 적도 있고 에도 토박이다운 수다쟁이라 동네 일은 뭐든지 알고 있어 경찰들이 자신을 아낀다는 것이 자랑인 남자였다.

"실은 말이야, 영감, 신문에서 떠들썩하게 다루는 그 여자를 죽인 살인범 말인데. 여자는 머리를 잘랐던데 뭔가 재미있는 얘기 들은 건 없나?"

"흐음, 아직도 범인을 못 잡았습니까? 글쎄, 머리를 잘랐다니? 머리카락을 잘린 여자가 있긴 있는데, 설마."

형사들이 그냥 듣고 지나칠 수 없는 얘기였다.

도코로자와*의 아라지마 하치조라고 하는 시게스케의 먼 친척뻘 되는 남자가 일주일 정도 전에 여덟 살 난 여자아이를 데리고 시게스케 집에서 이삼일 묵고 갔다. 하치조는 도코로자와의 생선 행상인이었는데, 전처가 죽은 후로 장사도 신통치 않고 최근에 후처와도 헤어진지라, 상경해서 도쿄에서 지낼 집을 구하면 안줏집을 할 생각이라고 시게스케한테 말했다. 후처와는 부부싸움 끝에 절연했다는 것이다.

"자세히 묻지는 않았는데 꽤나 바람기가 많은 여자였던 모양이라, 이혼한 후에 또 남자라도 만들었다가 치정싸움 끝에 그 남자한테 살해당했다거나, 뭐 설마 이런 일이 일어난 건 아니겠지만 머리카락을 잘랐다는 게 말이죠."

"그래서 하치조는?"

"동네 비계공인 다케타로가 있는 곳으로 닷새 전에 옮겼어요. 역시 하치조의 친척인데요. 바로 요 근처입지요."

다케타로 집에서 체포된 하치조는 원래 악인은 아니었던 만큼 쉽게 범죄를 자백했다.

잡목림의 사체는 하치조의 후처인 쓰루였던 것이다.

쓰루는 작은 요릿집 종업원을 전전하면서 가정도 여러 번 가졌지만 오래가지 못했다. 지주의 첩 노릇을 하는 동안에 생선을 팔러 오는 하치조와 친해져서 지주가 쓰루와의 관계를 끊었다. 그 일을 핑계로 하

---

* 사이타마현의 남서부에 위치한 시.

치조가 집에 들어가 살았다. 하지만 바람기가 있는 쓰루는 두세 달쯤 지났다 하면 또 가출을 해댔고, 하치조는 그녀를 찾아다니느라 장사도 손에 잡히지 않는 상태가 되었다. 그날도 하치조는 작은 요릿집에서 쓰루를 발견하고는 잡아끌다시피 그녀의 오빠 집에 데리고 가 오빠와 둘이서 충고를 했으나 여자는 부루퉁하니 있을 뿐이었고, 그러다가 다음날 아침 여섯시 무렵에 오빠 집을 뛰쳐나갔다. 하치조는 곧바로 뒤를 쫓아가서는 입씨름하면서 길을 걷다가, 거친 말로 욕을 퍼붓는 여자 목을 자신도 모르게 확 밀쳤는데, 쓰러지더니 움직이지 않았다. 그는 탄력 없이 흔들거리는 쓰루의 몸을 업고 잡목림을 찾아 헤매면서, 여자를 죽이고 자살하려고 생각했다. 여자의 허리끈을 풀어 목을 졸랐다. 그러나 전처와의 사이에 난 딸에 대한 사랑에 끌려 죽을 수는 없었다.

하치조는 그날 밤에 가재도구를 팔아버리고 딸을 데리고 도쿄로 나왔고, 이 친척 저 친척 집을 건너다니며 몸을 의탁하고 있었던 것이었다.

살인 및 사체유기죄라고는 하지만 정상참작이 되는 점이 있어서 도쿄지방재판소 하치오지 지부는 징역 이 년 육 개월의 판결을 내렸다.

하치조가 순순히 자백했기 때문에, 증거물인 쓰루의 의류를 경찰은 보여주지 않았다. 그렇게나 사랑했던 여자 몸이 구더기가 꼬이고 백골이 드러나고 완전히 썩은 광경을 그는 꿈에도 몰랐다. 등에 업고는 어찌할 바를 몰라 숲속을 헤매던 그때의 공포스러운 온기와 부드러움을 그는 지나가버린 광기처럼 기억하고 있었다. 그 기억은 불타는 무지개처럼 감옥 안에 있는 그의 생각을 장식했다. 아름다운 여성의 육체를 섬기는 노예의 기쁨이 가끔 그를 찾아올 때마다 쓰루의 환상은 천사에 가까워져만 갔다.

금수

작은 새 울음소리에 그는 백일몽에서 깨어났다.

연극 무대에서 볼 수 있는, 중죄인을 호송하기 위해 대오리로 엮어 만든 가마보다 두세 배나 큰 새장이 낡은 트럭에 이미 실려 있었다.

어느 틈에 그가 탄 택시가 장례 행렬 안으로 끼어든 모양이다. 뒤차는 운전기사 얼굴이 비치는 앞유리에 '23'이라는 번호표를 붙이고 있었다. 길 쪽을 돌아보니 '사적 다자이 슌다이* 묘소'라는 표석을 밖에 세워둔 선사禪寺 앞이었다. 절 문에도 벽보가 붙어 있었다.

'산문불행山門不幸, 진송집행津送執行.'**

언덕 중턱이었다. 언덕 아래는 교통순경이 서 있는 네거리였다. 거

* 에도 중기의 유학자.

** 절 주지의 장례를 치르고 있을 때 붙이는 알림.

기로 자동차가 한번에 서른 대 정도 밀려들었기 때문에 좀처럼 정리가 되지 않았고, 방생용 새장에 든 새를 바라보던 그는 초조해지기 시작했다. 꽃바구니를 소중하게 안고 그의 옆에 긴장한 채 앉아 있는 소녀에게 물었다.

"지금 몇시지?"

하지만 어린 하녀가 시계를 지니고 있을 리 없다. 대신에 운전기사가 대답했다.

"일곱시 십 분 전입니다, 이 시계는 육칠 분 늦어요."

초여름 저녁이라 아직 밝았다. 꽃바구니의 장미향이 강했다. 선사 마당에서 6월에 피는 이름 모를 나무의 관능적인 향기가 풍겨나왔다.

"그럼 시간에 못 맞추겠군. 서둘러주지 않겠나?"

"하지만 지금은 반대 차선 차들을 먼저 보내고 나서야 갈 수 있겠는데요…… 히비야 공회당에는 뭣 때문에 가시는지요?"

"무용발표회야."

"네에…… 저 많은 새를 방생하려면 얼마나 걸릴까요?"

"정말이지, 가는 길에 장례 행렬과 맞닥뜨리다니 재수가 나쁘군."

날갯소리가 어지럽게 들렸다. 트럭이 움직이기 시작한 순간 새들이 소란을 피운 것이다.

"재수가 좋은 겁니다. 이만큼 재수좋은 일은 없지요."

운전기사는 자신이 한 말을 자동차로 그려내려는 것처럼 오른쪽으로 미끄러지듯 끼어들어서는 장례 행렬 차들을 기세 좋게 추월하기 시작했다.

"이상하군, 나와는 반대네." 그는 웃었지만, 인간이 늘 죽음을 좋은 방향으로 생각해온 건 당연하다고 생각했다.

지카코의 춤을 보러 가는데 이런 걸 신경쓰는 것부터가 이상하다. 재수가 나쁜 걸로 치면 길에서 장례 행렬을 만나는 것보다 집에 동물 사체를 그대로 두는 쪽이 더 재수가 나쁜 일일 거다.

"돌아가면 오늘밤은 꼭 잊지 말고 상모솔새를 버려. 아직 2층 벽장 안에 그대로 있지?" 그는 소녀에게 내뱉듯 말했다.

상모솔새 한쌍이 죽고 나서 벌써 일주일이나 지났다. 그는 사체를 새장에서 꺼내기도 귀찮아 벽장 안에 내던져 버린 채 두었다. 사다리를 타고 올라가면 막다른 구석에 있는 벽장이었다. 손님이 올 때마다 그 새장 밑에서 방석을 꺼냈다가 집어넣곤 했지만, 그도 하녀도 미루고 버리지 않을 정도로 벌써 작은 새의 사체에 익숙해져버린 상태였다.

상모솔새는 진박새, 쇠박새, 굴뚝새, 쇠유리새, 오목눈이 등과 같이 몸집이 아주 작은 애완용 새다. 등 쪽은 올리브색, 배 쪽은 아주 엷은 회색과 노란색이 섞여 있다. 목에도 회색이 돌고, 날개에 두 줄로 흰 띠가 있고, 바깥쪽 칼깃 끝자락은 노란색이다. 정수리에 한 줄로 난 노란 깃털을 굵고 검은 털이 에워싸고 있다. 털을 부풀리면 그 노란 선이 선명히 드러나서 마치 노란 국화꽃잎을 한 장 펼친 듯 보인다. 수컷은 이 노란 깃이 짙은 주황색을 띤다. 둥근 눈에는 익살맞은 애교가 어려 있고 즐거운 듯이 새장 천장을 기어다니는 동작도 발랄하니, 참으로 가련하면서도 고아한 기품이 있다.

새장수가 가지고 왔을 때는 밤이어서 바로 옆 신위를 모시는 어둑한 선반 위에 놓아두었는데, 잠시 뒤에 보니 작은 새 두 마리가 정말 아름다운 모습으로 자고 있었다. 서로 바싹 달라붙어 자기 목을 상대의 깃털 속에 깊이 박고서, 마치 하나의 털실뭉치처럼 동그라니 말려 있었다. 한 마리씩 구별할 수는 없었다.

마흔 가까운 나이에 혼자 사는 그는 마음이 어린아이처럼 따뜻해짐을 느끼고, 식탁 앞에 우뚝 선 채 오랫동안 선반을 바라보았다.

인간 중에서도 첫사랑에 빠진 어린 연인이라면, 이런 아름다운 느낌으로 잠든 사람들이 어느 나라에든 한쌍 정도는 있지 않을까 하고 생각했다. 이렇게 새가 자는 모습을 함께 볼 상대가 있으면 좋겠다고 생각했지만 하녀를 부르지는 않았다.

그리고 다음날부터는 식사 때도 새장을 식탁에 두고 상모솔새를 바라보면서 밥을 먹었다. 원래도 그는 손님을 만날 때조차 바로 근처에 애완동물을 두곤 했다. 상대의 얘기는 제대로 듣지도 않은 채 새끼 울새한테 손을 흔들고 손가락으로 먹이를 주면서 훈련하는 데 열중하거나, 무릎 위 시바견의 벼룩을 끈기 있게 잡으며 말하곤 했다.

"시바견은 운명론자 같은 구석이 있어서 좋아요. 이렇게 무릎에 올려놓아도 방구석에 앉혀놓아도, 반나절 정도는 가만히 있곤 하거든요."

그런 식으로 손님이 일어설 때까지 상대의 얼굴을 보려고 하지도 않을 때도 많았다.

여름에는 객실 테이블 위 수조에 송사리나 잉어 새끼를 풀어놓았다.

"나이 탓인지 나는 남자와 만나는 게 점점 싫어져. 남자란 불쾌한 존재야. 상대하다보면 이쪽이 금방 피곤해지거든. 밥을 먹어도, 여행을 해도, 역시 여자와 함께하는 게 최고지."

"결혼하면 되잖나."

"그것도 말이지, 매정해 보이는 여자한테 끌리니까 안 돼. 이 사람은 정이 없다고 생각하면서 안 그런 척 사귀는 게 결국 제일 편해. 하녀도 가능한 한 정이 없어 보이는 사람을 고용하지."

"그래서 동물을 키우는 거로군."

"동물은 좀처럼 매정하지 않거든—내 곁에 언제나 뭔가 살아 움직이는 게 있지 않으면 쓸쓸해서 견딜 수 없으니 말이지."

그런 말을 건성으로 하면서 그는 수조 속 가지각색의 새끼 잉어가 헤엄칠 때마다 비늘빛이 여러 색으로 변하는 것을 주의깊게 보았고, 이런 좁은 물속에도 미묘한 빛의 세계가 있구나 생각하며 손님 따위는 잊어버렸다.

새장수는 새로운 새가 들어오면 잠자코 그의 집으로 가지고 왔다. 그의 서재에 새가 서른 종이나 있던 때도 있었다.

"새장수, 또 왔어요?" 하고 하녀는 싫어했지만.

"뭐 어때. 이걸로 사오일, 내 기분이 좋을 거라고 치면 이렇게 싸게 먹히는 건 없어."

"하지만 주인어른이 너무 심각한 얼굴로 새만 보고 계시면."

"기분이 나쁜가보군. 정신이라도 놓을 것 같아 보이려나. 집안이 괴괴히 적막해지고 말이야."

그러나 그의 입장에서는 작은 새를 새로 들이면 이삼일은 일상이 그야말로 싱싱한 느낌으로 충만해지는 것이다. 세상에 고마움을 느꼈다. 아마 자신이 문제겠지만 인간에게서는 좀처럼 그와 같은 고마움을 느낄 수 없었다. 살아 움직이는 작은 새를 보면 조개껍데기나 아름다운 풀꽃을 볼 때보다도 우주 만물의 신비를 빨리 알 수 있었다. 새장 안의 새일지라도, 작은 것들은 살아 있는 기쁨을 잔뜩 보여주었다.

몸집이 작고 발랄한 상모솔새 부부는 특히 그랬다.

그런데 한 달 정도 지나 모이를 넣어줄 때, 한 마리가 새장을 탈출했다. 하녀는 당황해서 놓쳐버렸고 새는 광 위의 녹나무로 날아가고 말았다. 녹나뭇잎에는 아침 서리가 내려 있었다. 새 두 마리는 안팎에서 소리 높여 서로를 불렀다. 그는 곧바로 새장을 광 지붕으로 올리고 끈끈이를 칠한 장대를 놓았다. 새들은 점점 더 애절하게 울어댔다. 그러나 도망친 새는 정오 무렵에는 이미 멀리 날아가버린 것 같았다. 이 상모솔새는 닛코산에서 온 새였다.

남은 것은 암컷이었다. 그렇게나 사이좋게 자곤 했는데 싶어 그는 다른 수놈을 가져다달라고 새장수를 귀찮게 재촉했다. 자신도 여기저기 새 파는 집을 찾아다녔지만 찾지 못했다. 이윽고 새장수가 상모솔새 한쌍을 시골에서 일부러 다시 가져와주었다. 그는 수놈만 필요하다고 했지만 새장수가 말했다.

"쌍으로 있어서요. 하나만 가게에 남겨놔봤자 팔리지도 않고, 암놈은 그냥 드립지요."

"하지만 세 마리가 사이좋게 지낼는지."

"괜찮을 거예요. 사오일 정도 새장 두 개를 붙여놓으면 서로 익숙해지거든요."

그러나 아이가 참지 못하고 새로운 장난감을 만지작거리듯이 그는 사오일을 기다릴 수가 없었다. 새장수가 돌아가자마자 새로 가져온 두 마리를 한 마리가 먼저 있던 새장 안으로 옮겨보았다. 예상했던 것보다 큰 소동이 일었다. 새로 온 두 마리는 홰에 앉지도 않고 새장 끝에서 끝으로 파닥파닥 날아다녔다. 먼저 와 있던 상모솔새는 공포에 질린 나머지 새장 바닥에 꼼짝 않고 선 채 두 마리가 소동 피우는 모습을 당황해 올려다볼 뿐이었다. 두 마리는 위기에 처한 부부처럼 서로를 불렀다. 세 마리 모두 겁을 먹어 심장이 거칠게 뛰었다. 새장을 벽장에 넣어보니 부부는 울면서 서로 몸을 의지했지만 남은 암컷은 혼자 떨어진 채 안절부절못했다.

이래선 안 되겠다 싶어 새장을 나눴지만, 이쪽 부부를 보면 다른 쪽의 암놈이 불쌍해진다. 그래서 먼저 온 암놈과 새로운 수놈을 같은 새장에 넣어보았다. 새로운 수놈은 따로 떨어진 암놈과 서로 부르며 먼저 온 암놈과 친해지지 않는 듯하더니 그래도 어느 사이엔가 몸을 의지하고 잠이 들었다. 다음날 저녁은 새장을 하나로 합쳐도 전날만큼은 소동을 피우지 않았다. 한 마리를 사이에 두고 양쪽에서 파고들어 세 마리가 동그라니 잠들었다. 새장을 머리맡에 두고 그도 잠을 잤다.

그런데 다음날 아침에 눈을 떠보니, 두 마리가 하나의 따뜻한 털실 뭉치처럼 잠든 홰 아래 새장 바닥에 나머지 한 마리가 날개를 거의 다 펼치고 다리를 뻗은 채 반쯤 뜬 눈으로 죽어 있었다. 그는 그 사체를 마치 두 마리가 봐서는 안 되는 것인 양 살짝 주워서 하녀에게도 말없이 쓰레기통에 버렸다. 무참하게 죽여버렸다고 생각했다.

"어느 쪽이 죽은 걸까." 새장을 유심히 보고 있자니, 예상과 달리 살아남은 것은 아무래도 먼저 온 암놈 같았다. 그저께 온 암놈보다도 한동안 키우며 정든 암놈 쪽에 애착이 간다. 그런 그의 욕심이 그렇게 생각하게 만들었는지도 모른다. 가족 없이 지내는 그는 자신의 그런 욕심이 싫었다.

'애정에 차별을 둘 정도라면 어째서 동물이랑 지낸단 말인가? 인간이라는 훌륭한 상대가 있는데.'

상모솔새는 무척 약하고 키우기 어려운 동물이라고 한다. 하지만 그 후 그의 두 마리는 건강히 지냈다.

밀렵한 물까치 새끼를 손에 넣으면서, 산에서 날아오는 여러 새끼새들한테 먹이를 주느라 그가 외출도 할 수 없는 계절이 다가왔다. 세탁용 대야를 툇마루에 내놓고 작은 새를 목욕시켜주고 있으려니, 그 안으로 등나무꽃이 떨어졌다.

새가 날개로 물을 튀기는 소리를 들으면서 새장의 새똥 청소를 하고 있을 때 담 밖에서 아이들이 소란스럽게 구는 소리가 들렸다. 뭔가 작은 동물의 생명을 걱정하는 이야기 같아서, 그의 와이어 폭스테리어 새끼가 안마당에서 나가 길을 잃어버린 건 아닌가 담 위로 고개를 내밀어보니 새끼 종달새 한 마리가 보였다. 아직 잘 서지도 못하는 작은 새가 약하게 날갯짓하며 도랑을 헤엄치고 있었다. 그는 순간적으로 키워야겠다고 생각하면서 물었다.

"어떻게 된 거야?"

"저쪽 집 사람들이……" 소학생 하나가 오동나무가 유달리 푸른 집을 손가락으로 가리켰다.

"버렸어요. 죽겠지요?"

"응, 죽을 거야." 그는 냉담하게 담을 떠났다.

그 집은 종달새를 서너 마리나 키우고 있었다. 장차 아름다운 소리로 울 가망이 없는 새끼를 버린 것이리라. 신통치 않은 새 따위를 주워봐야 소용없다는 생각이 들자 그의 불심佛心은 즉시 사라졌다.

새끼일 때는 암놈인지 수놈인지 구분이 안 되는 새가 있다. 새장수는 어쨌든 산에서 한 둥지 안에 있는 새끼를 몽땅 가지고 오지만, 암놈이라는 걸 아는 순간 버린다. 암놈은 아름답게 울지 않아 안 팔리기 때문이다. 동물을 사랑한다는 것도, 얼마 지나지 않아 그중에서 뛰어난 녀석을 원하게 되기 마련이라, 한편으로는 이런 냉혹함이 뿌리내리는 일을 피하기 어렵다. 그는 어떤 애완동물이든 보면 가지고 싶어하는 성격이지만, 그러한 들뜬 마음은 결국 매정한 마음과 같다는 걸 경험으로 알고 있었다. 또한 지내다가 자기 기분이 바닥을 치면 그것은 다시 결과로 이어질 터라, 이제는 어떤 명견名犬도 명조名鳥도 타인의 손에서 큰 것은 설령 키워달라고 부탁받는다 해도 키우지 않았다.

그래서 인간이 싫다고, 고독한 그는 제멋대로 생각했다. 부부가 되고 부모 자식 형제가 되면, 보잘것없는 상대라도 그리 쉽게 인연을 끊을 수 없으니 체념하고 함께 살아야만 한다. 게다가 사람은 각자 자아라는 것을 가지고 있다.

그는 차라리 동물의 생명이나 생태를 장난감으로 삼아 하나의 이상적인 틀을 목표로 정하고 인공적으로든 기형적으로든 키우는 편이, 슬프기는 하지만 순결하고 신이 하듯 산뜻한 일이라고 생각한다. 좋은 품종에 미쳐 열광하는 동물학대자에 가까운 애호가들을 이 세상, 그리고 인간의 비극적인 상징으로 여기고, 냉소를 보내면서도 용납한다.

작년 11월 어느 날 저녁 무렵, 지병인 신장병인가 뭔가 때문에 말라빠진 귤처럼 변해버린 개장수가 그의 집에 들렀다.

"실은 지금 큰일이 생겼습니다. 공원에 들어가서 목줄을 풀어주었는데요. 안개 속이라 어두워서 아주 잠깐 안 보인다 싶더니, 벌써 들개가 덤벼들었더라고요. 곧바로 떼어내고, 제기랄, 일어나지도 못할 만큼 배를 마구 차놨으니 설마 그럴 일은 없을 테지만, 오히려 이런 경우에는 얄궂게도 새끼가 더 잘 붙어서요."

"칠칠치 못하네, 장사꾼이."

"네, 창피해서 남한테 말도 못하겠어요. 제기랄, 눈 깜짝할 사이에 4, 5백 엔 손해를 보게 생겼으니." 개장수의 노란 입술이 경련을 일으켰다.

그 날쌔고 사나운 도베르만이 초라하게 목을 움츠리고, 신장병을 앓는 개장수를 겁먹은 눈으로 힐끔힐끔 올려다봤다. 안개가 흘러들었다.

암캐는 그가 주선한 사람에게 팔 예정이었다. 어쨌든 사 간 집에서 잡종을 낳거나 하면 그의 체면도 구겨질 테니까 재차 조심하라고 당부했는데도, 개장수는 돈이 궁했는지 그한테 다시 보이지도 않고 얼마 후 개를 팔아버렸다. 예상대로 이삼일 후에 개를 산 사람이 그의 집으로 개를 데리고 왔다. 산 다음날 밤 사산을 했다는 것이다.

"괴로워하는 소리가 들려서 하녀가 바깥문을 열어보니, 툇마루 아래에서 자기가 낳은 새끼를 먹고 있더랍니다. 무섭고 깜짝 놀란데다가 아직 새벽이라서 몇 마리나 낳았는지 잘은 모르겠지만, 하녀가 봤을 때는 제일 마지막 새끼를 먹고 있던 것 같더라네요. 바로 수의사를 불렀더니, 개장수가 새끼를 밴 개를 아무 말도 없이 팔 리가 없다, 틀림없이 들개나 뭐 그런 것이 덤벼서 심하게 차거나 때린 다음에 갖다주었을 거다, 새끼를 낳은 모습도 평범치 않다, 그러더라고요. 어쩌면 새끼를 먹는 습성을 가진 개일지도 모르겠다고요. 그렇다면 돌려주고 오라면서 가족이 다 무척 분개했습니다. 그런 일을 당한 개가 불쌍하다고요.”

“어디 보자.” 그는 아무 생각 없이 개를 안아올려 유방을 만졌다.

“새끼를 키워본 적 있는 젖이네요. 이번에는 사산이라서 먹은 거예요.” 그는 개장수의 부도덕성에 화를 내고 개를 불쌍히 여기면서도 무덤덤한 얼굴로 말했다.

그의 집에서도 잡종이 태어난 적이 있었다.

그는 여행을 가도 남자 일행하고는 한방에서 자지 못할 정도고, 자신의 집에 남자가 묵는 것이 싫어서 서생도 두지 않았는데, 남자들이 성가시게 구는 것을 싫어하는 감정과는 관계없지만 개도 암놈만 키웠다. 수놈은 어지간히 우수하지 않으면 종견으로 쓰이지 않는다. 사는데 돈이 들고 영화배우처럼 선전도 해야 하며 인기의 성쇠도 빠르게 변한다. 수입 경쟁에 휘말리고 도박이나 다름없어진다. 그는 어떤 애견가게에서 종견으로 유명한 일본 테리어를 본 적이 있다. 그 개는 하루종일 2층 이불 속에 기어들어가 있었고, 아래로 안아 내리기만 해도 바로 자동적으로 암놈이 왔다고 생각했다. 숙련된 창녀나 마찬가지다. 털이 짧아서 비정상적으로 발달한 기관이 훤히 드러나, 어쩐지 섬뜩해서 그조차도 눈을 돌릴 정도였다.

그러나 그런 일이 신경 쓰여 수놈을 키우지 않았다기보다는, 개가 새끼를 낳고 기르는 것을 보는 일이 무엇보다도 즐거웠다.

신기한 보스턴 테리어였다. 울타리 밑을 파고, 낡은 대나무 울타리를 물어뜯고, 발정기에는 묶어놓았는데도 줄을 끊고 나다녔던 모양이라, 잡종이 태어나리라고는 이미 예상했다. 하지만 하녀가 불러 깨우자 그는 마치 의사처럼 눈을 뜨고 지시했다.

"가위와 탈지면을 꺼내줘. 그리고 술통 노끈도 얼른 잘라와."

안마당의 흙은 초겨울의 아침햇살에 물든 곳만이 어렴풋이 생생해 보였다. 개는 그 볕을 받으며 누워 있었고, 뱃속에서는 가지 같은 주머니가 머리를 내미는 참이었다. 개가 힘겹게 꼬리를 흔들며 호소하듯이 올려다보자 갑자기 그는 도덕적인 가책 같은 것을 느꼈다.

이 개는 이번이 초산으로, 몸은 아직 충분히 성장하지 않았다. 그래서인지 눈빛은 분만을 실감하지 못하는 듯 보였다.

'지금 내 몸에 도대체 무슨 일이 일어나고 있는 걸까? 뭔지 모르겠지만 왠지 곤란한 일 같다. 어떻게 해야 하지?' 조금 멋쩍은 듯 쑥스러워하면서, 그러나 무척 천진난만하게 사람에게 몸을 맡긴 채, 지금 벌어지는 일에 아무런 책임도 느끼지 않는 것 같았다.

그래서 그는 십 년도 넘은 옛날의 지카코를 떠올린 것이다. 그 무렵 그녀는, 그에게 자신의 몸을 팔 때 마치 이 개와 비슷한 얼굴을 했었다.

"이런 장사를 하면 점점 느끼지 못하게 된다는 게 정말일까요?"

"그런 일이 없는 것도 아니겠지만, 네가 좋아하는 사람을 만나면 또 다르겠지. 게다가 정해진 두세 사람과 하는 건 장사라고 할 수는 없잖아."

"나는 당신을 무척 좋아해요."

"그래도 이젠 안 되는 건가."

"그렇지 않아요."

"그런가."

"시집갈 때는 알겠지요."

"알겠지."

"어떤 식으로 하는 게 좋아요?"

"너는 어떤데?"

"당신 부인은 어땠어요?"

"글쎄."

"알려주세요."

"마누라 같은 건 없어." 그는 신기한 듯이 그녀의 진지한 얼굴을 바라보았다.

'그때와 비슷해서 마음이 꺼림칙한 거야.' 그는 개를 안아올려 새끼를 낳을 상자로 옮겨주었다.

어미 개는 곧바로 양막에 싸인 새끼를 낳았는데, 어떻게 다뤄야 할지 모르는 듯했다. 그는 가위로 양막을 가르고 탯줄을 잘랐다. 그다음 양막은 컸는데, 파랗고 탁한 양수 속에서 두 마리의 새끼가 이미 죽음의 색을 띠고 있었다. 그는 재빨리 신문지로 싸 버렸다. 이어서 세 마리가 태어났다. 모두 양막에 싸여 있었다. 그리고 마지막 일곱번째 새끼는 양막 안에서 꼬물거리기는 했지만 쭈그러들어 있었다. 그는 잠깐 바라보다 양막째 얼른 신문지에 싸버렸다.

"어디 갖다버려. 서양에서는 태어난 새끼를 솎아내어 신통치 않은 건 죽여버린대. 그래야 좋은 개를 만드는데, 인정이 많은 일본 사람들은 그런 짓을 못해. 어미 개는 날달걀이라도 마시게 해주고."

그러고는 손을 씻고 다시 잠자리에 들었다. 새로운 생명의 탄생이라는 신선하고 아름다운 기쁨이 가슴에 넘쳐, 거리를 돌아다니고 싶은 기분이었다. 새끼 개 한 마리를 자신이 죽인 일 따위는 잊었다.

그런데 갓 태어난 새끼가 실눈을 뜰 무렵 어느 날 아침, 한 마리가 또 죽어 있었다. 그는 집어들어 품에 챙겼다가, 아침 산보를 하는 김에 버리고 왔다. 이삼일 후에 또 한 마리가 차가워져 있었다. 어미 개가 잠자리를 만들기 위해 짚을 헤집는다. 새끼 개가 짚에 파묻힌다. 새끼 개한테는 스스로 짚을 헤집고 나올 힘이 아직 없다. 어미 개는 새끼를 물어 꺼내주지 않는다. 그러기는커녕 오히려 새끼 개가 묻혀 있는 짚 위에 눕는다. 새끼 개는 밤새 압사당하거나 동사한다. 아이를 유방으로 질식시키는 어리석은 인간의 어미와 마찬가지다.

"또 죽었군." 그는 세번째 사체도 품에 아무렇게나 넣고 나서 휘파람을 불며 개들을 불러모아 가까운 공원에 갔지만, 새끼를 죽인 것도 모르는 얼굴로 희희낙락하며 여기저기 달리는 보스턴 테리어를 보자 문득 또 지카코를 떠올렸다.

지카코는 열아홉 살 때 투기꾼한테 이끌려 하얼빈으로 갔고, 거기에서 삼 년 정도 백계 러시아인에게 무용을 배웠다. 투기꾼은 벌이는 일마다 실패해서 먹고살 수 없게 됐고, 만주 각지를 돌며 공연을 하는 음악단에 지카코를 들여보내 겨우 둘이서 일본으로 돌아온 모양이지만, 도쿄에 정착하자 지카코는 바로 투기꾼을 떨쳐내고 만주에서 동행했던 악단 반주자와 결혼했다. 그리고 여기저기 무대에 서며 무용발표회를 개최하기 시작했다.

지카코가 돌아왔을 무렵 그는 악단 관계자 중 하나로 대우받긴 했지만, 음악을 이해한다기보다는 어떤 음악 잡지에 다달이 돈을 낼 뿐이었다. 그러나 안면이 있는 사람들과 시시한 얘기를 나누기 위해 음악회에 다니기는 했다. 지카코의 무용도 보았다. 그녀의 육체가 뿜어내는 야만

스럽고 퇴폐적인 분위기에 끌렸다. 도대체 어떤 비밀이 그녀를 그토록 야성적으로 되살아나게 한 걸까, 육칠 년 전의 지카코와 비교해보면 신기하기 그지없다. 왜 그 무렵 그녀와 결혼하지 않았을까 하는 생각까지 들었다.

그러나 제4회 무용발표회 때 그녀 육체의 힘이 갑자기 둔해 보였다. 그는 용기를 내어 분장실에 가서는, 그녀가 아직 무대의상을 입은 채 화장을 지우고 있는데도 아랑곳하지 않고 옷소매를 잡아당겨 어두컴컴한 무대 뒤로 끌고 갔다.

"놔주세요. 어디 부딪히기만 해도 가슴이 아파요."

"이러면 안 되잖아, 왜 바보 같은 짓을 한 거야."

"나는 옛날부터 아이를 좋아했으니까요. 정말로 내 아이를 가지고 싶었는걸요."

"키울 작정인가. 그런 나약한 생각을 가지고 예술가로 살 수 있겠어? 벌써부터 애엄마가 되다니 어쩌려는 거야. 빨리 정신 좀 차려."

"하지만 어쩔 도리가 없었는걸요."

"바보 같은 소리 마. 예술가가 매번 요령도 없이 대체 뭐하는 거냐고. 남편은 무슨 생각을 하는 거야."

"기뻐하고 귀여워해요."

"흥."

"예전에 그런 일을 했던 나한테도 아이가 생기다니 기뻐요."

"춤 같은 건 그만두는 게 좋을 거야."

"싫어요." 생각지도 않게 그녀의 목소리가 격해서 그는 입을 다물고 말았다.

하지만 지카코는 두 번 다시 아이를 낳지 않았다. 태어난 아이도 그녀 곁에서 볼 수 없게 되었다. 그런데 그 때문인지 그녀의 부부생활이 점차 어두워지고 황량해지는 것 같았다. 그런 소문이 그의 귀에도 들려왔다.

이 보스턴 테리어와 달리 지카코는 아이에게 무심할 수 없었던 것이다.

새끼 개도 그가 도와주려고 했다면 도울 수 있었다. 첫번째 새끼가 죽고 난 뒤 짚을 좀더 잘게 잘라주거나 짚 위에 헝겊을 깔아주었다면 그걸로 이후의 새끼들은 구할 수 있었다. 그도 알고 있었다. 하지만 마지막 남은 한 마리도 이윽고 세 형제들과 같은 죽음을 맞이했다. 새끼 개가 죽기를 바란 건 아니다. 하지만 살려야 한다고도 생각하지 않았다. 그렇게 냉담했던 건 그 개들이 잡종이었기 때문이리라.

거리의 개가 그를 따라오는 일이 종종 있었다. 그는 먼길을 그런 개들과 이야기하며 집에 돌아와서, 먹을 것을 주고 따뜻한 잠자리에서 재워주곤 했다. 개들이 자신의 다정한 마음을 알아본다고 생각하면 고마웠다. 하지만 직접 개를 기르고부터는 길을 돌아다니는 잡종 따위는 거들떠보지 않게 되었다. 인간 역시 이와 같겠지, 그는 세상의 가족들을 얕보면서 자신의 고독도 비웃었다.

종달새 새끼도 마찬가지였다. 살려서 키우자는 불심은 곧바로 사라지고, 쓸모없는 새끼 같은 건 주워도 별도리가 없다면서 아이들이 괴롭히다 죽이도록 놔둔 것이다.

그런데 종달새를 보던 아주 잠깐 사이에 그의 상모솔새는 물을 너무 많이 맞고 말았다.

놀라서 새장을 대야에서 꺼냈지만 두 마리 다 새장 바닥에 쓰러져 젖은 누더기처럼 움직이지 않았다. 손바닥에 올려놓자 꿈틀꿈틀 다리를 움직였다.

"다행이다, 아직 살아 있어." 기운이 난 그는, 이미 눈이 감긴 채 작은 몸속까지 완전히 차가워져 도저히 살아날 것 같지 않은 새를 손에 쥐고 긴 화로에 쬐면서, 하녀에게 더 넣은 숯에 부채질을 하라고 했다. 깃털에서 김이 났다. 작은 새가 경련하며 움직였다. 몸을 태우는 뜨거움에 놀란 것이 죽음과 싸우는 힘이 되리라 생각했다. 그러나 그는 자기 손이 화기를 견딜 수 없게 되자, 새장 밑에 수건을 깔고 그 위에 작은 새를 둔 다음 불에 올렸다. 수건이 갈색으로 탈 정도였다. 작은 새는 가끔 튕기듯이 팔딱팔딱 날개를 펼치고 굴렀지만 일어서지 못하고 또 눈을 감았다. 깃털이 완전히 말랐다. 그러나 불에서 떼어놓아도 그저 쓰러져 있는 것이, 살아날 것 같지 않았다. 하녀가 종달새를 키우는 집에 가서 새가 약해졌을 때는 엽차를 먹이고 솜으로 싸주면 좋다는 말을 듣고 왔다. 그는 탈지면으로 싼 작은 새를 양손에 들고, 엽차를 식혀 주둥이에 넣어주었다. 작은 새는 마셨다. 이윽고 새 모이에 가져다대자 머리를 뻗어 쪼아먹기도 했다.

"아아, 살았네."

이 얼마나 상쾌한 기쁨인가. 정신을 차려보니 새를 살리느라 네 시간 반이나 보냈다.

그러나 상모솔새는 두 마리 다, 홰에 앉으려다 몇 번이고 떨어졌다. 발가락이 안 벌어지는 모양이었다. 잡아서 손가락으로 만져보니 발가락이 오그라든 채 딱딱해져 있었다. 가느다란 마른 가지처럼 부러질 것 같았다.

"주인어른께서 아까 태우신 거 아니에요?" 하녀의 말을 듣고 보니 정말 발이 퍼석퍼석하게 변해 있어서, 실수했다고 생각하면서도 더욱 화가 났다.

"내 손안에 있었고 수건 위에 두었는데 새발이 탈 리가 있겠어—내일도 발이 안 나으면 어떻게 해야 하는지 새장수한테 가서 물어보고 와."

그는 서재 문을 잠그고 안에 틀어박혀, 새의 양발을 자신의 입에 넣어 덥혀주었다. 혀에 닿는 느낌은 애처로워 눈물이 흐를 정도였다. 이윽고 그의 손바닥에서 난 땀이 깃털을 적셨다. 침으로 축축해지자, 작은 새의 발가락은 조금 부드러워졌다. 조금만 거칠게 만져도 쉽게 부러질 것 같은 발가락을, 우선 하나 정성스레 펴서는 자신의 새끼손가락을 쥐어보게 했다. 그리고 다시 발을 입에 넣었다. 홰를 빼고 작은 접시에 모이를 옮겨 새장 밑에 놓았지만 불편한 발로 서서 먹는 것은 아직 힘들어 보였다.

"새장수도 역시 주인어른께서 발을 태운 게 아닌가 하던데요." 다음날 하녀가 새장수한테 다녀와서 말했다.

"엽차로 발을 데워주면 좋대요. 하지만 대개 새가 스스로 발을 쪼아서 고치곤 한다네요."

정말로 작은 새는 자꾸 자신의 발가락을 부리로 쪼거나 물어서 당기곤 했다.

'발아, 어떻게 된 거야. 정신 차려'라고 하는 듯 딱따구리 같은 기세로 기운차게 쪼았다. 불편한 발로 용감하게 일어서려고 했다. 몸의 일부가 말을 듣지 않다니 이상한 일도 다 있다고 말하고 싶은 듯했다. 그 작은 새가 보여주는 밝은 생명력에 말을 걸어 격려하고 싶을 정도였다.

엽차에 담가주기도 했지만 역시 사람 입안에 넣어주는 편이 효과가 있는 것 같았다.

상모솔새는 두 마리 모두 인간에게 그리 길들지 않아서 그동안은 손으로 잡으면 가슴이 심하게 팔딱거리곤 했지만, 발을 다친 하루이틀 사이 그의 손바닥에 완전히 익숙해졌는지 겁을 내기는커녕 안긴 채 즐거이 지저귀면서 모이를 먹을 정도로 변해버렸다. 이것이 더욱 애처로움을 더했다.

그러나 그의 간병은 전혀 표가 나지 않았고, 점차 게으름까지 피우게 되어, 엿새째 날 아침 상모솔새 부부는 발가락이 오그라든 채 똥으로 뒤범벅되어 사체로 변해 있었다.

작은 새의 죽음은 정말이지 허무하다. 대개는 아침에 무심코 새장을 봤다가 사체를 발견하게 된다.

그의 집에서 처음 죽은 것은 홍작새였다. 밤사이 한쌍이 쥐한테 물려 꼬리가 빠지고 새장이 피로 물들었는데, 수놈은 결국 다음날 죽었다. 그런데 암놈 쪽은 차례차례 맞이한 수놈이 무슨 이유에선지 모두 죽어나가는데도 원숭이처럼 엉덩이를 빨갛게 드러낸 채 오랫동안 살아 있었다. 그러다 이윽고 쇠약해져 죽었다.

"우리집에서는 홍작새가 못 사는 것 같아. 홍작새는 이제 그만 키울 거야."

원래 홍작새 같은 소녀 취향의 새는 싫었다. 서양식으로 뿌려둔 모이를 먹는 새보다 일본식으로 으깨어 만든 모이를 먹는 새의 그윽함을 사랑했다. 지저귀는 새도, 카나리아나 휘파람새나 종달새처럼 지저귀는 소리가 화려한 새는 마음에 들지 않았다. 그런데도 홍작새 같은 걸 키운 건 그저 새장수가 가져다줘서다. 한 마리가 죽었기 때문에 다시 한 마리를 산 것뿐이다.

하지만 개만 해도, 예를 들어 한번 콜리를 키우면 그 종자가 집에서 끊기지 않게 하고 싶다는 생각이 든다. 어머니를 닮은 여자를 동경한다. 첫 애인을 닮은 여자를 사랑한다. 죽은 아내를 닮은 여자와 결혼하려 한다. 그 비슷한 얘기가 아닌가. 동물과 함께 사는 일은, 자신의 자유로운 오만함을 좀더 연민하고 싶어하는 일 같아, 그는 홍작새 키우기를 그만두었다.

홍작새 다음으로 죽은 노랑할미새는 허리에서 엉덩이로 이어지는 녹황색과 배의 노란색, 그리고 부드럽고 아련한 뒷자태에 성긴 대숲 같은 정취가 담겨 있었다. 그를 유난히 잘 따라서, 식욕이 없어 보일 때에도 그가 손으로 주는 건 날개를 반쯤 펴고 기쁜듯이 파닥이며 사랑스럽게 울면서 기껍게 먹었다. 그의 얼굴에 난 점도 장난스럽게 쪼려 할 정도였다. 다다미방에 풀어놓았다가 소금전병이나 다른 부스러기를 너무 많이 주워먹는 바람에 죽은 후에는, 새로운 노랑할미새를 갖고 싶다고 생각했지만 역시 단념하고, 그때까지 기른 적이 없는 류큐산 붉은가슴울새를 그 빈 새장에 넣었다.

하지만 상모솔새는 물에 빠진 것도 발을 다친 것도 완전히 그의 과실이어서인지 오히려 미련을 버리기 어려웠다. 곧바로 새장수가 다른 한쌍을 가지고 왔다. 이번에는 새장 곁을 떠나지 않고 보고 있었는데,

아무리 몸집이 작은 새라고는 하지만 또다시 지난번과 마찬가지로 물에 빠뜨리고 말았다.

새장을 대야에서 꺼냈을 때, 부들부들 떨면서 눈을 감고는 있었지만 어쨌든 발로 서 있는 걸 보니 지난번보다는 꽤 나은 편이었다. 이젠 발을 태우지 않도록 주의할 수도 있었다.

"또 일을 저질렀어. 불을 피워줘." 그가 매우 침착하게 쑥스러운 듯 말하자, 하녀가 말했다.

"주인어른, 그냥 죽게 내버려둬도 괜찮지 않을까요."

그는 왠지 눈이 번쩍 뜨일 정도로 깜짝 놀랐다.

"그래도 요전번 일을 생각하면 손쉽게 살릴 수 있어."

"살아도 오래 못 가요. 요전에도 발이 그렇게 되어버려서, 차라리 일찍 죽는 게 낫겠다 생각했어요."

"도와주면 살아날 텐데."

"죽게 내버려두는 게 나아요."

"그런가." 갑자기 정신이 아득해질 정도로 육체의 쇠약함이 느껴져, 그는 잠자코 2층 서재로 올라가 새장을 햇볕이 드는 창가에 놓고 죽어가는 상모솔새를 그냥 멍하니 바라보았다.

햇볕의 힘으로 살아나기를 바라기는 했다. 하지만 왠지 이상하게 슬프고 스스로가 너무 비참해 보이는 것 같아 작은 새를 살리겠다고 요전처럼 요란을 떨 수는 없었다.

마침내 숨이 끊어지자 그는 작은 새의 젖은 사체를 새장에서 꺼내 잠시 손바닥에 올려놓았다. 그러다가 다시 새장 안에 넣어서는 벽장에 처박아버렸다. 그길로 아래층으로 내려갔지만 하녀에게는 아무렇

지도 않게

"죽었어"라고 말했을 뿐이다.

상모솔새는 몸집이 작은 만큼 약하고 죽기도 쉽다. 하지만 비슷한 크기인 오목눈이나 굴뚝새나 박새 같은 새들은 그의 집에서 잘 컸다. 그런데 두 번이나 물에 빠뜨려 죽이다니, 이를테면 홍작새 한 마리가 죽은 집에서는 다른 홍작새도 살기 어려워지는 걸까, 인연 탓으로 돌리며,

"상모솔새하고는 이제 인연을 끊을 거야"라고 하녀에게 웃으며 말했다. 그는 거실에 아무렇게나 드러누워 강아지들이 머리카락을 잡아당기게 놔두다가, 거기 열예닐곱 개나 늘어선 새장 중에서 수리부엉이를 골라 서재로 들고 올라갔다.

수리부엉이는 그의 얼굴을 보자 둥근 눈에 노기를 담고 움츠렸던 목을 쉬지 않고 돌려댔다. 그리고 부리를 부딪쳐 딱딱 소리를 내면서 쉭쉭거렸다. 이 수리부엉이는 그가 보는 곳에서는 결코 아무것도 먹지 않는다. 고깃조각을 손가락으로 집어 가까이 가져다대면 분연히 달려들어 물지만, 언제까지고 부리에 고기를 물고 축 늘어뜨린 채 삼키려 하지 않는다. 날이 밝을 때까지 서로 기싸움을 한 적도 있다. 그가 곁에 있으면 갈아놓은 모이를 거들떠보지도 않는다. 몸도 안 움직인다. 그러나 날이 어슴푸레 밝아오면 제아무리 수리부엉이라도 배가 고파온다. 홰 위에서 모이 쪽으로 다가가는 발소리가 들린다. 그가 돌아본다. 새는 머리털을 움츠리고 눈을 가늘게 뜬 채, 더없이도 음험하고 교활한 표정을 하고 모이 쪽으로 목을 늘리다가, 깜짝 놀라 머리를 들고서 그를 얄미운 듯이 쳐다보고는 시치미를 뗀다. 그가 한눈을 판다. 그러는

사이에 또 수리부엉이의 발소리가 들린다. 서로의 눈이 마주치고, 새는 다시 모이에서 멀어진다. 그런 일을 반복하다보면 어느새 물까치가 아침이 온 기쁨을 요란하게 노래한다.

그는 이 수리부엉이를 미워하기는커녕 즐거운 위안거리로 삼았다.

"이런 하녀가 어디 없을까 찾고 있어."

"흥, 자네도 제법 겸손한 구석이 있어."

그는 불쾌하다는 얼굴을 하고 친구에게서 얼굴을 돌려 "키키, 키키" 하고 곁에 있는 물까치를 불렀다.

"키키키키키키키키." 물까치는 주변의 모든 것을 날려버리려는 듯 소리 높여 대답했다.

수리부엉이와 마찬가지로 맹금이지만 이 물까치는 모이를 먹여 키운 정이 남아 있어, 응석받이 아가씨처럼 그를 잘 따랐다. 그가 외출했다 돌아오는 발소리를 듣거나 기침하는 소리를 들으면 소리내어 울어댔다. 새장에서 풀어주면 그의 어깨나 무릎으로 날아와서 기뻐하며 날개를 떨었다.

그는 자명종 대신 이 물까치를 베갯머리에 놓아두었다. 아침이 오면 그가 뒤척이거나 손을 움직이거나 베개를 고쳐 벨 때마다,

"치이치이치이치이" 하며 어리광을 부리고, 침을 삼키는 소리에도

"키키키키" 하고 응답했다. 이윽고 목청을 높여 그를 깨우는 소리는 정말로 일상의 아침을 꿰뚫는 번개처럼 상쾌하다. 몇 번인가 호응해주다 그가 완전히 잠이 깨면 이런저런 새를 흉내내며 조용히 지저귀기 시작한다.

'오늘도 이렇게 좋은 날이구나' 하고 생각하게 만드는 시작이 물까치

이고, 곧 여러 작은 새의 지저귐이 거기 이어진다. 잠옷 차림으로 으깬 모이를 손가락에 묻혀 내밀면 배고픈 물까치는 거세게 달려들지만 그는 그것도 애정으로 받아들인다.

그는 하루만 떠나는 여행에서도 동물들과 함께 있는 꿈을 꾸다가 한밤중에 잠이 깨버리곤 해서, 집을 비우는 일은 거의 없었다. 그런 버릇이 심해져서인지 남의 집을 방문하거나 물건을 사러 나갈 때도 혼자 나가면 도중에 시시한 기분이 들어 돌아와버렸다. 같이 갈 여자가 없을 때는 할 수 없이 작은 하녀와 함께 가곤 했다.

지카코의 춤을 보러 가더라도 소녀에게 꽃바구니까지 들려야만 "그만두고 돌아가자" 하며 되돌아오는 일이 없었다.

그날 밤 무용발표회는 어떤 신문사가 주최한, 열네댓 명의 무용가가 나와서 펼치는 경연 같은 것이었다. 그가 지카코의 무대를 보는 건 이년여 만이었지만 그녀의 타락한 춤에 고개를 돌리고 말았다. 야만스러운 힘의 잔재는 이제 저속한 교태에 지나지 않았다. 무용의 기초 자세도, 그녀의 육체적 긴장이 사라지면서 이제 완전히 무너져버렸다.

운전기사에게 그런 말을 듣긴 했지만 장례 행렬과 맞닥뜨린데다가 집에 상모솔새의 사체가 있어 재수가 나쁘다는 핑계를 대고 꽃바구니를 소녀에게 들려 분장실로 보냈는데, 그녀한테서 꼭 만나고 싶다는 전갈이 왔다. 지금의 춤을 보고서는 여유롭게 대화하기도 괴로워서, 그렇다면 휴식시간을 빌려 만나자는 생각에 분장실로 갔는데, 입구에서 멈춰 서기도 전에 재빨리 문 뒤에 몸을 감췄다.

지카코는 젊은 남자에게 화장을 받고 있었다.

조용히 눈을 감고 약간 위쪽으로 목을 뺀 채 자신을 상대에게 완전히 내맡긴 듯 가만히 움직이지 않는 새하얀 얼굴은, 아직 입술이나 눈썹이나 눈꺼풀에 화장을 하지 않아 생명이 없는 인형처럼 보였다. 마치 죽은 사람의 얼굴 같았다.

그는 십여 년 전에 지카코와 죽으려고 한 적이 있었다. 그 무렵 그는 죽고 싶어, 죽고 싶어, 하고 입버릇처럼 말하고 다녔는데 딱히 죽지 않아야 할 이유도 없었던 것이다. 계속 독신으로 동물과 함께 지내는 생활중에 떠오른, 덧없이 지는 꽃을 닮은 생각에 지나지 않았다. 그래서, 이 세상의 희망이란 누군가가 다른 데서 가져다주는 거라는 양 멍하니 남에게 의지한 채로 살아가는, 지금까지의 삶을 봤을 때 살아 있다고 말할 수 없는 지카코가 죽음의 상대로 좋으리라 생각했다. 과연 지카코는 자신이 하고 있는 일이 무슨 의미인지 모른다는 그 표정으로 무심히 고개를 끄덕였고, 딱 한 가지만 요구했다.

"옷자락이 펄럭거린다고 하니까 발을 꽉 묶어줘요."

그는 가느다란 끈으로 그녀의 발을 묶으면서 그 아름다움에 새삼 놀라며,

'나 따위 녀석이 이런 아름다운 여자와 죽었다고들 말하겠지' 하고 생각했다.

그녀는 그에게 등을 돌려 누운 다음 무심히 눈을 감고 살짝 목을 뺐었다. 그리고 합장을 했다. 그는 번뜩 허무의 고마움에 감동을 받았다.

"아아, 죽어서는 안 돼."

그는 물론 죽일 생각도 죽을 생각도 없었다. 지카코가 진심이었는지 장난이었는지는 모르겠다. 그 어느 쪽도 아닌 것 같은 얼굴을 하고 있었다. 한여름 오후에 있던 일이다.

그러나 그는 뭔가에 몹시 놀랐고, 그후부터는 자살을 꿈에도 생각하지 않고 또 입에 담지도 않게 되었다. 그리고 설령 어떤 일이 일어나도 이 여자에게 항상 고마워해야 한다는 생각이 그때 마음 깊이 울려퍼졌다.

젊은 남자에게 무대화장을 받고 있는 지카코는 그 옛날 합장하던 그녀의 얼굴을 연상시켰다. 아까 자동차에 탔을 때 곧바로 떠오른 헛된 망상도 이것이었다. 밤에도 그는 그때의 지카코를 생각하면 한여름 빛나는 태양의 눈부신 빛에 휩싸이는 듯한 착각이 들었다.

"그나저나 나는 왜 갑자기 문 뒤로 숨어버린 거람." 이렇게 중얼거리면서 복도를 되돌아 나오는데 친한 척 인사를 건네오는 남자가 있었다. 그가 누구인지 한참을 알아보지 못하는데도 상대방은 몹시 흥분해서 떠들었다.

"역시 좋지요. 이렇게 여러 명이 춤을 추면 역시 지카코의 춤이 좋다는 걸 확실히 알 수 있어요."

"아아." 그제야 생각이 났다. 지카코의 남편인 악단 반주자였다.

"요즘은 어떻게 지내시나요."

"아, 한번 인사드리러 가려고 생각했는데. 실은 작년 말에 그 사람하고 이혼했어요. 그래도 역시 지카코의 춤은 뛰어나요. 좋아요."

그는 자신도 뭔가 듣기 좋은 말을 찾으려 했지만 왠지 마음이 답답해져 당황스러웠다. 그러자 하나의 문구가 떠올랐다.

마침 그는 열여섯에 죽은 소녀의 유고집을 품에 지니고 있었다. 소년소녀의 문장을 읽는 일이 요즈음 그는 무엇보다도 즐거웠다. 열여섯 소녀의 어머니는 딸의 죽은 얼굴에 화장을 해주었는지, 딸이 죽은 날의 일기 끄트머리에 이렇게 써놓았다. 이런 문구였다.

"태어나서 처음으로 화장한 얼굴, 새색시 같구나."*

* 시인 야마카와 류코의 딸 야치에는 문학적 재능이 뛰어났으나, 열여섯의 나이에 결핵으로 요절했다. 류코는 딸이 쓴 일기, 산문, 시 등을 모아 유고집 『장미는 살아 있다』를 출간했다. 가와바타 야스나리는 이 유고집을 매우 격찬하며 애독했다.

지고 말 것을

다키코와 쓰타코는 한 모기장 안에 나란히 누워 자신들이 살해당할 것도 모르고 자고 있었다. 최소한 완전히 잠에서 깬 것은 아니었다. 무기징역을 선고받은 가해자 야마베 사부로가 재작년에 옥사한데다 사건이 일어난 지도 벌써 오 년이나 지나버린 지금 와서는, 이 사실은 나를 일종의 바보 같은 허무감에 빠뜨리기보다는 오히려 일종의 육체적인 유혹에 젖게 한다. 뼈라도 수습해주기 위해 찾은 화장터에서, 나는 그들의 육체를 재로 만들기 위해 화장터 가마에 전기로 불을 붙이는 어마어마한 팍 소리도 들었지만, 역시 그들의 젊음은 잊히지 않는다. 멍하니 있노라면 지금도 내 눈앞에 보이는 그것을 잡으려는 생각에 사로잡힐 때도 있다.

그 당시, 범행 동기가 너무나도 어이없었기 때문에 재판장은 피고의 정신감정을 요구했다. 그 결과 야마베 사부로는 성격이상자라는 판정을 받았다. 또한 다키코의 가슴을 단도로 찌르고 나서 일어난 일 역시 가해자의 의식이 혼탁한 중에 이루어졌다고 했다. 하지만 무기징역 판결이 내려진 걸 보면 이 감정이 참작되어 형이 가벼워졌다고 보이지는 않는다. 사실 감정서나 조서에도 사부로를 특히 성격이상자라고 부를 만한 내용은 없었다. 살인 동기는 아주 가벼운 장난에 가까웠다.

사부로는 범행을 솔직히 인정하고 배심재판도 사절했다. 그래서 공판에 배심관은 참석하지 않았지만, 만일 내가 배심관으로 법정에 나갔더라면,

"피고의 정신 상태에 살인을 저지를 정도의 병적인 요인이 있다고 볼 수는 없으므로, 나는 오히려 심신상실로 인해 무죄를 선고받은 많은 살인자보다 이 야마베 사부로 쪽이 죄가 가볍다고 생각한다. 형법과는 또다른 잣대로 볼 때 말이다" 같은 의미의 말을 하고 싶어했을지도 모른다.

광기로 저지른 범죄는 정상적인 정신 상태에서 저지른 범죄보다 분명히 훨씬 더 악하다. 당시 나는 이런 마음이 강했다. 물론 광기와 제정신은 명확히 구별할 수 없다는 의견을 밀고 나가면 광기도 없고 제정신도 없다는 결론에 이른다. 이 세상의 모든 것은 모두 필연이자 모두 우연이라는 이론과도 비슷하다. 결국 필연과 우연이 같은 것이라고 하지 않으면 이 문제는 결말이 나지 않는다. 그러나 거기까지 생각하면 재판 같은 건 할 수 없을 테니 야마베 사부로가 무기징역을 받았다고 해도 나는 이의를 제기할 마음은 없다. 재판관의 의무는 그쯤에서 끝날 테니까.

하지만 소설가의 의무는 그 지점 부근부터 시작되는 게 아닐까.

"자만심 강한 놈."

이놈 때문에 우리의 작품은 강한 인상을 가질 수 없는지도 모르겠다. 우리가 생각하는 의미 있는 문학, 만족할 만한 문학은 모두 감상적인 놀이일지도 모른다. 야마베 사부로가 저지른 살인의 동기를 재판관은 경미한 정신이상이 가져온 우연으로 인정한 모양이지만, 내 소설이라면 어쨌든 그의 살인 동기에 이유가 없다고 내몰아가도 그리 곤란한 일은 아니다. 그러나 내가 소설을 써봤자, 그럴싸하게 쓴 글보다 사부로의 그럴싸하지 않은 진술 쪽이 훨씬 그럴듯할지도 모르겠다.

다키코와 쓰타코의 죽음도 그렇다. 그들이 너무나도 어이없이 죽었기 때문에, 아내는 탄식했다.

"인간이란 정말 약한 존재네요."

"정말로 어이없어." 나도 맞장구를 쳤다.

"애인으로 삼으려면 둘 중 어느 쪽이 좋을까 가끔 생각했는데."

"당신이 병들거나 상대가 병들거나 하면 유혹할 수 있을지도 모른다고 틈을 노리셨겠죠. 안됐지만, 평소 둘 다 몸이 튼튼했어요."

"그러게 말이야, 하지만 나는 주시하고 있었어. 아무래도 그 몸에 병이 숨어 있진 않을까 하고, 특히 쓰타코는."

"문학이라는 병이겠지요. 하지만 문학소녀도 머리 만져주는 미용사도 살해당할 때에는 다를 게 없네요."

"그대로 결혼했다면 이런저런 병에 걸릴 몸이지 않았을까."

"그거야 당신이 살해당한 모습을 봐서 그렇게 생각하시게 된 거죠. 제 경우엔, 잠시긴 하지만 이제껏 도대체 무엇 때문에 두 사람을 돌봐줬나 싶어 바보 같았다는 생각이 드네요."

"생각해보니 나도 꽤나 자만했었어."

"맞아요. 내가 죽으면 제일 먼저 저 두 사람이 곤란해지겠지, 마음에 걸려서 자살도 못하겠군—하고 말이죠. 우습게 돼버렸네요."

"정말 그래. 다른 여자를 들이면 역시 아무래도 그 둘을 진지하게 대해주지 못할 테니 불쌍해, 마누라가 있는 건 뭐 별수 없다손 치더라도 이런 혹이 둘이나 달려 있으면 여자들도 싫어해서 덤벼들지 않겠지, 그렇다고 두 사람하고 연애를 하는 것도 아니건만—꽤나 수지가 안 맞는다고 생각하곤 했는데, 나 혼자 괜한 망상을 했던 거지."

"당신, 왠지 갑자기 늙어버리시는 거 아니에요?"

"듣기 싫은 소리를 하는군."

"그렇게 허무하게 살해당할 사람들이었는데 뭘 그렇게까지 소중히 대했을까 생각하니 어이가 없는 거죠?"

"정말로 꿈같아, 타인의 존재에 지나치게 경의를 표하는 것도 다시 생각해볼 일이야. 그런 건 인간의 주제넘은 짓일지도 몰라."

"새롭게 결심하고 갑자기 저금을 해야겠다는 기분 같은 건 도저히 안 들죠. 하지만 말이에요, 둘이 오랫동안 아파 입원이라도 시켜서 당신도 돈 문제로 고생한 다음 죽어버렸다면, 똑같이 쓸쓸해도 역시 저금을 해둬야 곤란하지 않겠다는 마음이 들겠지요."

나는 아내가 생각지도 않은 상황에서 화제를 저금으로 연결한 것에 "그렇군" 하고 감탄했지만, 간병을 오래하다보면 비록 죽음으로 이어진다 한들 오히려 내일을 믿는 마음이 더욱 솟아날지 모른다.

하지만 오 년이나 지난 지금 돌아보면, 여러 날 위독하다 맞은 그럴듯한 죽음보다도 지나친 농담 같은 그럴듯하지 않은 죽음 쪽이—내

안에 남은 그들을 훨씬 생생하게 만드는 것 같은 생각이 든다. 여기에도 문장으로는 표현하기 어려운 생명의 비밀이 있는 모양이다.

하지만 물론 사부로의 자백을 작가인 내가 그리 겁낼 필요는 없다. 내가 그의 자백에 경의를 표하는 것은 작가적 회의나 두려움 때문이 아니라 다키코와 쓰타코에 대한 내 애착 탓이리라. 그는 그들을 죽일 아무런 이유가 없었고 두 사람은 그에게 살해당할 이유가 아무것도 없었으니, 나는 이 살인을 그의 생애와 아무런 연관도 없는 것, 그의 생활과 아무런 관계도 없는 것, 즉 허공에 둥 뜬 단 하나의 행위, 말하자면 뿌리도 잎사귀도 없이 꽃만 있는 꽃, 사물이 없는 빛뿐인 빛, 그런 식으로 생각하고 싶은지도 모른다. 이것도 분명 그들을 미화하는 하나의 방법이지만, 한편으로는 그들을 제 손으로 죽인 야마베 사부로에 대한 내 질투의 결과이기도 할 것이다. 그의 자백을 소설가의 허황된 이야기보다 더 진실인 양 중요시 여기다니, 살인을 저지른 이유를 누가 문학으로 빛나게 해줄까보냐.

"꼴좋다."

네가 왜 그런 행동을 했는지 너 자신도 모르잖아, 라는 내 심술이 섞여 있는지도 모르겠다.

실제로 감정인의 조서를 보면 이러하다.

"다키코와 쓰타코는 어떤 식으로 누워 있었나?"

"모기장이 쳐져 있었는데, 거기 달린 줄을 당겼더니 끊어졌는데도 잠을 깨지는 않았어요. 저도 모기장 안으로 들어갔는데, 말을 걸었는지는 잊어버렸습니다. 누운 다키코 씨 위로 무릎을 꿇어 올라타고 오른손에 단도를 들고서 왼손으로 다키코 씨의 어깨를 치며 흔들어 깨웠더니,

눈을 떠 저를 보고는 깜짝 놀라 몸을 일으키더군요. 그때 단도의 끝이 가슴에 닿은 것 같았습니다."

"다키코는 자면서 이불을 덮고 있지 않았나?"

"안 덮었던 것 같습니다. 반듯이 누워서 몸을 쭉 펴고 있었습니다. 기모노 정도는 걸치고 있던 것 같고요. 흔들어 깨우고 나서 다키코 씨가 놀라 일어난 것이 깜짝 놀랄 만큼 묘하게 짧은 시간이었고, 저 자신도 확실히 손에 느낌이 있어서, 일어나 쳐다봤어요. 다키코 씨는 가슴을 누르며 아프다고 말했던 것 같은데, 그러는 동안에 피가 세차게 뿜어져나와 잠옷에 피가 번져서 알았습니다. 큰일났다! 하고, 그때 생각은 했지만 사실대로 말씀드리면 그뒤는 잘 모르겠습니다. 아예 기억나지 않는 건 아니겠지만 이렇게 하지 않았느냐고 따지시면 그런 것 같기 때문에, 확실히 아니라고 강하게는 말씀드릴 수가 없습니다. 제 생각에는 손으로 목을 조른 것 같은데 담당관님 말씀으로는 가는 끈이랑 수건이랑 속치마 같은 걸 머리에 둘러놓았다고 하니, 그런 짓은 안 했다고 말씀드릴 수도 없고, 그렇다고 확실히 어떻게 했는지도 모르겠습니다. 그뒤에 한 번 2층에서 아래층으로 내려갔다고 되어 있고, 또 실제로 아래층에 있던 띠가, 그 띠는 저도 그때 아래층에서 봤던 것을 지금도 기억하는데, 그게 2층에 있었다고 하니까요, 제가 내려가지 않았다면 가지고 올라갈 사람이 아무도 없으니 내려간 건 사실일 거라고 생각합니다."

"다키코 곁에서 자고 있던 쓰타코가 깨어서 흘낏 봤다는 건?"

"잠에서 깨어 몸을 일으키려다 잠깐 이쪽을 본 것 같기도 합니다."

"그 쓰타코의 목을 어떤 식으로 졸랐나?"

"그게 지금 생각해보면, 제가 기억하는 게 어디까지가 진짜인지 모르겠는데요, 취조받을 때 제가 한 짓을 오히려 경찰나리가 가르쳐주시거나 해서, 지금 제 머릿속에 있는 것이 둘 중 어느 쪽인지 하나하나 확실히 구별할 수 없게 되어버렸습니다만, 조서상으로는 띠의 한쪽 끝을 묶어 고리로 만들어 그 안에 발을 걸고 다른 쪽으로 목을 감아 비틀어 힘주어 목을 졸랐다고 되어 있는 모양인데, 그 일도 잘 모르겠습니다. 단지 구두를 봉당에 놔두러 갔을 때 아래층에 그 띠가 있던 건 기억나고, 처음에 2층으로 올라갔을 때는 가지고 가지 않았으니까, 다키코 씨의 목을 조르고 나서 쓰타코 씨 목을 조를 때까지 그사이에, 여하튼 아래층에 한 번 내려간 건 확실할 거라고 생각합니다."

"그러면 쓰타코의 목을 조른 일은 실제로는 잘 기억이 나지 않는다는 말인가?"

"좌우간 경찰에게서 네가 이렇게 했지, 저렇게 했지, 하고 주입당한 데다 예심이나 검찰 조사에서도 똑같은 말을 여러 번 반복했기 때문에, 이제는 그 내용으로 머리가 가득차버려서요, 그대로 반복해야 한다면 얼마든지 말할 수 있지만, 정말로 솔직히 다 말씀드리려고 해도 진실이 무엇인지는 말씀을 못 드리겠습니다. 전부터 이미 각오하고 있었기 때문에 경찰에서는 제가 거기 계시던 분이 말씀하신 대로 한 것 같은 생각이 들었고, 예심에서도 공판에서도 전부 그렇게 인정했습니다. 어느 쪽이든 제가 죽인 건 틀림없는 일이니 모른다고 말할 수도 없고, 어떤 판결이라도 달게 받을 생각이니까, 이렇게 했느냐고 묻는 말에 뭐든 안 했다고 주장하고 싶지는 않습니다. 그리고 두번째 예심 때는 너무 더운 데다가 오래 조사받아 몸이 피곤했고 화도 나서 아무려면 어때 싶어져, 판사님이 말씀하시는 대로 죄다 인정하고 빨리 끝내고 싶었습니다."

"다시 한번 묻지. 다키코의 상처를 보고 놀랐을 때 쓰타코가 잠에서 깨어 당신 쪽을 보았기 때문에, 소동을 피우면 곤란하다고 생각해 쓰타코에게 재갈을 물리고 양손을 묶어 눕혀놨고, 그러고 나서 다키코의 목을 졸랐다. 조서에 이렇게 쓰여 있는데 사실인가?"

"경찰에서 조사받았을 때, 시체 위치로 보면 그렇게 될 수밖에 없다고 하기에 그리 대답하기는 했습니다만, 사실은 모르겠습니다. 그러나 저로서는 안 그랬다는 말씀도 못 드리겠습니다."

"감정인에게 제대로 기억하는 일과 그렇지 못한 일을 솔직히 대답해 주지 않으면 감정을 할 수가 없어."

"사실대로 말씀드리면, 정신이 들었을 때에는 창문 밖이 환하고 사람들이 집 앞을 오가고 있었기 때문에, 그제야 일어나 앉았습니다. 어쨌든 시체 두 구 곁에 누워 있었던 것 같습니다."

그러고 나서 사부로는 강도로 위장하려고 지갑에서 돈을 꺼내고 쓰타코의 수영복과 다키코의 팬티를 찢기도 했다.

"예심조서에 쓰여 있는 손목시계는?"

"경찰에서 조사받을 때 손목시계를 왜 안 가지고 갔느냐고 묻기에, 그런 건 있는지조차 몰랐으니까 처음에는 모르겠다고 대답했더니, 거짓말 마, 피가 묻어 있으니까 두고 간 거잖아, 하고 야단을 치셔서, 그렇다면 빨간 시계였겠구나 했지요, 빨간 시계가 머릿속에 떠올라서 말씀하신 그대로라고 인정해버렸습니다. 예심으로 옮겨가서도 계속해서 여러 번 시계에 대해 물어보기에, 완전히 넌더리가 나서 될 대로 되라는 마음에 앞에서 말씀드린 그대로라고 인정했습니다만, 실제로는 그때 빨간 시계를 봤는지 못 봤는지 지금 와서는 잘 모르겠습니다."

"그 집을 나온 건 몇시경이었나?"

"비가 내리고 있었습니다. 날도 환했고요."

(이 살인 사건에는 나도 참고인으로 잠시 불려갔다 왔고 그 인연으로 나중에 소송기록을 빌려볼 기회가 있어 조서를 여기저기 베껴놓았는데) 앞서 말한 바와 같은 감정인과의 문답이 진실이라면, 경찰이나 검사국이나 예심이나 공판정에서의 자백, 즉 살인 광경의 상세하고 명료한 진술은 야마베 사부로의 소설이라는 것을 알 수 있다. 그것도 여러 번,

"그게 지금 생각해보면, 제가 기억하는 게 어디까지가 진짜인지 모르겠는데요, 취조받을 때 제가 한 짓을 경찰나리가 가르쳐주시거나 해서, 지금 제 머릿속에 있는 것이 둘 중 어느 쪽인지 하나하나 확실히 구별할 수 없게 되어버렸습니다"라든가,

"경찰에서 네가 이렇게 했지, 저렇게 했지, 하고 주입당한데다 예심이나 검찰 조사에서 똑같은 말을 여러 번 반복했기 때문에, 이제는 그런 걸로 머리가 가득차버렸어요"라고 감정인에게 고백하는 점을 보면 사부로 작作 소설에 복병이 있는 것은 분명하다. 경찰관이나 재판관도 이 소설의 작자인 것이다.

범행 현장의 진상은 결국 야마베 사부로 자신도 모른다. 목격자는 없다. 다키코도 쓰타코도, 죽은 자는 말이 없다. 설사 목숨을 건졌다고 하더라도 비몽사몽간에 칼에 찔렸으니 사부로보다 더 희미하게 기억했을 것이 분명하다.

그 사부로도 이미 옥사해버려 남은 것은 소송기록뿐이다. 서류에서 내가 베껴둔 부분은 조서이므로, 나도 그것을 읽으면 자연히 문답 형식

을 흉내내게 된다.

"너는 왜 이런 걸 베껴둔 거야. 이제 와서 후회하지 않나? 당장 태워버리는 게 좋겠어."

"그 당시에는 아마 이 기록이 믿을 만하다고 생각했던 것 같군."

"그런데 지금은 네가 다키코나 쓰타코를 떠올리는 데 방해가 될 뿐이겠지."

"그렇네. 읽어보니 이상하리만치 생생해서, 인생이란 걸 전혀 모르는 놈이 제멋대로 일기나 쓰고 앉았다며 반발하고 싶은 기분이야. 야마베 사부로의 자백 따위 알 게 뭐냐 싶군."

"하지만 사부로는 자신의 삶을 더부살이라고 여길 만큼 비뚤어져 있지는 않아."

"그야 그렇겠지. 다키코가 가슴에 구멍이 난 채로 단도를 잡는 바람에 손가락을 베였는데도, '사부로 씨, 놀라게 하지 마요. 칼 같은 걸 들고 있으니까 손가락을 베였잖아요' 하고 손가락의 상처를 신경쓰느라 가슴을 찔린 사실을 미처 알아차리지 못했다거나, 또 그때 잠에서 깬 쓰타코가 '사부로 씨, 놀라게 하지 마요. 나 졸리니까 잘래요' 하고 돌아누워 그대로 잠이 들었다거나, 두 사람 다 딱히 소리도 내지 않고 저항도 하지 않은 채로 간단히 살해당했다거나—이러한 사부로의 자백에는 인생에 대한 애착이 나타난다고 생각해. 그는 사형도 각오했다고 하지만."

"여자애들에 대한 네 애착이 네가 그렇게 생각하게끔 한 거야."

"타인의 살아가는 힘이란, 사라지고 없어져버린 과거로부터 현재의 나에게 덮쳐올 때 한층 괴이해지는 법이지. 죽은 자가 소생하지 못하는 건 우주 만물의 이치야."

"그러나 과거라는 게 과연 없어져버리거나 사라지거나 하는 걸까."

"그런데 그것을 인공적으로 보존하는 방법을 알게 된 때부터 인간의 불행이 시작됐다는 생각도 들어."

"네 것으로 만들 생각에 들떠 있던 여자들이 제삼자에게 어이없이 살해당하니 그럴듯한 이야기를 생각해냈군그래. 야마베 사부로에게 징역이라는 형벌을 내린 것도, 살인이라는 그의 과거를 인공적으로 보존하는 방법 중 하나겠지. 그 죄를 묻지 않기로 한다면 아마도 인간은 행복할 거야. 네게는 사부로를 미워하는 것보다 용서하는 것이 편한 방법이겠지. 두 사람이 살아 있었다면 네 여자가 되었을지도 모르니까 말이야."

"그런 일은 없어. 그애들은 죽었어. 살아 있다면 같은 말은 성립될 수가 없어. 모두 지나버린 일이고 그때 이랬다면 이렇게 되었을 거라느니 생각한 적은 없다고."

"두 사람이 어이없이 살해당한 일에 너는 책임을 느끼지 않나?"

"내가 왜?"

"네가 좋아할 만한 살해 방법이잖아."

"소송기록을 발췌한 걸 최근에 읽어보고 말이야, 어째서 나는 이 아이들과 만났을 무렵에 일기를 써두지 않았을까 잠시 생각했어. 그 나날은 도대체 어디로 사라져버린 걸까 하고."

"만일 써두었다면 역시 네가 다키코나 쓰타코를 추억하는 데 방해가 되었을 거야. 소송기록과 마찬가지로 말이야."

"그건 그래. 잊히는 대로 놔두는 게 결국은 가장 아름답게 추억하는 방법이지. 그애들을 추억하려면 그 살해 방법을 거쳐가야 한다는 것부터가 아무래도 나는 마음에 안 들어. 기억에 남기 쉬운 사건으로 일생을 마무리짓다니 성가신 아이들이야."

"그애들이 쓴 편지는 어떻게 했어?"

"가지고 있어. 두 사람의 마음이 진실되게 쓰여 있는지는 믿을 수 없지만."

"네가 일기를 썼다 해도 거짓말만 썼을 거야. 그리고 지금쯤은 거짓으로 썼다는 것도 잊어버렸겠지."

"야마베 사부로의 자백도 마찬가지야. 살인 현장의 참모습은 이미 이 세상에 남아 있지 않아. 소녀들의 육체처럼, 도대체 그것들은 어디로 사라져버린 걸까. 아니, 당사자인 야마베 사부로도 흐릿해서 모를 정도였으니 그런 건 처음부터 이 세상에 없었는지도 모르지. 경미한 정신이상 징후를 가진 성격이상자가, 의식상실까지는 아니지만 몽롱한 상태에서 행한 살인이라고 감정인은 결론짓는데, 뭔가 휑하니 텅 빈 세계에서 벌어진 사건이었는지도 몰라."

"슬슬 소설가의 감상적인 유희가 시작되는군."

"피고도 소설을 말하도록 강요당했어. 경찰관에게 네가 이렇게 하지 않았느냐는 말을 들으면 그런 생각이 들고, 그렇지 않다고 부정할 수가 없을 테지, 그렇게 조사를 받는 동안 그런 걸로 '머리가 가득차버렸다'고 한 말이 조서 안에서 가장 확실한 진실일 거야."

"상대 여자아이들이 살아 있었다면 어땠을까. 그것도 또한 거짓말이 되었을지 몰라."

"실은 그 부분 말인데, 살해당할 이유가 없었다는 걸 알게 되자 재판에서는 이제 아이들의 역할은 사라진 거나 매한가지라, 법관은 살해한 남자의 심리나 행동만 뒤쫓고 조사했어. 살해당한 쪽의 심리는 상관없었지. 죽은 자를 포박해 투옥할 수는 없으니까 말이야. 야마베 사부로와 그 취조자의 합작 소설에 아이들은 몸을 내맡긴 거나 마찬가지야."

"검사 결과 두 사람 다 처녀였다지."

"그래서 치정 사건이 아니라고 쉽게 결론났고, 나도 조사관에게 이상한 눈길을 받지 않을 수 있었지만, 그것과 아이들의 죽음이 무슨 상관이 있다는 거야. 여하튼 그애들은……"

"잘 자고 있었지."

나는 이럴 때 우연을 우연으로 그려내 독자에게 필연이라고 생각하게 만드는 것이 소설가의 수법이라는 것을 알면서도 역시 뭐든 필연을 길잡이로 만들고 싶어서 견딜 수 없었는데, 그건 내가 형편없는 소설가라서일까. 살해당하는 자의 심리를 아는 사람이 전부 사라져버렸다면, 나는 단지 그들에 대한 내 꿈을 엮어내기만 하면 되니 오히려 잘된 일인데도,

"잘 자고 있었지" 하는 말조차 순수하게 믿지 못하는 것은, 그러한 천성 덕분에 어차피 여자를 진실로 사랑할 수도 없는 내 업보란 말인가.

야마베 사부로의 살인 행위에 심신미약이라는 말을 갖다붙여 거기에 있을 법한 어떤 필연을 가리려고 한다면, 살해당한 여자아이들 쪽에는 수면이라는 핑계 좋은 역할을 부여해야만 한다.

그래서 나는 사물의 이치를 생각할 때 가능한 한 중심에서 먼 곳으로 돌아 어슬렁어슬렁 산책하면서, 목표물에서 퍼지는 냄새가 아련한

어떤 연상을 즐기기 위해, 우선 서재에 있는 의학서와 심리학서를 죄다 꺼내 수면이란 무엇인지 찾아보기 시작했다. 놀랍게도 그 내용들이 죄다 두 아이의 죽음에 대한 해답이라고 생각되어 견딜 수 없었다. 심지어는 『아비달마구사론』의 '수면품隨眠品'*까지 펼쳐보았다. 허나 그러다 불법의 가르침에 매혹되어 끝없이 넓은 저 먼 세계로 떠난다면 다키코와 쓰타코의 죽음은 도대체 어떻게 되겠나 싶어서, 또 힘없이 소송기록으로 돌아왔다. 정말이지 이런 소송기록 같은 걸 베껴놓지만 않았더라면 그 두 사람도 훨씬 더 수월하게 내 멀고 먼 몽상의 형체 없는 길동무가 되었을 텐데.

두 사람의 장례식은 물론 불교식으로 치렀지만, 그들에게 죽음을 가져온 수면과 불법의 수면론 사이에 필연적인 다리를 놓기에 나는 너무나도 평범하다고 해야 할까. 아니, 평범한 야마베 사부로와 경부가 함께 쓴 소설은 어쩌면 뭔가 고상하고 원대한 생각에 필연적인 다리를 놓은 건지도 모른다.

우선 경찰청취 조서에 의하면 범인의 자백은 이러했다.

"2층에 올라가니 전등은 꺼져 있었지만 큰길 쪽 가로등 때문에 희미하게 밝아서 알 수 있었는데, 쓰타코 씨는 방문 쪽, 다키코 씨는 큰길 쪽에서 머리를 북쪽으로 두고 자고 있었습니다. 저는 방에 들어가서 '이봐, 일어나' 하고 말을 걸었는데, 둘 다 눈을 뜨지 않기에 큰길 쪽인 남쪽 귀퉁이의 모기장 끈을 손으로 당겨 끊었습니다만, 그래도 역시 일어나지 않았고, 모기장 안에 들어가 두 사람의 한가운데에 꼼짝

---

* 불교에서 '수면'은 '번뇌'를 달리 이르는 표현으로, 인도 경전 『아비달마구사론』에서 '수면'은 마음을 흐릿하게 하고 약해지게 만드는 번뇌다.

않고 서서 또 '일어나' 하고 큰 소리를 냈습니다. 그래도 일어나지 않는 겁니다. 그래서 반듯이 누운 다키코 씨의 가슴 부근에 올라타 엉거주춤한 자세로 오른손에 단도를 들고서 칼끝을 아래로 내린 채 왼손으로 흔들어 깨우자, 다키코 씨는 쭉 뻗고 있던 무릎을 옆으로 조금 비틀어 세우면서 몸을 일으켰습니다. 그러면서 '어머' 하고 소리를 냈기 때문에, 저는 아래층에서 가지고 온 수건 두세 개로 다키코 씨의 입을 막으려고 쭈그려앉았습니다. 그게 다키코 씨가 일어난 것과 동시여서 오른손에 들고 있던 단도가 가슴 아래를 찌른 겁니다. 큰일났다 싶어 단도를 뺐을 때 다키코 씨도 일어나서 제대로 앉아 '사부로 씨, 놀라게 하지 마요'라고 말하면서 잠옷을 여미듯이 가슴을 눌렀는데, 일어날 때 단도를 잡았는지 엄지손가락에서 피가 났습니다. 다키코 씨는 가슴보다 손에 난 상처가 아프다고 말했습니다. 그때 저는 다키코 씨의 잠옷 가슴팍을 걷어올렸는데 왠지 다키코 씨는 제가 하는 대로 가만히 있었습니다. 상처를 보니 한 치 넘게 벌어져 있어서, 큰일났다. 심장을 찔렀으니 도저히 살아나지 못할 거야. 차라리 죽여버리고 도망가자, 하는 생각이 들었습니다. 이 소동 탓에 쓰타코 씨도 눈을 떴지만, 저라는 걸 알고는 '사부로 씨, 놀라게 하지 마요. 나는 졸리니까 잘래요' 하고 저쪽으로 돌아눕더니 그대로 다시 자버렸는데, 만일 잠에서 깨어 소리라도 내면 곤란하다 싶어 아래층에서 들고 온 타월로 재갈을 물리고, 벽에 걸려 있던 수건으로 눈을 가린 다음 그 부근에 있던 끈으로 양손을 묶었습니다. 저라는 걸 알고 있어서인지 쓰타코 씨는 그런 짓을 당하면서도 안심하며 잠자코 새근새근 자더군요. 그렇게 해두고 그다음에는 이제 정해진 일인 양 다키코 씨에게 돌아가서, 입고 있던 잠옷 옷깃을 유도 목 조르기 기술로 졸랐습니다. 다키코 씨는 계속 '싫어요, 싫어요, 싫어요, 싫어요'라고 하다가 소리를 내지 않게 되었습니다. 옷깃을 조이던 손에 힘이 풀리자 양 손가락으로 목을 감고 꽉 졸랐습니다. 앉아 있던 다키코 씨의 뒤쪽에서요. 몸이 축 늘어지기에 숨이 끊어졌나보다 싶어 곁에 있던 끈으로 목을 아마도 한 바퀴 감고 나서 힘주어 꽉 묶었더니 끈이 끊어졌습니다. 그래서 곁에서 띠 같은 걸 주워 그것으로 다시 목을 한 바퀴 감아 꽉 묶었습니다. 그때 다키코 씨를 처음에 자던 것과는 반대 방향인 남쪽으로 머리를 두고 눕혔습니다. 아마도 끈 매듭 부분은 목 옆쪽으로 가 있던 것 같습니다. 그런 다음 쓰타코 씨의 베갯머리 쪽으로 가서 거의 두 시간 정도 선 채로 자는 모습을 내려다보았습니다. 깊이 잠든 것 같았지만 이렇게 된 이상 어쩔 수 없다고 생각했기 때문에, 일단 아래층으로 내려가 허리띠 밑에 두르는 속띠와 마끈을 가지고 2층으로 돌아가서는, 아까 쓰타코 씨의 양손을 묶은 끈 끝자락에 마끈의 한쪽을 잇고 양발을 모아 그걸로 묶었습니다. 왜냐하면 앞서 다키코 씨를 죽일 때 다키코 씨가 발을 바둥거렸기 때문입니다. 그런 다음 속띠의 한쪽 끝을 묶어 고리를 만들고 그 안에 오른발을 넣어 끈을 밟았습니다. 그러고는 끈의 중간 부분을 쓰타코 씨의 목에 한 바퀴 감고 다른 한쪽 끝을 손으로 잡은 다음 힘껏 몸을 젖히면서 손과 발에 힘을 주어 목졸라 죽였습니다. 이렇게 해도 쓰타코 씨는 전혀 소리를 내지 않았습니다. 쓰타코 씨의 숨이 멎은 다음, 속띠는 목에 그냥 감아두었습니다. 정신을 차리고 보니 그녀가 제 무릎을 벤 채 죽어 있기에 머리를 저쪽으로 미는 중에, 어떻게 된 영문인지 발을 묶어두었던 마끈이 끊어졌습니다."

검사 앞에서도 예심에서도 공판정에서도 야마베 사부로는 범행 장면에 관해 위에 적은 경부의 조서와 대동소이하게 진술했지만, 아주 조금이긴 해도 이 경우 그 차이가 나에게 의미하는 바는 제법 크기 때문에 조금이나마 여기에 적어보는데, 우선 모기장 끈이 끊어진 것은 검사조서에도 예심조서에도 공판에도,

"그래서, 저는 강도로 위장해 다키코 씨와 쓰타코 씨를 놀라게 하려고, 양복도 모자도 벗고 거기 있던 수건으로 눈만 내놓고서 얼굴을 감싸 뒤에서 묶었습니다. 그리고 가지고 간 단도를 손에 들고 2층으로 올라갔는데 입구 미닫이문이 반쯤 열려 있었습니다. 그리로 들어가 안을 살피니 두 사람이 모기장 안에서 북쪽으로 머리를 두고서 푹 자고 있는 듯했습니다. 그래서 저는 단도를 꺼내 중간쯤을 입으로 물고 모기장 왼편 귀퉁이의 끈을 잡은 다음 모기장 자락이 여자들의 얼굴에 닿을 정도로 흔들면서 '일어나' 하고 말해보았지만 둘 다 깨지 않았는데, 그러는 동안 그 끈이 끊어져서 저는 입에 물었던 단도를 오른손으로 들고 모기장 안으로 들어갔습니다."

이런 식이었으며, 처음에 경부에게, 또 나중에 정신감정인에게 대답한 것처럼 그냥 손으로 잡아당겨 끊은 것은 아니었다.

다키코의 가슴을 찔렀을 때의 정황도, 반듯이 누운 그녀 위로 "무릎을 대고 위로 올라탔다"(정신감정인)인지, "올라타 엉거주춤하게 있었다"(경부)인지, "올라타 무릎이 다다미에 닿도록 굽혔다"(검사, 예심 및 공판)인지, 여하튼 사부로가 그러한 자세를 취하고 오른손의 단도를 다키코의 가슴에 댄 다음 왼손으로 그녀의 어깨를 흔들어 깨운 건 틀림없었겠지만, 과연 사부로가 올라탄 데가 다키코의 가슴 위였는지 배

위였는지 또한 허리 위였는지 세밀히 따지고 들어도 더이상 확실한 것은 알 수 없고, 경부에게 대답했을 때만 단 한 번 "가슴 부근에 올라타 엉거주춤한 상태"라고 위치를 말했는데, 이것도 그냥 내뱉은 말인 듯해 그다지 신뢰할 수는 없다. 이 위치는 살인의 시작과 중대한 관계가 있으나 그 관계에 대한 진술도 애매모호한 점이 있다.

"저는 반듯이 누운 다키코 씨 위에 올라타 오른손으로 단도를 들고 한쪽 무릎을 바닥에 댔습니다. 그러고는 왼손으로 다키코 씨의 오른쪽 어깨를 잡고 흔들어 깨웠습니다. 그때 칼끝은 다키코 씨의 가슴에서 두세 치 거리까지 가까이 가 있었는데, 다키코 씨가 갑자기 왼손으로 제 왼손을 치우면서 동시에 자신의 양다리를 굽혔기 때문에 그녀의 다리가 제 엉덩이에 닿았습니다. 그 반동으로 제 몸이 앞으로 기우는 바람에 단도 끝으로 다키코 씨 가슴을 찔러버린 것입니다."(예심 및 공판)

"반듯이 누운 다키코 씨의 가슴 부근에 올라타 엉거주춤한 자세로 오른손으로 단도를 들고, 칼끝을 안쪽으로 향하면서 왼손으로 흔들어 깨우자, 다키코 씨는 쭉 뻗었던 무릎을 조금 옆으로 비틀어 세우면서 몸을 일으켰습니다. 그러면서 '어머?' 하는 소리를 냈기 때문에 저는 아래층에서 가지고 온 수건 두세 개로 다키코 씨의 입을 막으려고 쭈그리고 앉았습니다. 그게 다키코 씨가 일어난 것과 동시여서 오른손에 들고 있던 단도가 유방 아래를 찔렀던 것입니다."(경부)

"똑바로 다리를 뻗고 반듯이 누워 자고 있었습니다. 흔들어 깨우자 곧바로 다키코 씨가 깜짝 놀라며 일어났는데, 그때 저도 확실히 손에 느낌이 와 일어서서 보았더니 다키코 씨가 가슴을 누르고 아프다고 말했던 것 같고, 그러는 동안 피가 세차게 뿜어져나와 기모노로 피가 번

져서 알게 되었습니다."(정신감정인)

피고는 결코 죄를 가볍게 하기 위해 숨기려고 하지는 않았다. 일부러 꾸며서 자신의 범죄를 장식하지도 않았다.

"검시를 한 의사의 감정서에는 다키코의 가슴에 난 자상은 교경絞頸 후 인사불성중 아직 완전히 죽음에 이르지 않았을 때 생긴 것이다. 즉 목을 조른 것이 먼저이고 칼로 상처를 입힌 것이 나중이라고 봄이 마땅하다고 쓰여 있다. 이에 의하면 피고인은 우선 다키코의 목을 조르고, 그후에 단도로 가슴에 상처를 입혔다고 보이는데 어떤가?"

"결코 그렇지 않습니다. 전에도 몇 번이나 말씀드렸듯이 단도로 다키코 씨의 가슴에 상처를 내버렸고 깜짝 놀라 이래서는 도저히 다키코 씨는 살지 못하니까 차라리 죽여버리자고 생각해 목을 조른 겁니다. 가슴 상처는 목을 조르기 전에 생겼습니다. 의사 선생님의 감정서에 뭐라고 쓰여 있든 간에, 결코 다키코 씨의 목을 조르고 나서 가슴에 상처를 낸 게 아닙니다. 만일 의사 선생님이 말한 대로였다면 쓰타코 씨의 가슴에도 똑같은 상처를 냈을 겁니다. 무슨 말을 하든 제가 다키코 씨나 쓰타코 씨를 죽인 사실에는 변함이 없으니까 어떤 판결에도 따를 각오는 했고, 물어보신 일에 대해 이제 와서 거짓말을 하다니 꿈에도 생각하지 않습니다. 뭐든 사실 그대로, 조금도 거짓 없이 말씀드리고 있는데, 다키코 씨의 가슴에 생각지도 않게 커다란 상처가 났기 때문에……"

"흉행 후 당직자가 임검하여 다키코와 쓰타코의 시체를 본 바에 의하면 쓰타코의 양손은 손목 부근을 타월로 세게 묶고 그 위를 또 마끈과 모슬린끈으로 꽉 묶어놓았다. 또한 타월 두 개로 쓰타코에게 재갈을 물린 상태였다. 게다가 표백한 가는 끈과 여성이 허리에 매는 한 겹 띠로 목을 꽉 조인 후 양쪽 끝을 묶어둔 것을 확인했다. 한편 다키코는 목을 허리끈으로 조른 뒤 다시 양모로 된 속치마로 꽉 조여 묶어둔 것을 확인했다. 피고인은 두 사람을 그렇게 죽인 게 아닌가?"

"그때는 신경이 곤두선 것 같으면서도 멍한 상태였기 때문에 하나하나 확실하게 기억 못하는 면도 있지만, 판사님이 현장에 가서 시체를 보셨다면 분명히 판사님이 말씀하신 방법으로 제가 두 사람을 죽인 게 틀림없습니다."

그러나 야마베 사부로의 '사실 그대로 조금도 거짓 없이'는 이 예심 판사와의 문답에서도 알 수 있듯이, 또한 사부로 자신이 정신감정인에게 고백한 대로, 상대에게 맡긴 '사실 그대로'였던 부분도 많을 것이다. 검시나 현장감식이나 증거품이나 취조시의 추정이, 사부로가 거짓말을 하게끔 작용했던 것이다. 그의 진술이 조금씩이긴 하나 그때그때 다르다는 점은 몇 명쯤 되는 취조자의 심리적 차이를 비추는지도 모른다. 그리고 사부로가 한 말을 기록했다고는 하나 요컨대 의미만 옮기면 끝나는 기록이니, 말 이면에 있는 사부로의 마음속 움직임이나 표정은 대부분 잃어버리고, 연극으로 비유하면 마치 줄거리만 남아 있는 건 아닐까. 하물며 나처럼 그 안에서 다키코와 쓰타코의 모습을 찾으려 드는 것은, 사전의 어느 페이지에서 여자의 잠자는 숨소리를 느끼려는 일과 마찬가지로 허무한 꿈이리라. 진술의 차이에 매달려 어떤 것을 선택해야 할지 망설이기보다 '예심 종결 결정서'의 대담한 간략함에 경의를 표해야겠다.

"강도로 가장하여 변장 복면하고, 동일同日 오전 두시경, 다키코 및 쓰타코의 침실인 2층 6조*방에 올라가, 소지하고 간 단도를 든 채로 숙면중인 동인同人 등에게 말을 걸었으나 쉽게 잠을 깨지 않아, 바로 누운 다키코 위에 올라타 단도를 흉부에 대고 어깨를 잡고 흔들어 깨웠는데, 동인이 놀라 양다리를 구부리니 무릎이 피고인의 둔부에 닿아 피고인의 신체가 전방으로 쓰러졌고, 그 순간 단도가 다키코의 좌흉부에 깊이 찔려 의외의 중상을 입힘으로써 피고인은 그 상처를 보고 크게 당황하여, 이와 같이 결국 다키코의 사망을 피할 길이 없자, 소란을 일으키기 전에 차라리 동인을 죽이고 도망할 것을 결심, 즉각 그 자리에 있던 허리끈 및 양모 속치마로 경부를 교압絞壓하여 질식시켜 동인을 교살하고, 한편 쓰타코는 이때 잠이 깨어 피고인이 침입한 것을 알았음에도 흉행에 관하여는 아직 감지하지 못하고, 게다가 아는 사이라 깊이 생각지 않고 그대로 다시 잠이 듦에, 피고인은 쓰타코의 입으로 일이 발각될 것을 두려워하여 동인도 죽이고 도주하기로 결심, 그대로 두 시간 정도 경과한 후, 아래층에서 여성용 한 겹 띠를 가지고 와 동일하게 쓰타코의 경부를 교압하여 질식시켜 동인도 교살한 뒤 도주했다."

이 결정서에도 역시 의문점은 있다. "소란을 일으키기 전에 차라리"라는 말은 아마 다키코가 소란을 일으키는 일을 말하는 듯하고, 그래서 "즉각" 교살했다고 되어 있지만 가슴에 단도가 꽂힌 상태로 "소란을 일으킬" 수는 없는 법이다. 특히 쓰타코가 "그대로 다시 잠이 듦에"라고 한 부분은 피고의 말을 믿었다는 말인데, 쓰타코가 잘도 다시 잠들었겠다고 생각하니 나는 어쩐지 섬뜩할 정도이다.

---

* 6조는 약 9.9제곱미터.

"다키코는 침입자가 피고인이라는 걸 알고 있었는가?"

"알고 있었습니다. '사부로 씨, 손가락을 베였잖아요'라고 말했습니다."

"피고인이라는 걸 알기 전까지는 조금 더 소란을 피웠을 만도 한데, 어떤가?"

"딱히 소란을 피우지 않았습니다."

"목을 조를 때 다키코는 별로 저항하지 않았는가?"

"하지 않았습니다."

"그때 쓰타코는?"

"다키코 씨의 상처를 보고 쓰타코 씨가 놀라면 안 된다고 생각해 쓰타코 씨를 묶어놨습니다."

"쓰타코는 손발이 묶이는데 아무 말도 하지 않았나?"

"아무 말도 안 했습니다."

"정말인가? 피고도 말없이 묶었는가?"

"잠자코 묶었습니다."

"그리고 재갈을 물렸나?"

"그렇습니다."

"그다음 눈을 가렸나?"

"그렇습니다."

"그래도 쓰타코는 저항하지 않았나?"

"그렇습니다."

야마베 사부로는 이런 식으로 공판정에서 답했고, 그전의 진술을 보아도, 다키코는 가슴에 한 치가 넘는 상처를 입어 피가 세차게 뿜어져

나오는데도 일어나서 자세를 고쳐 앉고는 잠옷을 여미듯이 가슴에 손을 가져가며,

"사부로 씨, 놀라게 하지 마요. 칼 같은 걸 들고 있으니까 손가락을 베였잖아요" 하고 가슴보다 손가락 쪽에 신경을 썼고 사부로가 잠옷 가슴팍을 헤집어도 왜인지 그냥 놔두었다. 더욱이 쓰타코는,

"사부로 씨, 놀라게 하지 마요. 졸리니까 난 잘래요" 하고 돌아누웠을 뿐 손발을 묶고 재갈을 물리고 목을 졸라 죽일 때까지 전혀 소리를 내지 않고 사부로에게 기대어 있다가 그의 무릎을 벤 채 죽어버렸다.

연애 관계에 있던 건 아니다. 이웃사촌이라 할 만큼 친분이 있던 것도 아니었다. 그런 남자가 한밤중에 여자들만 사는 집 침실에 '강도로 가장하여 변장 복면하고' 함부로 침입했는데도, 여자들은 경계하기는 커녕 살해당해 숨이 끊어질 때까지 그를 증오한 낌새가 없었다. 그 손에 죽으면서도 살해당하리라고는 생각지 않았다. 그냥 장난이라고 믿고 있었다. 광대무변廣大無邊한 친애함이 아닌가.

그러나 나는 소송기록을 처음 읽었을 때

"거짓말이군" 하고, 살인자가 멋대로 꾸며낸 얘기를 꿰뚫어보았을 뿐 아니라,

"극락왕생을 한 듯이 편히 죽은 사람의 얼굴은 결코 아니었어" 하고 생각했다.

다키코와 쓰타코는 8월 1일 오전 두시에서 네시 무렵에 살해되었다. 여느 때와 달리 그 집 사람들이 아침에 일어나지 않자, 단골집을 다니며 주문을 받는 채소 장수가 이상하게 여기면서 범죄가 발견되었다. 그리고 야마베 사부로는 8월 4일에 검거되었다. 내가 달려갔을 때는 아

직 가해자를 짐작도 못하던 시점이었다. 나는 곧바로 관할서로 끌려가 꽤나 혹독한 질문을 받았는데, 그 둘이 무엇 때문에 살해당했는지 상상조차 할 수 없었다.

두 사람은 이웃과 별로 어울리지 않았는지, 학교를 나와 무엇인가 공부하고 있다는 정도는 알았어도, 문학을 공부했다는 걸 아는 사람은 없었던 모양이다. 따라서 그들의 신원이나 친척에 대해 아무도 경찰의 호구조사 이상으로 자세히 말해줄 수가 없었다. 그때 집주인이 와서 내가 보증인인 것을 기억해냈고, 계약서에 쓴 내 주소를 보기 위해 일단 집으로 돌아간 다음 거기에서 내가 사는 곳으로 심부름꾼을 보내준 것이다. 그런데 공교롭게도 더위 때문에 글을 통 쓰지 못하던 나는, 7월 그믐날에 들어온 약간의 돈으로 집세를 내느냐, 아니면 늦은 백중 선물*로 다키코와 쓰타코에게 여름 옷가지라도 사주느냐 하는 문제로 야심한 밤까지 마누라와 말다툼을 벌인 끝에 (마침 그 시각에 살해당했다) 1일 아침부터 백화점에 여름옷을 보러 가느라 집을 비웠기 때문에, 내가 다키코와 쓰타코의 집에 달려갔을 때는 이미 오후 두시가 넘어 있었다.

출입구에는 여전히 순사가 지키고 서서 구경꾼들을 내쫓고 있었다. 내가 구경꾼 사이를 헤집자,

"아, 저 남자—이 사람은" 하고 누군가가 말하는 소리가 들렸다. 나는 반사적인 수치심으로 재빨리 빠져나가려고 했지만, 이때 문득 마음속에,

'거짓말보다 무서운 것은 없다'라는 말이 떠올랐고, 동시에 다리 힘

---

* 일본에는 7월 보름날인 백중에 평소 가까이 지내는 친척이나 친지에게 선물을 하는 풍습이 있다.

이 풀릴 정도로 왠지 너무도 한심해져서 견딜 수가 없었다. 나 자신이 비참하기 그지없었다.

그러나 지금 와서 곰곰이 생각해보면 그러한 경우에 인간은 흥분하는 게 당연하다. 불시에 육체적인 쇠약함 따위를 느낄 리 만무하다. 실제로 나는,

"자네는 뭔가?"라는 질문을 받았을 때

"보호자입니다" 하고 대뜸 의기양양하게 대답했기 때문에,

"보호자?" 하고 멍하니 되뇐 경찰관이 약간 움츠러들어 나를 집에 들였던 것으로 기억한다.

"저 남자" 하고 튀어나온 말도 "이 사람"이라고 정정할 정도였으니 나에게 악의를 품지 않았던 건 명백하다. 이 살인 사건과 관계있는 남자라는 의미가 아니었다. 이 집에 자주 오는 걸 본 적이 있다는 정도의 의미였다. 그러고 나서 나는 담당 관할서에 끌려가 상당히 난폭한 질문을 받았지만, 요컨대 참고인 신분이었고 살인 용의자 취급을 당한 건 아니었다. 내가 다시 그 집에 갔을 때는 담당관도 기뻐하며 이것저것 공손히 조언을 구해올 정도였다. 출입구에 채 들어서기도 전이었는데, 다리에 힘이 풀린 이유는 무엇이었을까. 적어도 장소 탓은 아니었던 것이다.

하지만 나는 또 무엇 때문에 그렇게 전광석화처럼 황급히 뒷수습을 했을까. 나는 화장 허가를 내달라고 경찰을 재촉했다. 화장터에서 돌아와서는 그 자리에서 두 사람의 소지품을 몽땅 고물장수에게 팔아버렸다. 그리고 그날로 그 집을 비우고 우리집으로 유골을 가지고 돌아왔다. 객실에 들어서자 나는 서둘러 겉옷과 버선을 벗어던지면서,

"뭐랄까, 이렇게 되니 어느 쪽이 누구 유골인지 모르겠군요. 전혀 다른 사람이었는데 완전히 같아졌네요" 하고 말했다.

"아뇨."

당치도 않다는 듯 다키코의 오빠는 흰 무명으로 싸서 나란히 놓아둔 꾸러미 중 하나를 부랴부랴 들어올렸다.

"다키코는 이쪽입니다. 하나부터 열까지 여러모로 신세 많이 졌습니다." 그는 유골을 무릎에 올린 채 어찌된 일이냐고 묻듯이, 그리고 조금 경계하듯이 내 쪽을 살폈다. 나는 똑같이 쓰타코의 유골을 무릎에 안아 올리고,

"이쪽이 쓰타코군요" 하고 안심했다는 양 웃었는데, 그제야 다키코의 오빠나 어머니를 완전히 무시하고 모두 내 독단으로 일을 진행했다는 것을 알아차릴 정도였다.

다키코의 어머니나 오빠의 입장이 되어 차분히 생각해보면 정체 모를 웬 남자가 멋대로 죽은 딸을 화장하고 딸의 소지품을 팔아버린 셈인데, 그것을 그냥 방관한 게 된다. 물론 나는 진작부터 다키코의 집으로부터 딸 일은 일체 맡긴다는 편지를 받기는 했다. 또한 내가 다키코를 먹여살린 거나 마찬가지였다는 사실은 다달이 생활비다운 것을 부쳐주지 않았던 어머니 쪽이 더 잘 알고 있었을 것이다. 그러한 점 때문에 나에게 조심스러운 마음도 있었을 테고. 내게도 다키코나 쓰타코를 어떻게 하든 이제 와서 불평할 사람은 없을 거라는 생각이 있었겠지만, 다키코를 쓰타코보다 더 우리집 식구처럼 대하는 버릇은 이전에 그녀가 우리집에서 일 년 채 안 되는 기간 동안 지냈을 때 생긴 것이었다.

만일 쓰타코가 나타나지 않았다면 다키코가 우리집을 나가지는 않

았을 것이다. 나는 쓰타코를 위해 빌린 집에서 다키코가 함께 살아주었으면 했다. 그러나 다키코는 우리집에 살게 했으면서 쓰타코는 다른 데 두었다고 해서, 내가 쓰타코보다 다키코를 더 소중히 생각한 건 결코 아니었다. 그 반대였다. 말하자면 타인의 집에서 더부살이하며 쓰타코의 순결한 생활력이 약해지는 게 아쉬웠던 것이다. 또 밤낮을 함께하다가 내가 쓰타코에게 품는 꿈이 작아질까 두려웠다. 쓰타코는 그런 아이였다. 따라서 다키코가 쓰타코를 위해 옮겨간 집에서 살해당했으니 쓰타코 탓이라고 할 수도 있다. 하지만 그런 허무한 푸념을 늘어놓을 거라면 쓰타코야말로 손해를 입은 셈인데, 야마베 사부로는 베개를 나란히 하고 누워 자던 두 처녀 중 다키코 위에 먼저 올라타지 않았던가.

"피고인은 쓰타코의 입으로 일이 발각될 것을 두려워하여 동인도 죽이고 도망하기로 결심"했다고 '예심 종결 결정서'에 쓰인 대로, 쓰타코가 다키코 사건에 말려들어 뜻밖의 재난을 당했다는 것은 명백하다. 사부로의 단도가 다키코의 가슴을 찌른 일은 정말로 우연에 지나지 않았지만, 이 우연의 살인 사건 속에서 필연을 찾는다면 첫번째로 꼽아야 하는 건 틀림없이 야마베 사부로 같은 남자와 그 두 사람이 아는 사이였다는 사실이다. 그리고 그 두 사람이 그에게 정도가 지나친 장난기를 불러일으켰다는 점이다. 그것은 다키코의 성격 때문이다.

다키코는 밝고 농담을 좋아하는 여자였다. 그 농담은 정말이지 형편없어서 맹장지 너머에서라도 듣고 있자면 저런 시시한 말에 상대가 왜 웃는지 이상하게 생각될 정도였지만, 그녀와 마주앉아 있는 남자들이 거의 다 무심코 반응을 보이거나 종종 자세를 바꾸는 모습을 보고, 나는 다키코를 멋진 여자라고 생각했다. 나에게 오기 전에도 두세 명의 작가에게 소설을 보였던 모양인데 물론 그 누구로부터도 쓸 만한 물건이 되겠다는 말은 못 들었다. 근대문학을 제대로 읽은 자가 썼다고는 생각할 수 없는, 제 흥에 겨워 쓴 낙서였다. 소설가의 소질은커녕 독자의 소질도 없는 여자처럼 보였다. 문학의 세계로 천진난만하게 잘못 섞여든 미아 같아서, 안됐다기보다 뭔가 귀여웠다.

그런데 어느 날 심한 수면부족 상태에서 만나보니, 겉으로는 똑같아 보이지만 나를 상당히 배려해주고 있다는 걸 깨달았다. 나는 거칠게 떠들어댔다. 그녀는 흔들의자를 흔들고 있었는데 내 말이 거칠어짐에 따라 그녀도 의자를 거칠게 흔들었고, 그러자 묘하게 어머니 같은 느낌이 들었다.

"이 의자 말이에요, 여류 작가, 여류 작가, 하고 울고 있어요."

"여류 작가?—여자 작가 따위는 한 명도 존재하지 않아요."

"훌륭한 사람 말씀이시죠?"

"훌륭하든 훌륭하지 않든 그런 건 애당초 한 명도 없어요. 여자 작가라는 것은 없답니다. 작가가 있을 뿐이지요."

"정말로 그렇네요."

"틀렸어요. 당신도 말이에요, 여류 작가가 되고 싶다면 문학 같은 건 단념하고 시집을 가도록 해요. 문학 따위는 살면서 훨씬 더 혹독한 꼴을 당하고 난 뒤에 시작하는 편이 좋아요. 문학에 속는 것보다 남자한테 속는 편이 훨씬 여류 작가답다고 할 수 있어요. 지금의 당신은 어떻게 생각해도 여류 작가지요. 분명 여자 작가예요. 그러나 활자화되는 소설을 쓸 수 있게 된다면 당신은 이미 여류 작가가 아니에요. 남자 작가를 흉내낼 뿐이지. 여자가 아니게 되는 겁니다. 여자가 아니라, 쓰

잘 데 없는 여자가 되지요. 문학에는 여자가 할 일 따위는 없어요." 나는 이런 말을 장난꾸러기 아이처럼 즐거워하며 마구 내뱉었지만, 다키코가 돌아가고 나서 그녀의 소설을 읽어본 후, 아까 내가 한 말도 꼭 헛소리라기보단 그녀가 쓴 글에서 받은 인상이었다는 것을 알 수 있었다. 이미 일주일 넘게 밤샘 작업을 계속하다가 겨우 한시름 놓아 심신이 무척 약해지고 마음도 풀린 탓이었겠지만, 나는 다키코의 작품에 터무니없이 눈물을 흘렸다. '여자란 좋구나' 하며 새삼스럽게 정신이 혼미해질 정도로 고마워했다.

다키코가 쓴 네 편의 소설은 모두 그녀의 일기 같은 것이었는데, 거기에 나타나는 부모 형제나 친구, 애인에 대한 그녀의 무조건적이고 무제한적인 애정이 나를 완전히 감동시켰다. 물론 이러한 여성의 애정은 동서고금의 수많은 작품에서 아름답고 깊고 고고하게 오래도록 이어져왔지만, 그런 문학과는 확실히 달랐다. 나는 또한 이런 애정이 현실에 존재한다면 차마 그대로 받아들일 수는 없으리라고 생각했다. 문학적으로 보자면 제대로 된 소설도 문장도 아니었으니 평소라면 받아들일 수 없었겠지만, 우연히도 피곤에 젖어 있던 무방비한 상태가 상대의 꾸미지 않은 따뜻함을 느끼게 해주었으리라.

잠이 올 것 같지 않은데 자려고 노력하는 게 아까워져서 기세 좋게 튀어 일어나 다키코에게 속달로 편지를 썼다. 글씨가 평소의 두 배 이상 컸다. 그런 다음 목욕을 하고 중국음식을 먹으러 나갔다가 이번에는 정말로 졸려서 집에 돌아온 차에 속달을 본 다키코가 왔다. 나는 너무 피곤해서 혀가 좀 꼬일 지경이었던지라 제멋대로인 결론만을 던졌다.

"나쁜 문학은 아름다운 감정으로 만들어지는 경우가 있지만—당신이 맡겨둔 소설을 아까 네 편 연달아 읽었어요. 전부 문학은커녕 아무것도 아니더군요. 어느 작품이고 자신을 망각할 정도로 사람을 사랑하고 상대한테 실컷 밟히고, 똑같은 일이 몇 번이고 되풀이돼도 역시 우둔하게 사랑하는, 자신이 그런 여자라는 광고문이지. 남자가 우쭐거리며 기어오르게 하는 연애편지 같아요."

대놓고 야단치는 어조였지만 그녀는 둥근 어깨를 누가 간지럽히기라도 한 듯 웃었다. 그러고는 말대답을 하고 싶은 표정으로 얼굴을 붉히면서 나를 보았다.

"이런 소설은 모든 여성을 위해서도 좋지 않아요. 여자는 아무리 심하게 대해도 괜찮다는 마음을 남자에게 가져다주거든요. 소설 따위는 그만 쓰세요. 당신의 좋은 점을 애인이나 남편을 위해 가만히 숨겨두세요. 광고 같은 건 하지 말고." 그렇게 말한 당시는 알아차리지 못했지만, 사실 다키코가 여자로서의 미덕을 손수 문장으로 공표하는 걸 왠지 위태롭고 아쉽다고 생각한 건 내 안에 이미 남자의 질투가 싹트고 있었기 때문인지도 모른다.

나는 다키코의 가슴을 크게 찍은 사진을 본 적이 있는데, 범행 현장 감식 때 찍은, 자상을 명확히 보여주기 위해 확대한 듯한 사진으로, 카메라 탓인지 광선 탓인지 기괴한 모습이었기 때문에 이상스레 생생했던 걸 기억한다. 예를 들면 머리카락은 한 올씩 셀 수 있을 정도로 확실하게 찍힌 반면 넓은 가슴은 유방의 부푼 모양도 알 수 없을 만큼 흐릿하니 하얀 평면이었고, 그러면서도 겨드랑이 아래 주름은 잘 보였다. 눈썹과 콧구멍은 선명하고, 감은 눈과 아주 조금 벌어진 입술은 꿈처럼 흐릿했다. 선이 반듯한 옆얼굴이었다. 가슴은 천장을 향한 채 퍼져 있고, 살이 잘 오른 어깨는 짧고 굵은 목과 직각에 가깝도록 풍만하게 뻗어 있고, 유두도 유륜도 처녀치고는 크고 너무 성숙했다. 목을 한껏 뒤로 젖혔는데, 머리카락을 풀지는 않았지만 귀 뒤부터 목덜미까지 머리카락이 난 가장자리가 완전히 보일 정도로 흐트러져 있어 흠뻑 젖은 것처럼 느껴졌다. 상처를 보여주기 위해서인지 피는 깨끗이 닦여 있었다. 흐린 먹빛의 유륜 아래에 푹 파인 깊이를 짐작게 하는 검은 상처가 찍혀 있었다.

내가 얼굴을 찡그리고 고개를 돌린 건 이 상처 자국 때문이었지만 그건 그저 위선에 지나지 않았고, 이제 와 생각해보면 사실은 훤히 드러난 그녀의 생명에 대한 경탄을 숨기려 했던 것 같다. 공포나 고통의 그늘 없이 몸을 양껏 드러내놓은 모습이 환희의 극치처럼 보였다.

"극락왕생한 듯이 편히 죽은 사람의 얼굴은 결코 아니었어"라고 한 건 피비린내나는 처참한 그 장소에서 받은 내 거짓 없는 인상이었다. 젊고 적나라한 죽음이었기 때문에 제대로 쳐다보지 못했고, 왠지 조급하게 두 사람을 재로 만든 것 역시 이 수치심을 숨기고자 하는 기분이 얼마간 작용했을 정도였는데, 그렇지만 피 한 방울 남아 있을 것 같지 않은 시체가 그 사진처럼 달콤한 젊음으로 넘쳐날 리는 없다. 나는 사진기가 도대체 시체의 어디에서 이런 후끈거리는 생명을 잡아낸 것인지 신기해서 견딜 수 없었다. 감정이 없는 기계 쪽이 신의 눈에 가까운 것일까. 사진의 다키코는 꼴좋다고 말하고 싶어질 정도로 저속한 동물성을 드러내고 있었는데, 나는 그때까지 생전의 그녀한테서 이런 진정한 여자의 모습을 본 적이 한 번도 없었다. 그렇게 살해당하면서도, 사람들이 얼굴을 돌리는 시체가 되었으면서도, 그녀는 사진기를 통하여 젊은 생명력을 거리낌없이 펼쳐 보일 기회를 잡았다. 무서운 우연이었을까.

이 우연도 생명력도 소송기록에는 전혀 드러나지 않는다. 치정 관계의 살인 사건이 아니라고 결정나자 이런 것들은 더는 가해자나 재판관의 머리에 떠오르지 않았다. 정신감정인이 언급할 만한 사항도 아니었다. 그 붙잡기 어려운 것을 소설가인 내가 무슨 의미라도 있는 양 가지고 노는 건 사진기 하나에도 미치지 못하는 추태일 테고, 그래서 나는 범인의 공술에서 너무 많이 벗어나지는 않으려 노력했지만, 생각해보면 다키코의 나체 가슴 사진에 드러난 건 내가 처음으로 읽은 그녀의 소설에도 나타나 있던 것 같다.

나도 거기에 부추김을 당해 비평이라고도 할 수 없는 제멋대로인 비평을 그녀에게 퍼부었는지도 모른다. 그러나 그녀는 내 말을, 소설 같은 걸 쓰기보다 시집갈 곳을 찾는 편이 낫겠다는 조롱 섞인 충고로 들었는지, 어떻게 해서든 해내고 싶다며 공부 방법을 물었다.

"무슨 일이 있어도 소설을 쓰고 싶은 거군요. 작가가 될 수만 있다면 뭐든 희생해도 좋단 말이죠."

"네."

"그렇다면 누군가 소설가의 애인이 되는 게 좋겠어요."

당연히 다키코는 경악했지만, 연애의 기적적인 동화력同化力이 도와주지 않는다면 그녀의 머리가 문학적으로 바뀔 일은 없으리라 나는 생각했던 것이다. 아무리 책을 읽거나 글을 써도 근본부터 바뀌지 않으면 도움이 되지 않는다고 생각했다. 달리 보면 꺼지지 않는 그녀의 꾸밈없는 아름다운 됨됨이는 작가로서 뛰어난 소질일지 모르지만, 결국 그것은 작품의 소재에 불과하다. 그녀가 직접 쓰면 형편없는 낙서에 지나지 않았다.

"목숨과 문학만 남으면 된다고 할 정도의 각오라면 연애 같은 건 아무것도 아니에요."

즉, 재능이 없으니 다시 생각하라고 호되게 꾸짖었다 여겼는데, 생각지도 않게 그녀의 가슴에 제대로 울린 뭔가가 있던 모양이다.

"괜히 나 같은 사람한테 잘못 오지 말고, 좀더 문학에 열중하면서 이것저것 말해주는 사람을 찾는 게 낫겠어요."

다키코의 부모도 문학 공부를 위해 상경하는 걸 허락했으니 굳이 내가 막을 이유는 없었다. 여자니까 실패해도 결혼이라는 도피로가 있다. 또한 작가가 사람의 마음을 해치는 직업이라고는 해도, 문학이 다키코 같은 여자의 생활력을 약하게 만들 우려는 없다고 생각했다.

그에 비하면 쓰타코의 생활력은 순결했던 만큼 예리한 칼날처럼 망가지기 쉬워 보였다. 그녀의 곁에 있으면 나는 왠지 괴롭고 슬펐다. 그녀에게 뭔가 나쁜 짓을 하는 듯한, 명백한 후회가 한시도 머릿속을 떠나지 않았다. 아내는 쓰타코를 여동생처럼 편하게 대하며 아꼈는데, 나는 그런 모습을 보아도 아내한테 감탄할 뿐이었고 남자라면 그렇게 대할 수는 없으리라고 생각했다. 쓰타코의 눈에는 내가 다키코를 더 많이 사랑하는 것처럼 보였을지도 모른다. 다키코의 눈에는 내가 쓰타코를 더 많이 사랑하는 것처럼 보였을지도 모른다. 두 사람 다 자신이 더 사랑받고 있다고 믿었을지도 모른다. 다키코는 자기를 얕보고 하찮게 대한다고 속상해하고, 쓰타코는 마음을 열어주지 않는다고 삐딱하게 생각했는지도 모른다. 아마 모두 사실이었으리라. 그래서 두 사람이 살해

당한 집 문을 들어서려는 순간,

'거짓보다 무서운 것은 없다'는 말이 문득 떠올라 다리 힘이 빠졌던 거겠지.

"불쑥 튀어나온 묻지마 살인마 같은 놈에게 두 사람을 잃고는 아차 싶어 분하게 여기는 네 얼굴을 봐."

"묻지마 살인마라니 도대체 무슨 말이야."

"아무것도 모르면서 아는 척하지 마. 두 사람이 살해당한 것에 네 책임이 있다고 생각하는 인간은 한 명도 없잖아. 잘난 척해도 소용없어."

"그 당시 내 마누라는, 왠지 갑자기 늙어버리시는 건 아니에요? 하고 말했어. 두 사람의 죽음과 상관없이 내가 그 여자들의 생명을 사랑하는 것을 보고."

"거짓말 마. 다행히도 죽은 자는 말이 없으니, 너는 드디어 너 쓰고 싶은 대로 글을 쓸 수 있겠지. 여자들의 생명이 사그라들면서 함께 사라져간 네 생활력을 탄식하다니, 여자들이 살아 있었다면 비웃음거리가 됐을 거야."

"죽은 자는 죽은 거야."

"그렇게 단언하는 네 말이 무슨 의미인지 알고 있나?"

"나는 살아 있어."

"고마운 일이지. 어차피 그런 일을 당할 거였다면 그 여자를 안아볼 걸 그랬다는 생각까지 할 수 있으니까 말이야. 살인자인 야마베 사부로에게 고맙다고 하는 게 좋겠어. 그 둘을 낳아주신 신에게 감사하는 것처럼."

"그 말이 맞는지도 몰라. 뭐든 다 아는 인간에게는 무슨 일이든 도움이 된다는 말도 있으니까 말이야."

"네가 뭘 알고 있다는 거야."

"뭐든 안다는 것은 뭐든 모르는 것과 마찬가지라는 걸 알지."

"모른 척 말장난하지 마. 야마베 사부로가 너보다 훨씬 더 생명을 사랑했어. 그놈은 사람을 죽이고 도망칠 때 근처에서 아기 울음소리를 들었다고 취조에서 여러 번 자백했어. 그러나 정신감정인의 심문으로 그게 만들어진 얘기라는 게 밝혀졌지. 환청도 아니야. 아기 울음소리를 들은 것 같았던 게 아니라, 왠지 들은 것 같은 느낌이 들었다고 생각하고 싶어서 그렇게 불쑥 말해버린 거야."

"자신이 두 사람을 죽였지만 지금 또 어딘가에서 새로운 생명이 태어나고 있을 것이다. 그런 생각이 아기 울음소리가 되었다고 생각한 건가. 그렇다면 아침 우유배달부의 차 소리도 마찬가지지. 내 소설도 똑같고."

"살아 있는 자는 무슨 말이든 할 수 있지."

"무슨 말이든 할 수 있다고! 나는 그런 위대한 작가가 아니야."

"네가 살면서 언제나 죄가 없다는 양 얼빠진 얼굴을 하고 있는 건 그 탓인가? 묻지마 살인마의 칼에 찔리지 않아서 다행이군그래."

"도대체 묻지마 살인마가 아닌 자가 하나라도 있는지 의심스럽지만, 나는 야마베 사부로 같은 성격이상자는 아니야."

"어쩐지, 쓰타코가 너를 믿고 왔을 때도 너는 상식인의 가면을 쓴 비겁자였단 말이지."

쓰타코는 시코쿠의 도쿠시마현에서 갑자기 나를 찾아왔다. 가출했다고 스스로 말했다. 수정으로 만든 세공품 같은 이 여자아이의 어디에 그런 무모함이 있는 걸까 신기했지만, 여하튼 집으로 돌려보내려고 했다. 그런데 곁에 앉아 있던 다키코가 갑자기 웃기 시작하며 말했다.

"어렵사리 집을 나왔잖아요. 여자 하나나 둘쯤은 선생님에게 폐를 끼치지 않고도 어떻게든 될 거예요. 잠시 곁에 둬보지 그러세요."

나는 점잔 빼던 표정을 풀었다. 쓰타코는 교토 태생인데 고아가 된 후 도쿠시마의 먼 친척 집에서 여학교를 나왔다고 했다. 거기까지만 듣고도 도쿠시마의 집이 더 있으려 한들 있을 수 없을 만큼 형편없는 곳임을 나는 짐작할 수 있었다. 쓰타코에게는 그런 힘이 있었다. 그러나 아무튼 나는 도쿠시마로 신원을 묻는 편지를 보냈다. 답장은 오지 않았다. 과년한 처녀가 가출했는데 내버려두다니 이 무슨 경우란 말인가. 그러나 나는 그쪽을 책망하기보다 쓰타코를 딱하게 여겼다. 이런 취급을 받아도 되는 여자아이일 리가 없다, 그것은 이 세상 전체의 잘못이라고까지 생각되어, 나는 다키코와 함께 그녀를 집에 두었다.

그런데 그녀가 죽었을 때조차 도쿠시마에서는 유골을 가지러 오지 않았다. 편지나 전보가 반송되지 않았으니 수취인은 아마도 실재할 것이다. 아무리 가출한 먼 친척일지라도 타인에게 시체 수습까지 시켜놓고 인사조차 없는 것은 이해하기 어려웠다. 이 원인이 쓰타코에게 있다고 의심하려면 할 수도 있어서,

"쓰타코는 당신이 생각하던 그런 여자가 아니었는지도 몰라요. 그러고 보면 그애는 고향 얘기나 신상 얘기를 전혀 안 했잖아요"라고 아내가 말을 꺼낼 정도였다. 이제 와서 돌이켜보면 너무나도 많은 수수께끼가 결정체를 이루어 오히려 그녀를 순결한 처녀로 만든 게 아닌가 싶고, 그것도 결국 그녀의 추억을 애달픈 것으로 만드는 역할밖에 하지

않았지만, 어쨌든 나는 처음에는 도쿠시마에서 소식이 없는 것을 틀림없이 기뻐하고 있었다.

그러나 곧 쓰타코와 한집에 사는 일이 괴로워졌다. 나 때문에 그녀의 살아가는 힘이 점점 사라져가는 모습을 시시각각 지켜보는 느낌이었다. 그 때문에 다키코와 둘이서 작은 집에 살게 했다. 다키코는 매일같이 우리집에 왔다. 대개 쓰타코도 함께였다. 하지만 다키코는 몸에 밴 습관대로 별생각 없이 오는 반면, 쓰타코는 뭔가 켕기지만 할 수 없이 다키코를 따라오는 식이었다. 그도 당연한 게, 다키코는 내 일상에 필요한 존재였기 때문이다. 그 무렵 나는 사람을 꺼리는 일이 심해져, 누구를 만나도 곧바로 말이 없어졌으며 눈을 어디에 둘지 몰라 어깨를 굳히곤 했다. 나는 어느샌가 다키코를 곁에 두고 손님 접대를 시키게 되었다. 다키코가 자리를 뜨면 나는 갑자기 굳었고 손님은 어색해했다. 그녀는 내 표정을 잘 읽어서 이제 손님이 돌아가주었으면 싶은 때 홀연히 사라졌다. 손님은 대부분 말 붙일 데가 없다는 듯 자리에서 일어났다. 이런 일들은 모두 나와 다키코 사이에서 암묵적으로 이루어졌다. 외출할 경우에도 마찬가지였다. 차표를 사주고, 식사를 주문해주었다. 나는 다키코 없이는 사람을 만날 수도 집을 나설 수도 없는 상태가 되었다. 이런 일을 아내가 했다면 좀 주제넘은 짓처럼 보였을 테지만, 그렇지 않았다는 데에 어떤 유연한 탄력이 남아 있었다.

야마베 사부로의 인간성, 혹은 생명력은 오히려 쓰타코 쪽을 많이 닮았을까 상상하게 된다. 그가 베개를 나란히 한 두 처녀 중 먼저 다키코 위에 올라탄 것은 당연했고, 그 기분도 알 듯했다. 사부로는 그 집 근처에서 내가 사는 동네까지 오는 버스기사로 일한 적이 있었다. 그래서 매일 버스를 탄 두 사람과 알게 된 것 같다. 그 무렵 그는 그 집에서 큰길로 나가는 길모퉁이의 잡화점에서 하숙하고 있었다. 단지 그뿐이었던 남자가, 굳이 따지자면 그를 상대하기에는 너무 고상한 처녀들만 사는 집으로 가끔 놀러갔다고 한다. 그것도 다키코의 개방적인 일면이 발단이었겠지. 그러나 사부로에 대해서는 다키코도 쓰타코도 나한테 일언반구도 없었다. 신경쓸 필요조차 없는 남자라고 생각해서겠지만, 한편으로는 양심의 가책을 느껴서이기도 했을 것이다. 사부로의 진술에서 받은 느낌으로는, 쓰타코마저 이 남자에게 마음의 경계를 풀고 단정하지 못하게 천박함을 내보이며 시시덕거렸던 모양이다. 살해당했을 때도 결코 두 사람은 나에게 보이던 반듯한 모습으로 자고 있지 않았다. 옷을 입고 있었는지 이불을 덮고 있었는지도 가해자가 제대로 기억 못할 정도였다. 물론 사부로도 나처럼 두 사람이 외출복을 입은 모습은 본 적이 없고, 단골 밥집의 주인을 대하듯 놀리며 지냈다고 한다.

"피고인이 다키코나 쓰타코의 목을 조른 것은 치정 관계, 혹은 다른 깊은 관계가 있어서는 아니었나?"

"당치도 않습니다. 그런 일은 전혀 없습니다. 저는 두 사람에게 아무런 원망도 없고, 그런 터무니없는 일을 저질러야만 할 만한 사정이 있던 것도 아닙니다"라든가,

"어째서 이런 터무니없는 일을 저질렀는가?"

"저는 전부터 다키코 씨나 쓰타코 씨를 잘 알고 지냈기 때문에, 그저 장난삼아 두 사람을 위협할 작정으로 집에 숨어들어 2층으로 올라가, 단도를 빼들고 자고 있던 두 사람을 불러 깨웠습니다만" 하고 사부로

는 간단히만 진술하고 있다. 범행 동기를 봐도 피고의 정신 상태를 감정할 필요가 없을 정도로 근거없는 것임이 명백하므로, 소송기록에서도 법관은 깊이 추궁하지 않는다. 또한 마음속을 이보다 더 깊이 탐색하여 날조하는 것은 법률 테두리 밖의 일이며 소설가의 허황된 이야기일지도 모르니, 나는 여태껏 나의 감상 놀음보다도 범인의 자백을 진실로 보려고 노력해왔다. 그러나 그 자백 또한 많든 적든 어느 정도는 소설임이 틀림없다고 전에도 말한 바 있다. 어차피 모든 말이나 무기징역이라는 형벌이나 다 비슷한 놀이라고 한다면, 이 놀이는 살해한 자와 살해당한 자의 돌이킬 수 없는 목숨에다 산 자의 은혜를 덮어씌운 것으로, 사부로와 여자들이 서로 얕보며 가볍게 여겼던 점에 비극의 필연이 숨어 있었던 건 아닌가 생각하기도 한다.

사부로의 장난질은 한없는 쓸쓸함을 호소한 것은 아니었을까. 생生에 아첨하려다 죽음을 초래한 것은 아니었을까. 사부로는 그 집 현관에 숨어 있다가 공중목욕탕에서 돌아온 두 사람을 와아 하고 놀래주곤 했다. 그것도 모자라 집에 숨어들어 잠든 여자 위에 올라타 칼을 들이대고 위협했다. 그냥 위협한 것이다. 심리의 수수께끼는 어린아이에게 적용해보면 풀기 쉽다. 사실 사부로의 장난은 어린아이를 쏙 빼닮았다. 어둠 속에 혼자 숨어 기다리고, 또 뒤에서 갑자기 달려들어 와아 하고 상대를 놀라게 할 때의 어린아이의 마음은 어떤 것일까. 자신이 쓸쓸해서다. 사랑받고 싶어 조르는 것이다.

거기까지 생각하면 사부로가 다키코 위에 먼저 올라탄 것도 오직 다키코와 친했기 때문이라고 단정할 수 없다.

"다키코 씨를 찌르는 사이에 쓰타코 씨도 잠을 깼지만, 저라는 걸 알고는 '사부로 씨, 놀라게 하지 마요, 나는 졸리니까 잘래요' 하고 저쪽으로 돌아누워 그대로 또 잠이 들어버렸습니다." (경부)

"쓰타코가 잠에서 깨어 몸을 일으키려고 하다 잠깐 이쪽을 본 것 같기도 합니다." (감정인)

"다키코 씨의 상처를 보고 쓰타코 씨가 놀라면 안 된다고 생각해 쓰타코 씨의 손발을 묶어놨습니다."

"쓰타코는 손발이 묶이는데 아무 말도 하지 않았나?"

"아무 말도 안 했습니다."

"정말인가? 피고도 말없이 묶었는가?"

"잠자코 묶었습니다." (공판)

이런 식으로 피고의 진술이 그때마다 조금씩 다른 것은 다키코의 피를 보고 너무 놀라 의식이 몽롱했기 때문이겠지만, 나란히 자던 다키코가 살해당하고, 자신은 손발을 묶이고 재갈도 물린데다 눈이 가려지고 목을 졸리면서도, 쓰타코가 소리도 내지 않고 저항하지도 않은 것은 이 사건에서 가장 기괴한 일이다. 젊은 처녀가 막 잠들어 아주 깊게 잠에 빠져들었다고 한다면 그걸로 끝이겠지만, 청초한 그녀의 육체가 목숨을 걸고 비춘 요염한 빛줄기라고 하면 무시무시한 이야기가 된다. 그러나,

"전부터 이미 각오했기 때문에 경찰에서는 제가 그쪽에서 말씀하시는 대로 한 것 같은 생각이 들었고, 예심에서도 공판에서도 전부 그렇게 인정했습니다. 어느 쪽이든 제가 죽인 건 틀림없는 일이니 모른다고 말할 수도 없고, 어떤 판결이라도 달게 받을 생각이니까, 이렇게 했느냐고 묻는 말에 뭐든 안 했다고 주장하고 싶지는 않습니다"라며 체

념했던 그가 법관에게 딱 한 번 푸념 같은 걸 한 적이 있는데, 경찰에서 제일 처음으로 취조를 받았을 때 했던

"어째서 쓰타코 씨가 먼저 깨지 않았을까요?"라는 말이었다.

정말로 쓰타코가 다키코보다 먼저 잠에서 깼더라면 이 살인 사건은 일어나지 않았을지도 모른다. 조금 도가 지나친 장난으로 끝났을지도 모른다. 사부로의 푸념은 지당하다. 그는 다키코 위에 올라타면서 실은 그런 모습을 쓰타코가 봐주길 바란 건 아닐까? 다키코를 위협하면서 사실은 쓰타코를 위협하고 싶었던 게 아닐까? 쓰타코가 먼저 잠에서 깨어 다키코의 가슴에 단도를 들이댄 사부로를 보고 어머나 놀라는데 그치지 않고, 생긋 웃고서 사부로와 교활한 눈빛을 교환하면서 갑자기 두 사람의 마음의 벽이 허물어질 수도 있었겠지. 거기까지는 꿈꾸지 못하더라도 쓰타코를 사랑하기 때문에 다키코를 위협했다는 건 연애 상식의 첫걸음이 아닐까. 이 망상은 나를 한심한 자기혐오에 빠뜨렸다. 일상에서 다키코를 필요로 했던 내 태도도 이와 동일한, 쓰타코를 향한 사랑의 발로에 지나지 않았던가. 남을 빠뜨리려 판 구덩이에 스스로 빠지고는 그 악취에 코를 막는 어리석음이다. 이 범죄의 아름다움은 동기의 무의미함 이외에 결코 아무것도 없음을 나는 잘 알고 있으면서, 대체 어떤 악마의 유혹에 빠져서 서투른 연극을 하고 있는 건가. 그렇지만 내가 처음부터,

'피고의 정신 상태에 그 때문에 살인을 저지를 정도의 병적인 요인이 있다고는 인정할 수 없으니, 오히려 나는 병적 범죄로 무죄를 선고받은 많은 살인자보다 이 야마베 사부로의 죄가 가볍다고 생각한다. 형법과는 또다른 잣대로 보면'이라고 말하고 싶었던 것은, 한여름밤 흐트

러진 모습으로 잠든 처녀에게 칼을 치켜든 사부로의 모습에서 역시 인간이 품은 쓸쓸함의 극치를 보았기 때문은 아니었을까.

또 사실인즉슨 그날 사부로는 의지할 곳 없이 쓸쓸했다. 그는 실업자에다 부랑자에 가까웠다. 하지만 제정신을 잃은 인간은 아니었다. 술에 취하지도 않았다.

"지능검사 성적은 극히 우수하다. 일반 상식, 계산 능력, 논리 선택, 본문 파악, 단어 채우기, 가로쓰기 읽기, 단어 정의 등을 검사한 결과는, 완전히 평균점과 동일하다.

기억력은 자신의 경력에 대해 오류가 없고, 기명력* 시험은 표에 제시한 바와 같이 반의어 시험에서 합당한 점수를 획득, 특히 무관계 반의어 시험에서조차 완벽히 단어를 기억해낸 점을 보아 분명히 우수하다고 말할 수 있다.

따라서 기억과 기명에 장애가 있다고 인정하기 어려우며, 기억을 감퇴시키는 정신적 원인이 없음을 증명한다.

연상시험에서도 또한 자극어에 대한 반응 시간이 짧으며, 연상 형식도 대체로 형태나 의미에 유사성이 있는 언어를 연상하는 방식을 취하고, 자극어를 잘 이해하고 판단한 후에 반응하는 통상적인 상태를 보인다. 따라서 관념 연합의 이상을 초래하는 질병을 가지고 있지 않다.

부르동 말소시험**으로 정신감정을 해본 결과, 피고가 오 분간 실행

---

* 새로운 경험을 기억에 새겨두는 능력.

** 개인의 집중력이나 작업 처리 능력을 평가하는 검사. 기호나 도형을 한 행에 40개씩 50행을 나열한 다음 표시되는 특정 기호를 지우는 시험으로, 소요 시간과 빠뜨린 개수, 잘못 표기한 수 등을 확인해 진단한다.

한 작업은 28단에 이르렀으며 빠트린 숫자는 단 하나로, 작업 능력은 우수하다.

이상과 같이 표에 따르면 숫자가 나타내는 피고의 검사 성적은 극히 우수하고 병적이라고 인정할 하등의 부분이 없음에도, 그에 반해 피고의 정신은 그동안 실생활에서 보이는 대로 완전하지 않고, 항상 불안정하게 직업을 유지하지 못하며, 양부와 융화하지 못해 가출하는 등 문제를 보인다는 점을 생각하면 종합적 정신 작용에 무엇인가 결여된 점이 있다고 보인다. 검사인은 이러한 정신 상태를 가진 자를 변질자, 즉 성격이상자라고 부른다. 따라서 피고는 앞에 제시한 바와 같이 경도의 이상 성격, 특히 히스테리성 성격을 가진 성격이상자로 진단하는 것이 타당하다고 본다."

법의학자의 개인적인 판단은 대체로 이런 식이었다. '히스테리성 성격'과 관련해 어렸을 때부터 뭔가 이상한 일을 경험한 적이 없었는지 감정인이 물었다.

"어렸을 때 가끔 있었습니다. 일고여덟 살에서 열한 살 무렵까지 있던 일인데, 뭔가를 볼 때 갑자기 크게 보였다가 또 작게 보였다 하고, 하나가 여러 개로 변하기도 해서, 몹시 무서운 나머지 발작을 일으키듯 울었던 것을 기억하고 있습니다."

"어떤 때 그런 일이 일어났는가?"

"낮에 아무 생각 없이 놀고 있으면 갑자기 물건이 커졌다 작아졌다 하고."

"그밖에 다른 일은 없었나?"

"원래 저는 여름 7월하고 8월에 이상해집니다. 가출을 한 것도 8월이고, 그 무렵이 되면 묘하게도 가만히 있지를 못하고, 뭔가에 황급히 쫓기는 건지 스스로 안절부절못하는 건지, 한밤중에도, 아아, 맞아요, 특히 그, 폭풍우가 불거나 하는 날에는 밖에 나가서 막 쏘다니고 싶어지고 제가 제 마음을 억누르지도 못하게 됩니다."

범행 역시 8월 1일 오전 두시부터 네시 사이에 벌어졌다. 야마베 사부로가 그전날 아침부터 한밤중까지 목적이 있는 듯 또 없는 듯 거리를 싸돌아다닌 끝에 결국 도달한 곳이 두 사람의 집이었던 것이다.

그 무렵 그는 더이상 근처 잡화점에서 하숙하지 않았다. 소송기록에 실린 사부로의 과거를 간단히 줄여보면, 그는 사생아였다. 어머니는 남편이 죽은 후 간호사로 일하며 사부로를 낳았다. 아버지의 이름은 끝까지 밝히지 않은 채, 어머니는 사부로가 일고여덟 살쯤 됐을 무렵 장티푸스로 죽었다. 호적에는 어머니 남동생의 아들로 올렸는데, 한때 남에게 맡겨지기도 했지만 세 살 무렵 다시 돌아왔고 주로 할머니가 키웠다. 어릴 때는 여자아이처럼 얌전해서 구석에서 장난감을 만지작거리곤 했지만, 신나게 떠드는 걸 보고 놀고 있나보다 하면 갑자기 뭔가에 겁먹고는 울음을 터뜨렸다. 실업계 학교를 그만두고 양부와 충돌하여 훌쩍 가출을 한 적도 있었다. (가정사나 가출 전력은 쓰타코와 닮았다.) 기계를 다루는 기술을 이것저것 배운 끝에 자동차 운전기사 면허를 취득했다. 버스회사에 근무하며 두 여자와 가까이 살던 무렵이 그의 일생 중에서 아마도 가장 견실한 직업을 가지고 있던 때였을 것이다. 동료에게 여자 차장과의 사이를 의심받아 다투고 나와서는 1엔 택시* 회사 서

---

* 1920년대 중반 오사카와 도쿄 시내에서 1엔 균일요금으로 운행하던 택시.

너 군데를 돌아다녔으나 어디에도 정착하지 못하고 결국 자동차 수리 공장에 들어갔다. 거기에서도 7월 중순경에 쫓겨났다. 범행 당시에는 할머니 집에서 기거하며 일자리를 찾고 있었다.

그러니 그가 7월 31일에 거리를 싸돌아다닌 데는 이상한 점이 없는 듯하다. 다만 사건 사흘 전에 양부가 갑자기 할머니 집으로 찾아왔다가 자기와는 인연을 끊다시피 한 사부로를 할머니가 감싸는 걸 보고 두 사람이 싸우게 됐고, 양부가 자기 집에 가자며 힘으로 사부로를 끌어내려고 한 일이 있었다. 때문에 다음날 아침 사부로는 요코하마에서 산파로 일하는 이모 집에 잠시 피해 있으려고, 할머니에게 기차요금을 받아 갈아입을 옷가지 등을 넣은 가방을 들고 집을 나섰다가, 가던 길에 시골로 가는 게 싫어져서 옛 친구 집에 묵었고, 31일에 가방을 든 채로 자동차 수리공장에 갔다가 다시 요코하마행 기차를 탈 작정으로 역에 서 있는가 하면 낮부터 영화를 보고, 뻔히 밖에서 일하는 줄 아는 운전기사를 찾아가면서, 그것도 그저 전철을 타는 시간을 연장하기 위해서인 양 멀리 있는 친구를 고르고, 홧김에 술이라도 마실 작정으로 싸구려 술집에 들어갔다가 여급이 무뚝뚝하다고 그대로 나오기도 했으며, 결국 어쩔 수 없게 되자 예전 잡화점 2층에 다시 살게 해달라고 해야겠다, 아니면 가방만이라도 맡기자고 생각한 것이다. 그러나 시간은 벌써 이래저래 열두시, 잡화점 사람이 잠들었으리라는 건 그도 잘 알고 있었다. 잡화점이 문을 닫았기 때문에 두 사람의 집으로 발길을 돌렸다고 사부로는 말했지만, 그건 실은 그 자신도 의식하지 못한 하나의 구실이었는지도 모른다. 그의 마음은 처음부터 두 사람의 집을 향하고 있었는지도 모른다. 잡화상은 이미 잠들었지만 두 사람은 아직 깨어 있을 시간이 올 때까지 그는 이 동네에 도착하는 걸 이래저래 늦추고 있었는지도 모른다. 젊은 여자만 사는 집이니 재워달라거나 한밤중에 올라가 이야기를 나누자고 할 생각은 물론 없었을 것이고, 그의 자백대로, 온 김에 말이나 걸고 가자, 잡화점 2층에 새로운 하숙인이 들어왔는지 물어보자, 어쩌면 가방을 맡아달라고 부탁할 수도 있겠다, 단지 그 정도에 지나지 않았겠지만, 이 집은 그의 마음에 숨겨진 고향의 항구가 아니었을까. 현관에 숨어 있다가 돌아온 두 사람을 놀라게 한 것도, 방문할 이유가 없는 집을 방문한 멋쩍음을 얼버무리기 위해서는 아니었을까.

이런 식으로 나는 또다시 우연 중에서 필연이라는 복병을 찾아내려고 하는가. 이는 모두 결국 야마베 사부로에게서 나 자신의 모습을 발견하고 내리는 억측인가. 여하튼 범인은 무죄 판결을 받은 것도 가벼운 형을 받은 것도 아니었다. 무기징역 선고를 받고 복역하다가 옥사했던 것이다. 필연이든 우연이든 그는 목숨을 걸고 속죄했다. 그의 말을 들어보자.

"피고인이 그 두 사람을 죽인 전후를 자세히 진술해보라."

"그때 유리 출입문을 당겨보았는데, 열쇠가 잠겨 있지 않아 열리기에 안으로 들어갔습니다만, 아무도 없어서 다키코 씨와 쓰타코 씨는 목욕하러들 갔나 싶어 현관 마루에 걸터앉아서는 깜빡깜빡 졸고 있으려니, 밖에서 두 사람이 한밤중답지 않게 쾌활하게 말하면서 돌아오는 목소리가 들려, 이참에 한번 놀라게 해주고 싶어져 구석에 쪼그리고 앉아 숨어 있었습니다만, 두 사람이 유리문을 열고 토방에 들어와 현관으로 올라가려 하기에 저는 와악 큰 소리를 지르며 뛰쳐나갔고, 두 사람은 꺄아 소리를 지르며 맨발로 유리문 밖의 돌길까지 뛰어나갔습니다. 하지만 곧 예전부터 알고 지내던 저라는 걸 알고는 제 얼굴을 보고 크게 웃음을 터뜨리면서 다시 안으로 들어왔고, 저는 그 자리에서 두 사람과 함께 이십 분 정도 유쾌하게 두서없는 우스갯소리를 하면서 시끌벅적하게 웃었습니다. '정말 깜짝 놀랐어요, 너무해요' 하고 다키코 씨가 말하자 '다음부터 절대 놀라지 않을 거예요' 하고 쓰타코 씨도 분한 듯이 떠들었습니다. 벌써 열두시 반이 넘었기에 저는 가방을 맡아달라고 할 셈이었는데, 그때 다키코 씨와 쓰타코 씨에게 '아까 놀라는 모습은 가관이었어' 하면서 또 웃었더니 다키코 씨가 '아까는 놀랐지만 다음부터는 더이상 놀라지 않을 거예요', 쓰타코 씨도 '다시 한번 놀라게 하면 대단한 거지요' 하고 말했습니다. 저는 그 말을 그냥 흘려듣고 밖으로 나왔는데, 할머니 집에 돌아갈 생각으로 오른편 길로 꺾어 소학교 정문 있는 데까지 가서 길에서 볼일을 보는 동안 문득, 다시 한번 되돌아가 다키코 씨와 쓰타코 씨를 놀라게 해야지 하는 생각이 들었고, 돌아가서 유리문을 당겨봤지만 열쇠가 잠겨 있어 들어갈 수가 없어, 할 수 없이 돌아가려고 다시 소학교 쪽으로 걷기 시작했습니다만, 도중에 우체통 있는 곳까지 가자 거기에서 두 사람 집 뒷문 쪽으로 돌아가는 골목길이 있다는 게 문득 떠올랐습니다. 오른편 골목으로 돌아갔지만 그 집 뒷문으로 통하는 골목길은 함석을 댄 문으로 막혀 있어 열리지 않았는데, 마침 그 문 오른편에 쓰레기통이 놓여 있어서, 단화를 신은 채 쓰레기통을 딛고 올라 나무문을 타고 넘어 다키코 씨 집 뒷문으로 가보았습니다. 혹시 뒤편 출입문은 안 잠갔을지도 모른다고 헛된 기대를 했는데 안 잠겼을 리가 없었지요, 그런데 보니 유리문 위의 란마欄間*가 열려 있기에, 변소 곁의 쓰레기통에 올라가 왼발을 변소 창문에 걸치고 오른발을 란마에 올린 다음 한쪽 손은 가로로 댄 나무를 짚고 다른 한 손은 안쪽 벽에 대고 천천히 부엌으로 내려가기로 했습니다만, 그런데 도중에 왼발이 미끄러져 바닥에 쿵 부딪혀서, 부엌을 흙발로 더럽히는 건 미안하니까 오른발 구두를 손으로 벗어들고 왼발 구두도 벗어든 다음, 장지문을 열고 방을 가로질러 그 구두를 현관 토방에 놓았습니다. 그때는 2층도 아래층도 전등이 꺼져 있었지만 외등 빛으로 집안이 희미하게 보여서, 저는 강도 같은 모습을 하고 나타나 다시 한번 쓰타코 씨나 다키코 씨를 깜짝 놀라 자빠지게 해야겠다 생각하고는 싱글싱글 웃으면서 입고 있던 양복과 모자를 벗고 알몸이 되어 수건으로 눈만 보이도록 얼굴을 가린 다음, 가방 안의 단도를 들고 2층으로 올라갔습니다. 그러고는 반쯤 열려 있는 장지문으로 들어가서 두 사람이 깊이 잠든 모습을 보았습니다."

이 검사의 조서는 상당히 상세하고 명료하다. 정신감정인의 의견에 따르면 피고는 강도 흉내를 낼 작정이었는데 일이 잘못되어 다키코의 가슴을 찌르고,

"그러는 동안에 피가 세차게 뿜어져나와 잠옷으로 피가 번져서 알았습니다. '큰일났다!' 하고, 그때 생각했지만 사실대로 말씀드리면 그뒤는 잘 모르겠습니다. 완전히 기억나지 않을 리는 없을 테지만 '이렇게 했지'라고 하시면 그런 것 같기 때문에, 확실히 아니라고 강하게는 말씀드릴 수가 없습니다" 하고 사부로 자신도 고백한 것처럼, 피를 보고

* 일본 가옥에서 문 윗부분에 통풍과 채광의 목적으로 격자나 투조 장식판 등을 달아놓은 곳.

놀란 나머지 강한 충격을 받아 의식장애가 일어나서 몽롱해졌고, 우유 배달차 소리를 들은 아침 무렵이 되어서야 비로소 의식을 선명하게 회복했다. 따라서 그 집에 숨어들어가기까지의 진술은 교살 장면에서 보이는 '대동소이'의 소이가 적다. 참고로 그는 숨어들 때 조끼까지 갖춘 옅은 밤색 양복에 등산복처럼 밴드가 붙은 외투를 입고, 옅은 밤색 중절모를 쓰고 빨간 단화를 신고 있었다.

그런데 의식이 선명했던 놀라게 한 부분의 진술과 의식이 혼탁했던 살인을 한 부분의 진술 중 어느 쪽이 더 내 마음을 끄는가. 말할 필요도 없이 살인을 한 부분이 소설가에게는 무한히 풍부한 세계이리라. 사부로가 자신의 손으로 죽인 다키코의 시체 곁에 두 시간이나 누워 있었다는 것도 기괴하다. 그러나 나는 처음부터 그런 유혹에는 사로잡히지 않으려고 노력해왔다. 상식적으로 보면 다키코의 가슴을 찌른 후의 사부로는 이미 사부로가 아니다. 자기 자신을 잃은 그를 조종한 것은 무엇일까. 그것이야말로 진정한 그 자신이라고 하는 견해는 오히려 너무나도 진실되어서, 신의 눈으로 볼 수 없는 우리에게는 도리어 진실의 가면을 쓴 광대극이 될 우려가 있다. 그래서 내 소설은, 살인을 한 대목에서는 다키코와 쓰타코에게 마음을 기울이고, 놀라게 한 대목에서는 사부로의 마음에 가깝게 썼던 것이다.

놀라게 한 부분의 진술에도 사부로의 마음에 대한 수수께끼를 풀 열쇠는 얼마든지 흩어져 있는 것 같다. 예를 들면 그는 왜 '할머니 집으로 돌아갈 생각'을 했을까? 만족스러운 마음이었기 때문이리라. 외롭고 주눅들어 있던 그는 인기척이 없는 집 현관에 쭈그려 숨어 있다가 와아 하고 뛰어나가면서, 움츠린 몸을 폈을 뿐 아니라 울적한 마음이 개는 느낌까지 받았을 것이다. 생각지도 않은 효과였다. 그는 최종적으로 이 집에 도착해야 했던, 숨겨진 목적을 달성한 것이다. 신나서 휘파람을 불면서 돌아갈 정도로 들떠 있지 않았다면 누가 다시 한번 되돌아갈 생각을 했겠는가. 그 기쁨이 정도를 지나쳤다. 그래서 장난이 정도가 지나쳐, 마음의 위로를 베풀어준 지 얼마 안 된 처녀들을 죽여버린 것이다.

학교 문 앞에 서서 볼일을 보며 그는 꽤나 기분이 좋았을 것이다. 사랑하는 여자가 소원을 들어준 뒤나 마찬가지였을 테니까. 그렇기 때문에 그는,

"다시 한번 놀라게 하면 대단한 거지요"라는 쓰타코의 말에 자극을 받아, 나무문을 타고 넘어 들어가서는 여자들 위에 올라타 단도를 들이댈 정도로 들떠버린 것이다. 그는 외로웠다. 지금 와서 생각해보면, 나도 제자라고 할까 종잡을 수 없는 관계의 처녀들을 방문하고 돌아가는 길에 긴장이 풀려 몸이 가벼워진 듯한 즐거움을 느끼고는 이유 없이 미소 지었던 일이 여러 번 있지 않았던가. 그날 사부로는 8월이면 나타나는 정체 모를 것에 쫓기고, 일자리를 찾는 데 지친데다, 밤에 잘 만한 곳도 없는 처지였다. 여자 둘과 함께 웃었다는 진술 속에서 '웃음'이라는 단어를 힘주어 반복하지 않았나. 처녀들이 자못 들떠서 즐거워했다는 듯이 말하지 않았나. 그가 무기징역이라는 중형을 담담히 받아들이고 배심원 재판을 거절한 마음 한구석에도 이처럼 여자들의 웃음소리가 메아리치는 가운데 두 사람을 향한 감사가 숨어 있었는지도 모른다. 피고의 양부, 즉 생모의 남동생은 만취하면 성격이 완전히 돌변하곤 했고 생모의 여동생은 가벼운 히스테리가 있었으며 할머니는 뇌출혈로

중풍 증세를 보였다는 등 사부로가 지닌 성격이상의 유전적 요인을 파헤쳐보는 일까지 하지 않더라도, 그가 두 사람을 놀라게 하고 싶었던 기분은 나도 알 것 같다.

"그때 피고인은 나무문을 타고 넘는 걸 주저하지 않았는가?"라는 질문에 사부로는 대답했다.

"사람들이 길을 지나다니는 것 같았습니다만, 남이 봐도 상관 없었기 때문에 딱히 주저하지 않고 나무문을 넘어서 골목으로 들어갔습니다."

"어째서 두 사람을 놀라게 하려고 생각했는가?"

"특별한 이유는 없습니다. 그때 기분이 그랬던 것 같습니다."

"어떠한 기분이었나?"

"장난쳐보고 싶은 기분이었던 것 같습니다."

법관은 그 이상은 추궁하지 않는다. 또, 내가 열심히 추리한 것과 어긋난다고 생각되는 것은,

"현관 마루에 걸터앉아 깜빡깜빡 졸고 있었다"라는 사부로의 말이다. 그는 경찰, 검사국, 예심, 공판, 정신감정에서 한 모든 심문에서 졸고 있었다고 대답했다. 그렇다면 사부로는 이 집에 올 때도, 또한 여자들을 기다릴 때도, 처음에 두 사람을 놀라게 하면서도, 내 생각과는 달리 가슴이 두근거리지 않았던 게 아닐까. 마음속 고향의 항구는커녕 역시 두 사람을 단지 노닥거릴 상대라고 생각하며 얕보았던 게 아닐까. 그러기에는 쓰타코는 너무 맑고 아름답다. 다키코는 너무 요염하고 아름답다. 하지만 둘 다 사랑 따위는 그리 중요하게 여기지도 않는다는 점에, 그녀들의 들뜬 장난기가 더해졌다. 게다가 그날 사부로는 여기저

기 돌아다녔으니 한밤중에는 피로해서 앉으면 바로 꾸벅거릴 정도로 졸렸을 게 분명하다.

"거짓말 마" 하고 옆에서 누군가가 내게 외친다. 졸았다는 것은 사부로가 한 유일한 거짓말이다. 그의 허영심이 만든 거짓말이다. 하지만 이 또한 내가 허영을 위해 만든, 자는 척하며 수수방관하다가 결국 갑자기 나타난 묻지마 살인마에게 두 사람을 빼앗겨버린 억울함이 섞인 나쁜 추측일까. 허우적대는 걸 그만두고 다시금 '예심 종결 결정서'의 대담한 간략함 앞에 머리를 숙여야겠다.

"피고 야마베 사부로는 예전부터 도쿄 ○○구 ○○마치 6번지 가가와 다키코 및 시카노 쓰타코의 집에 드나들며 동인들과 지인이었던 차에, 쇼와 ○년 8월 1일 오전 영시가 지나 막연히 동가同家에 들어가 기다려, 이윽고 다키코 및 쓰타코가 외출에서 귀가하자 괴성을 질러 동인들을 놀라게 하여 무척 흥겨워하고, 잠시 담소한 후 동인들이 다음에는 놀라게 하여도 또다시 놀라지는 않을 것이라고 한 말을 흘려들으며 자리를 떴으나, 귀로중 위의 말을 상기하고 다시 한번 동인들을 놀라게 할 생각으로, 동일 오전 한시가 넘어 재차 다키코의 집으로 되돌아갔지만 이미 취침 후라 문이 잠겨 있자 동가 뒷골목의 나무문을 타고 넘어 뒤쪽으로 돌아, 다시 변소 옆 쓰레기통을 발판으로 하여 부엌 유리문 위의 빈틈으로 그 집의 옥내에 숨어들어갔고, 그리하여 강도를 가장하려고 변장 복면하여 운운."

어쨌든 사부로는 그후 우연히 다키코를 죽이고, 그 시체를 곁에서 두 시간쯤 멍하니 바라보다가, 아래층으로 내려가 뭔가 한 다음 쓰타코를 교살하고 밖으로 도망갔는데, 그때가 이미 다섯시가 넘은 시각이었다.

"흉행 당시 옆집에서 사람이 계단을 내려가는 듯한 발소리를 듣지 못했나?"

"그런 발소리는 듣지 못했습니다. 다만 다키코 씨를 죽이고 나서 두 시간 정도 지나서야 근처 아기 울음소리가 귀에 들려왔고, 다음에 두 세 집 건너 우유 가게 쪽에서 무슨 소리가 들려서 누군가 들어오지 않을까 생각해 아래층에 내려가봤는데, 그러는 동안 또 우유 가게에서 남자와 여자가 사이좋게 대화하는 말소리가 들린 것 같습니다. 옆집 계단 소리는 모르겠지만, 우유배달부 소리 때문에 이렇게 우물쭈물하고 있을 수는 없다, 빨리 쓰타코 씨를 죽여버려야 한다고 생각해 아래층에서 띠 같은 것과 계단 중간에 놓여 있던 마끈을 가지고 2층으로 올라가서 쓰타코 씨를 목 졸라 죽였습니다" 하고 두번째 심문에서 대답했지만, 아기 울음소리도 환청을 듣는 정신이상 상태 직전에 만들어낸 이야기라고 감정인에게 고백한 걸 보면 전부 믿을 수는 없다. 전에도 의심했듯이 피고와 취조관의 합작 소설인 것이다. 한시가 지난 시각에 숨어들어가, 두시 전에 다키코에게 상처를 입히고, 오 분이나 십 분 후에 그녀의 목을 조르고, 오전 네시경에 쓰타코를 죽이고, 다섯시경 집을 나왔다는, 예심에서 진술한 시간은 거의 틀리지 않을 것이다. 택시기사를 깨워 도쿄역에 도착하니 마침 다섯시 반에 출발하는 아타미행 기차가 있어 시간 맞춰 탈 수 있었다고 한다.

"오다와라*로 가는 차표를 사서 서둘러 탔습니다. 비가 내리고 있었

---

* 도쿄와 아타미 사이에 있는 가나가와현의 도시.

습니다."

"무엇 때문에 기차를 탔는가?"

"무엇 때문인지 저도 도무지 모르겠습니다. 오다와라에 도착해서는 역을 나가지 않고 그대로 다음 기차로 돌아왔습니다. 시나가와에서 내려 가방을 임시보관소에 맡기고 나서 시내를 여기저기 어슬렁거리다가 밤이 되어 할머니 집에 돌아갔습니다. 그때 석간을 보고 놀랐습니다만, 그래도 어떻게 된 일인지 모르고 정말 제가 한 짓인지 확실히 생각되지도 않아서 그후 현장 부근을 지나가기도 하면서, 4일에 잡히기까지 비교적 태연하게 지냈습니다."

그해 야마베 사부로는 스물다섯 살, 다키코는 스물세 살, 쓰타코는 스물한 살, 그리고 나는 서른네 살이었다. 오 년 전의 일이다.

"너도 비교적 태연하지 않았던가."

"내가 살해한 것도 살해당한 것도 아니니까. 하지만 나는 전광석화처럼 재빠르게 시체의 뒷수습을 해버렸지. 기껏 상경한 다키코의 어머니나 오빠를 무시하고 의논 한번 없이, 불쌍하게도 그들을 함부로 대한 것 같아."

"뭐에 쫓긴 거야. 무엇 때문에 양심의 가책을 느꼈지?"

"거짓말보다 무서운 것은 없어."

"죽은 자는 되살아나지 않는다는 우주 만물의 이치인가. 쓰타코의 죽음을 알렸지만 답장 하나 오지 않았기 때문에, 지금 너는 쓰타코를 훨씬 더 사랑한 것처럼 생각하고 있지 않은가. 네가 더 불쌍하군. 죽은 세 사람보다."

"타인의 살아가는 힘이란, 사라지고 없어져버린 과거에서 현재의 나를 덮쳐올 때 한층 괴이해지는 법이야."

"하지만 과거라는 게 과연 없어져버리거나 사라지는 건가."

"그나저나 그것을 인공적으로 보존하는 방법을 알게 된 때부터 인간의 불행이 시작된 것 같다는 생각도 들어."

"그런 교활한 논쟁은 아까도 너한테서 들었어. 네 것이 되기를 고대하고 있던 여자들이 제삼자에게 어이없이 살해당하니, 너는 꽤나 힘들게 우연이니 필연이니 하며 쓸데없이 애쓴 것 같군."

"그렇게 놀린다고 내가 허무감에 빠질 것 같아?"

"너는 허무한 죽음을 꾸미고 있을 뿐이야. 잠이 덜 깬 여자가 죽은 모습이 뭐가 아름답다는 거야."

"죽은 사람을 어떻게 생각하든, 그것은 산 자가 죽은 자를 애도하는 길이 틀림없어. 생명이란 고마운 것이지. 나는 지금도 두 사람에게 일종의 육체적인 유혹을 느낄 정도야."

"두 사람이 어이없이 살해당한 것에 책임은 느끼지 않고 말이지. 너는 이 살인 사건이 무의미하기 때문에 아름답다고 생각하고 싶어서 스스로 여러 가지 만족스러운 의미를 갖다붙였어. 두 여자를 진정으로 사랑하지 않았다는 증거라고 보면 돼. 이 살인을 세 사람의 생애와 아무 연관도 없고 세 사람의 생활과 아무 관계도 없는 거라고, 즉 이 하나의 행위만이 허공에 둥둥 뜬 것, 말하자면 뿌리도 잎사귀도 없이 꽃만 있는 꽃, 사물이 없는 빛뿐인 빛, 그런 식으로 생각하고 싶은 모양인데, 허접한 싸구려 소설가가 그런 광대무변한 고마움을 감히 바랄 수나 있으려나. 꼴좋군."

"나는 소설가라는 무기징역수야. 야마베 사부로처럼 이러다가 여자라도 죽이고 옥사할 테지."

"그저 장난이라고 믿고, 숨이 멎을 때까지 살해되리라고는 의심치 않아서 저항 한번 하지 않고 네 무릎을 베개 삼아 잠들어버리는, 신이나 할 수 있을 법한 그런 살인을 네가 할 수 있을 것 같나. 기적이야, 그건."

"뭐야, 그건 내가 세 사람을 위해 지은 소설이잖아."

"그런가, 소설이었나." 이렇게 말한 악마에게 풀려난 후 나는 돌이켜보고 얼굴을 붉혔다. 이 한 편은 소송기록이나 정신감정 보고에 힘입은 바가 너무 많다. 나 혼자 쓴 소설인지조차 의심스럽다. 그러나 글 여기저기에서 서술했듯이 그 기록도 어차피 범인이나 법관, 또한 그 외 다른 사람들의 소설이니, 나도 그들의 합작자 중 하나로 넣어준다면 그것으로 만족한다. 어느 것이나 모두 사람이 한 일에 지나지 않는다. 향기롭고 아름답게 피어 있는 꽃도 언젠가는 지고 말 것을 생각하며, 세 사람의 영혼에 명복을 빌고 싶은 소박한 마음으로 나는 이 글을 썼다. 다키코나 사부로의, 그리고 특히 있는지 없는지 분명치 않은 쓰타코의 유족이나 친척이 읽고 위로를 받는다면 더이상 행복한 일은 없겠다.

내면의 토로, 의식의 흐름, 죽음의 냄새

고독한 지식인, 가와바타 야스나리

가와바타 야스나리는 1899년에 의사인 아버지 에이키치와 어머니 겐 사이에서 7개월의 미숙아로 태어났다. 1901년에는 아버지가, 이듬해에 어머니가 돌아가시고 조부모 밑에서 자랐다. 소학교에 입학하는 해에 조모가, 4학년 때에는 누나가, 중학교 3학년 때에 조부가 세상을 떠나면서 천애 고아가 된다. 그후 어머니의 본가에서 친척들 손에 크며 중학교를 마치고 구제 제1고등학교, 도쿄제국대학으로 진학하였다.

제국대학교 1학년인 1920년에 이시하마 긴사쿠 등과 제6차 『신사조』를 창간하였는데, 이듬해 2호에 실은 「초혼제 일경」으로 기쿠치 간 등에게 인정받았다. 그해에 열여섯 살인 이토 지요와 약혼하였으나

한 달 뒤에 그녀의 마음이 바뀌어 파혼을 당하는 사건이 있었다. 가까운 이들의 죽음, 고아로서의 체험, 실연의 아픔 등은 이후 가와바타 문학의 근본적인 성격을 형성해갔다. 1924년에 국문과를 졸업한 후에는 요코미쓰 리이치 등과 『문예시대』를 창간하여 참신한 문학의 출현으로 세상의 주목을 받았다. 이후 이들은 '신감각파'라고 불리며 당시에 출현한 프롤레타리아 문학과 함께 쇼와 초기의 2대 문학조류를 형성한다.

가와바타는 「16세의 일기」와 「이즈의 무희」 등 사실미가 강한 작품을 발표했는데 신감각파적인 경향이 「아사쿠사 홍단」 무렵까지 이어졌고, 「바늘과 유리와 안개」 이후로는 의식의 흐름 기법을 사용하여 정신의 불안함을 표현하는 경향과 허무적 측면이 두드러졌다. 허무함은 「서정가」 「금수」 「무지개」 무렵에 더욱 깊어지는데, 국가주의적 경향이 강해지는 당시의 분위기와 깊은 연관이 있었다. 그러나 『설국』 무렵부터 허무함을 통해 그 안에 안정되는 경지에 이르렀고, 1937년의 중일전쟁중에는 가혹한 운명 속에서 가련한 생명에게 애련한 눈길을 주는 작품이 많아졌다.

전쟁 말기에는 사라져가는 일본의 고전에 관심을 가졌으며, 패전 직후에는 차례로 친구, 지인의 죽음을 접하고 "나는 이제 죽은 자로서 가련한 일본의 미 이외의 것은 한 줄도 쓰지 않겠다"*라고 얘기하기도 했다. 1949년경부터 왕성한 작품 활동을 하여 일본의 전통적인 소재를 다룬 「천 마리 학」 「산소리」 「명인」 등의 명작이 태어난다. 그러나 「호

---

* 가와바타 야스나리, 「시마키 겐사쿠를 추도하며」.

수」부터는 또 새로운 경향으로 들어서는데, 지금까지의 작품이 패륜으로 향하면서도 결국은 거기에서 갱생하는 억제의 정신을 기조로 한 데 반해 오히려 마계魔界로 들어가 그 끝에 보이는 진실을 담아내려고 하는 경향이 눈에 띈다. 「잠자는 미녀」 등이 이에 해당한다.

이처럼 일본 특유의 감성을 문학으로 구현한 작품세계가 인정받아, 가와바타는 1968년 일본인 최초로 노벨문학상을 수상했다. 그는 여러 인터뷰에서 자신은 '게으름뱅이'이며 가와바타의 문학은 '게으른 자의 문학'이라고 이야기하곤 했다. 그러나 그 '게으름'이란 실은 고요하면서도 처절한 일본의 정서가 극에 달한 모습이기도 하다. 과거 인터뷰에 동석했던 미시마 유키오의 말을 빌리면 '검도로 말하면 그 무엇보다 강하기에 무방비한 자세'인 셈이다.

『지고 말 것을』은 가와바타 야스나리의 초기 주요 단편을 모아놓은 단편선으로, '신감각파'로서의 가와바타를 잘 알 수 있다. 이 책에는 「푸른 바다 검은 바다」「봄날의 경치」「수정환상」「서정가」「그것을 본 사람들」「금수」「지고 말 것을」까지 총 일곱 편의 단편이 실려 있다.

이 소설들은 공통적으로 진한 죽음의 냄새가 감도는 단편이다. 애인과의 동반자살에 실패한 남자가 다시 한번 자살하기까지의 이야기가 담긴 두 개의 유서로 구성된 「푸른 바다 검은 바다」, 사랑하는 남자가 죽은 걸 알고 그 상대가 눈앞의 아네모네꽃으로 환생되었다고 생각하며 꽃에게 말을 거는 여성의 독백 「서정가」, 살인 사건으로 죽은 여성에 관계된 사람들을 그린 「그것을 본 사람들」, 동물, 특히 작은 새를 즐겨 키우지만 늘 작은 계기로 죽여버리는 남자의 동물이나 인간에 대한 차가운 시선을 그린 「금수」, 그리고 자신이 있는 곳에 기거하게 된 두 여성이 아무 이유도 없이 죽임을 당한 사건에 관련된 조서나 증언을 인용하면서 쓴 「지고 말 것을」 등 어느 작품이나 숨막힐 정도로 죽음이 그 안에 도사리고 있다.

또한 이 작품들을 읽어가다 보면 글쓴이의 차가운 시선을 강하게 느끼게 된다. 그 시선은 냉철하고 이기적으로 보이지만 자기사랑으로는 향하지 않고 세상에 대해 철저히 고독한 입장을 취하고 있다. 일례로 「지고 말 것을」에서는 허무하게 죽임을 당한 두 여성에 대한 아름다움을 그리면서도 선정적이지 않게, 담담하고 조용히 그려내고 있는데, 그 필치 안 저 밑바닥에서 흘러나오는 차가운 기운이 읽는 이의 정신에 차가운 감촉을 남긴다.

가와바타의 날카로운 사실성이 담아낸 죽음에 대한 통찰은 상대적으로 인간의 생을 드러내 보이기도 한다. 그의 문장은 아름다움으로 정평이 나 있다. 그러나 아름다운 문장이기에 인간의 생이 얼마나 진흙투성이인지를 더욱 드러낸다. 그리고 때로는 혐오에서 쉽게 도망칠 수 없다는 사실도 가혹하게 들이민다. 그리하여 그 아름다운 문체는 더더욱 잔혹하고 비정하게 다가온다.

이 단편선에 실린 소설 중에는 가와바타 야스나리의 문학세계가 지니고 있는 특성을 명확히 드러내는, 그의 단편세계에서도 대표작으로 꼽히는 단편들이 있다. 바로 「수정환상」 「서정가」 「금수」 「지고 말 것을」 네 편이다. 이 네 편의 단편은 가와바타 야스나리가 집착하고 도전한 주제를 선명히 보여준다.

수정환상: 아기를 못 가지는 여성의 성적인 상상

「수정환상」은 1931년 1월과 7월에 잡지 『개조』에 나뉘어 발표된 미완성 작품이다. 이 소설을 쓴 것은 삼십대 초반 새로운 자신의 문체를 모색하려 시행착오를 반복하던 시기였다. 이 무렵 제임스 조이스의 『율리시스』가 일본에 소개되었는데, 종래의 소설 형식을 근본적으로 뒤흔드는 '의식의 흐름'이나 '내면의 독백'을 종횡무진하게 구사한 획기적인 소설이다. 가와바타는 이 『율리시스』가 완역되기 전에 전작인 「바늘과 유리와 안개」에서 그 기법을 응용했고, 이듬해 「수정환상」을 집필하였다.

「수정환상」을 처음 읽으면 '난해하다'고 느끼게 된다. 개의 교배를 축으로 불임을 둘러싼 부인의 내면적 고뇌를 적어내려가는 소설인데 이때 그녀의 끝없는 연상의 세계가 펼쳐진다. 그 연상은 부인 자신과 관련된 세계와 성경, 불교찬가, 신에게 제사 지낼 때 부르는 노래 등의 인용으로 꼬리에 꼬리를 물고 두드러진 이야기 전개 없이 이어진다. 그 연상이나 인용이 여러 겹으로 층을 이루어 작품의 절반 가까이를 차지하고 있다. 이 점이 이 작품의 실험적 시도이며 가와바타의 다른 작품과 비교되는 구조적인 특성을 지니고 있다.

본래 가와바타의 작품은 이야기성이 희박하다. 스스로도 '나는 연상이 떠올라 흘러가는 것을 따라서 글을 써내려가고 싶어지고, 글을 쓰면 쓸수록 더 연상이 솟아난다'라고 말하곤 했으며, 이러한 자의적인 창작 태도에 대해 '연상을 취사선택하는 능력이 모자란 게 아닌가 생각한다'라고 성찰하기도 했다.

부인의 환상이나 연상 속에는 의학, 생물학에 관한 학술용어가 다수 출현하며 그와 함께 티보의 바이올린이나 코르토의 피아노까지 등장한다. 연상에서 연상으로 이어진 의식의 흐름은 다원적이고 중층적이다. 현실의 대상과 접촉해서 이어지는 환상과, 아버지, 어머니, 유년시절이라는 과거 세계의 대상과의 접촉면에서 유발된 환상이 교차하여 복잡한 층을 이루고 있다. 그리고 그 환상으로부터 추출된 상념은 대부분 '생식'에 관한 것인데, 이는 다형성애多形性愛적인 섹슈얼리티가 「수정환상」의 기저에 깔려 있기 때문이다. 자신은 암캐를 데리고 온 남자같이 생긴 아가씨를 사랑하고 있다고 얘기하는 장면(동성애적 환상)이나 다른 여자들에게서 아버지의 냄새가 나는 데 질투를 느끼는 어린 여자아이로서의 자신이 등장하는 장면(근친상간적 환상)에서 이러한 사실을 알 수 있다. 작품 종반의 부인과 남편의 대화 장면에서 부인은 기모노를 벗고 있다. 이후 둘이 잠자리에 들 것임을 알 수 있는데, 이때 부인은 환상 영역에서 아가씨에 대한 사랑, 아가씨의 오빠와의 간통, 그리고 오르가슴의 억제를 교차하는 방법으로 남편에게 복수를 하려고 한다. 정신적으로 남편을 아내가 바람을 피운 사람으로 취급하는 장면에서 부인의 상대는 아가씨, 혹은 그 오빠이다. 암암리에 부인이 성에 대해 만족 못한다는 것을 나타내면서도 부인의 불감증이 의도된 것임을 보여주는 부분이다. 그러나 부인은 남편을 배신하고 싶은 것은 아니고, 배신을 지향하는 자기 자신을 의식함으로써 욕망의 주체로서의 자신을 주장하고 싶은 것이다.

이 소설에는 플레이보이라 이름 붙인 와이어헤어드 폭스테리어 종이나 크리스마스나 유다 같은 기독교적인 요소 등 서양 문화에서 비롯

한 소재가 많이 나타나 있는데, 이것은 당시의 모더니즘 문화에 영향을 받은 것이라고 할 수 있다. 성이나 과학 같은 소재도 모더니즘 문화의 영향이라고도 볼 수 있을 것이다. 또한 이 작품에는 가와바타의 작품에 자주 등장하는 당시의 사치품인 '거울' 중에서도 '삼면경'이 처음 등장하고, 보다 주제에 직접적인 관련을 가진 '현미경'도 등장하여 발생학을 돕는 중요한 역할을 담당한다.

「수정환상」은 특성상 쉽게 이해하기 어려운 작품이기는 하나 감정과 기교의 치밀함은 많은 평론가들에게 인정받고 있다. 과도기적 작품이고 미완성이긴 하지만 기법상의 실험적 의도가 일본 문단에서 높은 평가를 받는다는 점에서, 우리나라에 소개되는 것에 큰 의의가 있다고 생각한다.

서정가: 애인을 향한 비련의 서정시

서정가는 가와바타 야스나리가 삼십대 중반 무렵에 쓴 작품이다. 청춘의 흔적으로 길게 뿌리내린 실연 사건을 마음속에 품은 사랑의 이야기인데 가와바타의 사생관이나 종교관을 알 수 있는 작품이다. 주인공인 다쓰에가 이미 죽은 애인인 '당신'에게 말을 거는 형식을 취해 추억과 꿈, 신비함과 환상이 만들어내는 시정이 풍부한 비련의 서정시이기도 하다.

이 소설에는 불교의 윤회사상이나 심령학, 신화, 기독교 등 다양한 사상이 등장한다. 어쩌면 애인을 자신의 원망으로 죽였을지도 모르는 다쓰에에게 가장 큰 구원은 불교경전이다. "불교의 여러 경문을 비길 데 없이 고마운 서정시라고 생각"함으로써 다쓰에는 구원의 길을 찾으려고 한다. 가와바타 역시 『문학적 자서전』에서 "나는 동방의 고전, 특히 불교경전을 세계 최대의 문학이라고 믿고 있다. 나는 경전을 종교적 교훈이 아니라 문학적 환상으로 존중한다"라고 말할 정도로, 그는 경전이 아닌 문학으로서 불교의 영향을 많이 받았다.

소설에서 다쓰에는 불법의 윤회전생설을 떠올리며 이 세상의 윤리의 상징을 느끼고 조금 다른 방향으로 구원을 찾게 된다. 그가 진정한 구원을 찾아내는 방향은 바로 서양의 전생설, 그중에서도 특히 그리스 신화의 식물에 대한 단순한 전생의 이야기이다. 이 점은 인과응보에 의한 전생, 특히 인간으로 태어나야 한다는 불법의 가르침에 대해 가와바타가 거부감을 보이고 있는 부분이기도 하다. 소설 초반, "인간이 죽은 후 저세상에서조차 생전의 인간 모습 그대로 살아야 한다는 것은 더욱 슬픈 인간의 습성이라고 저는 생각하지 않을 수 없습니다"라는 문장에 바로 그런 점이 잘 드러나 있다.

또한 심령학과 성경에 대한 인용도 소설 안에 많이 담겨 있다. 가와바타는 이러한 여러 사상들을 골고루 작품에 등장시키면서도 어느 한 쪽으로 완전히 기울지는 않는다. 사상과 종교마저도 자신의 문학적 자료로 살리는 예술지상주의적 태도가 근저에 있다고 볼 수 있다.

「서정가」는 이러한 작가의 태도가 충분히 반영된 작품으로 하세가와 이즈미, 미시마 유키오 등 같은 문학가들에게도 무척 사랑받은 작품이다. 또한 작가 자신도 "내 근래의 작품으로는 「서정가」를 가장 사랑한다"*라고 했을 정도였다.

금수: 한 남자의 집착, 금수, 그리고 여인

「금수」는 1933년 7월에 발표된 단편로, 작가의 말에 의하면 "한밤중에 쓰기 시작하여 다음날 정오를 좀 지나, 약 열두 시간 만에 완성"한 소설이다. "자포자기로 휘갈겨 썼다" "억지로 단숨에 쓴 견본 같은 단편"이라고 말하기도 했다. 이러한 작가의 말은 어떤 면에서는 이 작품을 명확히 규정하고 있다. 『설국』처럼 퇴고를 거듭한 소설은 아니라는 것이다. 이 작품이 복잡한 것은 이러한 사정에서 비롯된 점도 있다.

이 소설은 십 년에 걸친 이야기가 현재—과거—현재의 순서로 구성되어 있다. 현재의 사건 사이에 끼어 있는 듯 엮이는 과거의 사건은 한 승려의 장례 행렬을 만난 화자 '나'에게 일주일 전부터 벽장에 내버려둔 상모솔새의 시신이 생각나는 부분에서 시작한다. 이 기억을 따라 '나'는 자신의 '새'와 '개', 그리고 '지카코'에 관한 과거를 떠올리기 시작한다.

작품 안에서 상모솔새와 지카코의 이야기는 묘하게 겹치는 이미지가 있고, 상모솔새 세 쌍에 대한 화자의 태도는 각각 '동경' '미련, 감상' '그로부터의 탈피의 가능성과 불가능성'으로 지카코에 대한 감상과 겹쳐 있다.

이 작품에서 화자가 십 년 전에 왜 죽으려고 했는지는 상세히 설명되지 않는다. 자살을 포기한 것도 어린 지카코가 순수하게 그의 요구를 받아들이고 합장을 하는 모습을 본 후에 "번뜩 허무의 고마움에 감동

---

* 가와바타 야스나리, 『문학적 자서전』.

을 받았다"라고만 설명되어 있다. 이때 '허무'란 무엇을 가리키는 것일까? 그리고 뒤이어 곧바로 "물론 죽일 생각도 죽을 생각도 없었다"라고 논리에 안 맞는 말이 이어진 것은 또 무슨 까닭일까. 「금수」에는 인간은 도대체 왜 태어나 왜 살아가야 하는지에 대한 물음이 잠재하고 있다. 같이 죽으려고 했을 때 어린 창녀는 자신의 '생'의 의미, 살아내야 하는 존귀함, 의의 등을 새삼 그에게 가르쳐주었다. 그에게 어린 창녀는 영원한 구제자였던 것이다. 순수하게 남에게 자신의 삶을 맡기는 그녀를 만나 화자는 죽음의 상념에서 생으로 향했다. 자신을 구속해온 그의 인간관, 세계관이 근저에서 와해되고 죽음을 향해 가던 상념의 바다는 그때 '허무'의 절대성 앞에서 일단 무너진다. 그는 그 붕괴, 충격으로 일종의 절대적인 것, '허무의 고마움'을 대하게 된 것이다.

이 작품의 배경에는 과거 열여섯 살에 그와 약혼했다가 불과 한 달 만에 마음을 바꾼 이토 지요와의 재회가 관여하고 있다. 가와바타는 「금수」를 집필하기 이삼년 전에, 손도 못 잡아보고 헤어진 전 약혼자 지요와 재회했다. 그때 그는 다시 만난 지요를 보고 크게 낙담했고, 바로 거기서 태어난 소설이 「금수」이다. 그의 마음속에서 지요는 한때 영원한 아름다움의 신처럼 남아 있었으나, 여자의 육체가 결혼 이후 변화한다는 당연한 사실을 머리로는 알고 있었어도 실제로 그렇게 변한 모습을 확인하는 일은 또다른 일이었다. 이 작품에는 가와바타의 이런 개인적인 감상에 영향을 받아 여성의 육체가 변화하는 모습을 '가능한 한 불쾌하게' 그려낸 측면이 있다. 가와바타 야스나리 또한 본인이 쓴 이 소설을 두고 '가장 싫어하는 작품'이라 혹평하기까지 한 것 또한 그 탓이리라. 그러나 그렇기에 더더욱 이 소설은 가와바타 야스나리의 문학 속 공포의 원천 중 하나를 명확히 보여주는 작품이기도 하다.

지고 말 것을: 어느 범죄자의 기록으로 보는 허무한 생명에 대한 연민

「지고 말 것을」의 소재가 된 살인 사건은 1928년 8월 1일 새벽에 도쿄의 신주쿠에서 일어난 '여성 이발사 2인 교살 사건'이다. 이 작품을 쓸 당시 가와바타는 기쿠치 진이치의 『병적 살인 연구』를 참고하기도 했다. 「지고 말 것을」에 인용되는 다량의 소송기록은 세세한 지구나 인물명은 바뀌지만 거의 동일하게 기쿠치의 저서에서 발견할 수 있다. 가와바타 자신이 범죄기록을 참고로 소설을 썼다는 것을 소설에서도 소송기록의 출처를 인용함으로써 밝히고 있는 것이다. 작품 마지막 문단은 전거와 자신을 동렬에 두고자 하는 창작과 창작 주체의 독창성을 없애버리는 부분이라고도 볼 수 있다. 이러한 가와바타의 태도는 어디까지나 전거에 충실하려고 하며 또한 불교적인 것에 친근감을 느끼는 화자 '나'의 입장과도 통하는 듯 보인다. 그러나 '어차피 범인이나 법관, 또한 그 외 다른 사람들의 소설'이라고 하는 견해가 제시되는 까닭은 무엇보다도 '나'의 소설가로서의 견식 때문이다. 즉 소송기록과 '나'의 소설은 줄다리기를 하고 있는 셈이다.

소설에는 '재판관의 의무'와 '소설가의 의무'를 대비하는 부분도 있다. 재판관이 살인 행위에 중점을 두고 무의식적인 행동을 인정하지 않은 데 반해 화자는 다키코와 쓰타코의 심리에도 마음을 쓰고 있다. 두 사람에 대한 억울하고 애석한 마음을 배경으로 한 법관에 대한 소설가적 항의인 것이다. 그러나 바로 이러한 점이 아무런 확신을 갖지 못하게 되고 스스로의 저술을 '꿈'이라고 규정하게 만들기도 한다. 글 말미의 "나는 소설가라는 무기징역수"라는 기술은 소설가 역시 살인의 광경을 말할 수 없는 피고인과 동등한 위치에 있다는 자조적인 말이며, '무기징역'이란 단어는 사실 혹은 현실에 영원히 도달하지 못하는 현실에 대한 비유가 된다.

소송기록을 '합작 소설'이라고 인정하고 그 허구성을 간파하면서도 소설가는 왜 여기에 머리를 숙이는 것일까? 진실의 자세한 부분은 알 수 없고 자백 자체가 허구라 해도 재판이 이루어지며 무기징역 판결까지 내려지는 현실에서 여자에 대한 꿈을 꾸는 것은, 어떻게 보면 그가 재판에 항의하고 있으며 문학에 대한 무력감을 잠재적으로 느끼고 있다고도 볼 수 있다. 현실의 힘은 살인 행위에서 가장 두드러지게 나타나는지도 모른다. 피고인은 살인 행위로 의심할 필요도 없이 여자들에게 '관여'한 것이다. 욕망을 느끼면서도 스승이라는 체면 때문에 위선적이었던 화자가 그녀들의 사생활을 안 것은 사후의 일이었다. 여기에 살인자 야마베에 대한 '나의 질투'를 잠시 볼 수 있다. 소설가는 피고인과 마찬가지라고 자조하지만, 행위의 국면에서는 오히려 그 이하의 존재로 전락하는 위기까지 품고 있으며 그로 인해 현실에서의 문학의 유효성과 가능성의 문제를 고민하게 된다.

작품 속에서 '아기 울음소리'와 '우유배달부'는 '생명'에 대한 인상을 불러일으키는 소재로 등장한다. 또한 사체 사진에 대한 '나의 감회' 부분은 작가가 '생명'을 바라보는 시선을 알게 해주는 부분이다. 오히려 기쿠치의 저서에서는 사체의 사진에 대해서는 담백하게 언급한다. 가와바타가 사체 사진을 구체적으로 묘사한 부분에서 '생명'에 대한 지향이 이 작품에서 중요한 위치를 차지하고 있음을 알 수 있다.

이처럼 「지고 말 것은」은 여성의 형상, 피고의 심리 해석, 생명 등이 작품의 독창적인 특징으로 나타나는 작품이다. 또한 재판 기록을 앞에 두고 상상력과 문학의 가능성을 시도했다는 점에서 문학에 대해 가와바타 야스나리가 새로이 도전한 소설이기도 하다.

삶과 고독, 죽음에 대한 1인칭 독백의 이야기

이번에 출간된 단편선 『지고 말 것을』은 가와바타 야스나리의 초기 작품이자 화자의 의식의 흐름을 따라 이야기를 전개시키는 단편들로 이루어져 있다. 「푸른 바다 검은 바다」 「수정환상」 「서정가」 「지고 말 것을」 등은 화자가 1인칭이며 독백의 형식을 띠고 있고, 「금수」도 1인칭의 시점에서 이야기가 전개된다.

게다가 「수정환상」 「서정가」와 같은 작품에서는 심리학, 신화, 불교, 기독교 등 여러 사상에 정통한 가와바타의 의식세계를 알 수 있다. 무엇보다 이 작품들에 공통적으로 흐르고 있는 것은 '인간 생명'에 대한 작가의 사상이며 삶과 죽음, 고독에 대한 인간 관찰이다. 이 특징들은 대체로 '허무함'을 바탕으로 하는데, 이는 그 어떤 사상보다 불교에 애정을 느끼고 있는 작가의 생각이 반영된 것이다.

'죽음'과 '성'이 전면으로 드러나며 어떤 의미에서는 병적인 단편만을 모은 이 단편선은, 그동안 가와바타 야스나리를 「이즈의 무희」나

『설국』만으로 알고 있었으나 어딘가 아쉬움을 느꼈던 사람들에게는 무척 좋은 선택이 되리라 생각한다.

이 원고를 번역하면서 무척 괴로운 나날을 보냈다. 번역을 할 때마다 말을 고르고 작가의 의도를 살린다는 것이 얼마나 어려운 일인지 매번 뼈저리게 느끼지만, 특히 이번 단편들은 더욱 그러했다. 줄바꾸기가 거의 없는 만연체와, 번역투와도 비슷한 독특한 작가의 문체를 살리면서도 독자에게 보다 이해하기 쉽도록 풀어내야 하는 점에서 특히 많은 고민을 하지 않을 수 없었다. 또한 가와바타의 정신세계와 의식의 흐름, 해박한 지식을 다 좇아가기에는 나 자신이 역부족이어서, 고민하고 또 고민하고 주석에 필요한 자료들을 찾고 또 찾고…… 그래서 내겐 더욱 의미가 있는 작품이 되었다.

여러 해를 넘기며 담당편집자가 여러 번 바뀔 동안 끝없는 인내심으로 기다려주신 문학동네 세계문학 편집팀에 무한한 감사를 드리며, 특히 내 의지가 꺾이지 않도록 여러 해를 꾸준히 기다리며 독려해주신 박신양 편집자님에게 깊은 감사의 말씀을 전한다.

박혜성

1899년 6월 14일 오사카에서 개업의인 아버지 가와바타 에이키치와 어머니 겐 사이에서 칠삭둥이로 출생.

1901년 아버지 에이키치 결핵으로 사망.

1902년 어머니 겐 결핵으로 사망. 누나 요시코와 함께 조부모에게 갔으나, 얼마 후 요시코가 이모 다니의 집에 맡겨짐.

1906년 도요카와 소학교에 입학. 조모 가네 사망.

1909년 누나 요시코 열병으로 사망.

1912년 구제 이바라키 중학교에 수석으로 입학.

1914년 조부 산파치로 사망. 어린 시절 가족을 연달아 모두 잃은 경험은 가와바타의 문학세계에 거대한 영향을 끼침. 외삼촌의 집에서 통학하다 이듬해 중학교 기숙사에 들어감.

1916년 여러 신문과 잡지에 단편, 단가를 투고하기 시작함.

1917년 중학교를 졸업하고 상경하여 아사쿠사에 있는 사촌 집에 얹혀살기 시작함. 구제 제1고등학교(현 도쿄 대학 교양학부)에 입학.

1918년 처음으로 이즈 지방을 여행함. 이후로 이즈의 유가시마는 그에게 제2의 고향이 됨.

1919년 카페 엘란의 직원 이토 하쓰요(지요)와 만남. 하쓰요에게서 영감을 받아 쓴 단편 「지요ちよ」를 문예부 기관지 『교우회 잡지校友会雑誌』에 게재. 가와바타는 이 단편을 자신의 첫 작품으로 꼽음.

1920년 도쿄제국대학 영문과에 입학. 곤 도코, 스즈키 히코지로, 사카이 마사토 등과 함께 동인지 『신사조新思潮』(제6차) 발간을 기획.

1921년 『신사조』에 발표한 작품 「초혼제 일경招魂祭一景」이 기쿠치 간에게 인정받으면서 등단. 하쓰요에게 청혼해 결혼을 약속했으나 한 달 뒤 파기당함.

1922년 국문과로 전과함. 체호프의 소설 등을 번역하고 문예비평을 써서 발표. 실연의 아픔을 극복하기 위해 이즈에서 「유가시마에서의 추억湯ヶ島での思ひ出」을 집필.

1923년 기쿠치 간이 창간한 『문예춘추文藝春秋』의 일원이 됨. 간토대지진을 겪은 후 곤 도코, 아쿠타가와 류노스케와 함께 피해를 입은 지역을 방문함. 이 시기부터 매해 여러 편의 단편을 꾸준히 발표해 200편에 가까운 단편을 씀.

1924년 도쿄제국대학 졸업. 논문 「일본소설사 소론」으로 문학학사 취득. 징병검사에서 체중 미달로 불합격함. 요코미쓰 리이치, 가타오카 뎃페이, 나카가와 요이치, 곤 도코 등 신진작가 열네 명과 함께 동인지 『문예시대文藝時代』 창간, '신감각파'라 불림.

1925년 「푸른 바다 검은 바다青い海黒い海」 발표. 마쓰바야시 히데코와 만남.

1926년 첫 단편집 『감정장식感情装飾』 출간. 『문예시대』에 「이즈의 무희伊豆の踊子」 「속 이즈의 무희続伊豆の踊子」 발표. 기누가사 데이노스케, 기시다 구니오, 요코미쓰 리이치, 가타오카 뎃페이 등과 함께 '신감각영화연맹'을 결성, 〈광기의 한 쪽狂った一頁〉의 시나리오를 쓰고 『영화시대映画時代』에 발표. 가마쿠라에 머물다가 이즈 유가시마로 옮겨감. 히데코와 동거를 시작함.

1927년 「매화 꽃술梅の雄蕊」 「버드나무는 푸르고 꽃은 붉고柳は緑 花は紅」 발표. 문학 동인들과 함께 『한 사람이 한 쪽씩 쓰는 동인잡지—수첩一人一頁づつ書く同人雑誌一手帖』을 창간해 「가을부터 겨울까지秋から冬へ」를 발표. 히데코와 함께 도쿄로 돌아옴. 가지이 모토지로에게 교정을 부탁해 『이즈의 무희』 단행본 출간.

1928년 「가을을 그리는 봄秋思ふ春」 발표, 이후 여기에 「매화 꽃술」과 「버

드나무는 푸르고 꽃은 붉고」를 합쳐서 「봄날의 경치春景色」로 정리함.

1929년 『근대생활近代生活』 『문학文學』에 동인으로 참가함.

1930년 단편집 『내 표본실僕の標本室』 『꽃이 있는 사진花のある写真』 『아사쿠사 홍단浅草紅団』 출간.

1931년 「수정환상水晶幻想」 발표. 발레와 영어회화, 음악 공부를 시작함. 히데코와 혼인신고를 함.

1932년 「서정가叙情歌」 「그것을 본 사람들それを見た人達」 발표. 하쓰요와 다시 만나, 딸을 양녀로 받아달라는 하쓰요의 청을 거절함.

1933년 「금수禽獣」 「지고 말 것을散りぬるを」 발표. 이 시기부터 「여름의 숙소夏の宿」 등 소녀소설도 집필해 발표하기 시작함. 『문학계文學界』 창간 동인이 됨. 단편집 『화장과 휘파람化粧と口笛』 출간.

1934년 단편집 『서정가』 출간.

1935년 아쿠타가와상, 나오키상이 창설되면서 아쿠타가와상의 심사위원이 됨. 당시 후보였던 다자이 오사무의 작품을 혹평해 큰 원한을 삼. 「저녁 풍경의 거울夕景色の鏡」 「하얀 아침의 거울白い朝の鏡」 등 이후 『설국雪国』으로 묶일 연작소설을 차례로 발표함. 『금수』 출간.

1936년 단편집 『순수의 소리純粋の声』 『꽃의 왈츠花のワルツ』 출판. 호조 다미오, 오카모토 가노코를 문단에 소개함.

1937년 연작을 정리해 『설국』 출간, 이 책으로 제3회 문예간담회상 수상. 단편집 『아가씨 마음むすめごころ』 『반장 탐정級長の探偵』, 장편소설 『여성개안女性開眼』 출간.

1938년 단편집 『소녀의 항구乙女の港』 출간. 중앙공론사에서 주최한 '모범 글짓기 전집'의 선정위원이 되어 수많은 청소년의 글을 읽어보게 됨.

1939년 '가와바타 야스나리 선집(전9권)' 출간 시작. '소년문학간담회'를 창설하고 청소년의 글쓰기에 대해 고민함. 『단편집短篇集』 출간.

1940년 단편집 『정월 첫 사흘正月三ヶ日』 출간.

1941년 단편집 『잠자는 얼굴寝顔』 『사랑하는 사람들愛する人たち』 출간.

1942년 단편집 『고원高原』, 소녀소설 『아름다운 여행美しい旅』, 수필집 『문장文章』 출간.

1943년 조카 마사코를 양녀로 들임.

1944년 「고향故園」 「석양夕日」 등으로 기쿠치 간 상 수상. 미시마 유키오의 등단을 도움.

1945년 시가 나오야의 추천으로 해군 홍보원이 되어 가고시마의 특공대를 취재함. 가마쿠라에 사는 작가들의 장서를 기반으로 대여점 '가마쿠라 문고' 개점, 이후 몇 달 뒤 출판사 가마쿠라분코 창설. 단편집 『아침 구름朝雲』 『사랑愛』 『울새 온천駒鳥温泉』 출간.

1946년 가마쿠라분코에서 잡지 『인간人間』을 창간하고 미시마 유키오를 소개함. 단편집 『진박새日雀』 『저녁놀 소녀夕映少女』 『온천장温泉宿』 『지고 말 것을』, 소녀소설 『학교의 꽃学校の花』 출간.

1947년 단편집 『무지개虹』 출판. 「속 설국続雪国」을 발표하고, 십삼 년에 걸쳐 집필한 연작 『설국』을 완성함.

1948년 제4대 일본 펜클럽 회장으로 취임. '가와바타 야스나리 전집(전 14권)' 출간 시작. 장편掌篇소설집 『일초일화一草一花』, 기행문 『나의 이즈私の伊豆』, 단편집 『여행의 풍경旅の風景』 『마음의 아가心の雅歌』 『날개의 서정가翼の抒情歌』 『하얀 만월白い満月』 『20세二十歳』, 소녀소설 『꽃일기花日記』, 『설국』 완전판 출간.

1949년 「산소리山の音」 「천 마리 학千羽鶴」 등 발표. 단편집 『밤의 주사위夜のさいころ』 『아지랑이 언덕陽炎の丘』 『애수哀愁』 출간.

1950년 단편집 『아사쿠사 이야기浅草物語』, 동화집 『가와바타 야스나리 문예동화집川端康成文藝童話集』, 글쓰기 독본 『신 문장독본新文章読本』 출간.

1951년 장편소설 『무희舞姫』, 단편집 『소년少年』, 소녀소설 『가극학교歌劇学校』 출간.

1952년 「천 마리 학」으로 예술원상 수상. 소녀소설 『만요자매万葉姉妹』 출간.

1953년 단편집 『재혼자再婚者』, 장편소설 『태양도 달도日も月も』, 소녀소설 『꽃과 방울花と小鈴』 출간.

1954년 「산소리」로 제7회 노마문예상 수상. 장편소설 『강이 있는 서민 동네 이야기川のある下町の話』, 단편집 『우칭위안 바둑 이야기·명인呉清源棋談·名人』 『동요童謡』, 이즈를 소재로 한 글 모음집 『이즈 여행伊豆の旅』 출간.

1955년 장편소설 『도쿄 사람東京の人』 『속 도쿄 사람続東京の人』 『무지개 뜰 때마다虹いくたび』 『호수みづうみ』, 단편집 『잠시たまゆら』 『제비 소녀燕の童女』 출간.

1956년 이듬해까지 이 년에 걸쳐 장편소설 『여자라는 것女であること』 출간.

1957년 국제 펜클럽 대회가 일본(교토와 도쿄)에서 개최되어 주최국 회장을 맡음.

1958년 국제 펜클럽 부회장으로 선출됨. 도쿄 국제 펜클럽의 활동을 인정받아 제6회 기쿠치 간 상 수상, 프랑크푸르트에서 괴테메달 수훈. 국제 펜클럽 활동 때문에 작가 생활을 시작하고 이해 처음으로 소설을 발표하지 않음. 단편집 『후지의 첫눈富士の初雪』 출간.

1959년 장편소설 『바람이 있는 길風のある道』 출간.

1960년 프랑스 예술문화훈장 수상.

1961년 문화훈장 수상. 「고도古都」 집필을 위해 교토에서 생활함. 중편소설 『잠자는 미녀眠れる美女』 출판.

1962년 「잠자는 미녀」로 제16회 마이니치 출판문화상 수상. '세계평화 어필 7인 위원회' 참가. 장편소설 『고도』 출간.

1963년 일본근대문학관 재단이 발족하자 감사로 취임함. 근대문학박물관 위원장으로 임명됨.

1964년 오슬로에서 열린 국제 펜클럽 대회 참석.

1965년 일본 펜클럽 회장 사임. NHK 〈연속테레비소설〉 프로그램을 위해 각색한 「잠시たまゆら」가 드라마로 방영됨. 장편소설 『아름다움과 슬픔과美しさと悲しみと』, 단편집 『한쪽 팔片腕』 출간. 이즈 유가시마에 『이즈의 무희』 문학비가 세워짐.

1966년 간염으로 도쿄대학 병원에 입원. 단편집 『낙화유수落花流水』 출간.

1967년 단편집 『달 아래 문月下の門』 출간.

1968년 일본 최초로 노벨문학상 수상. 고향 이바라키시의 명예시민이 됨. 『가와바타 야스나리 소년소녀 소설집川端康成少年少女小説集』 출간.

1969년 '가와바타 야스나리 전집(전19권)' 출간 시작. 미국 예술문화아카데미 명예회원에 임명됨, 하와이대학에서 명예문학박사 학위를 받음. 평론집 『아름다운 일본의 나—그 서설美しい日本の私—その序説』 『아름다움의 존재와 발견美の存在と発見』 출간. 포크송 〈살아 있는데生きてゐるのに〉 작사.

1970년 경성(현재의 서울)에서 열린 국제 펜클럽 대회 참석. 한양대학교에서 명예문학박사 학위를 받음.

1971년 전해 자살한 미시마 유키오의 장례식에서 장례위원장을 맡음. 직접 게재한 마지막 소설 「스미다가와隅田川」 발표. 일본근대문학관 명예관장에 임명됨.

1972년 4월 16일 72세로 가스 중독으로 사망. 자살이라고 보도되었으나 지인들은 사고사라고 주장함. 서재에서 발견된 미발표 유작이 '설국초雪国抄'라는 제목으로 신문에 발표됨. 장편소설 『어떤 인생 속에서ある人生のなかに』 『민들레たんぽぽ』 출간.

1973년 가와바타 야스나리 문학상 창설. 단편집 『대나무 소리 복숭아꽃竹の声桃の花』 『일본의 아름다움의 마음日本の美のこころ』 출간.

1975년 단편집 『하늘이 내린 아이天授の子』 출간.

1978년 단편집 『혼례와 장례婚礼と葬礼』 출간.

1979년 장편소설 『바다의 불 축제海の火祭』, 단편집 『무희의 달력舞姫の暦』 출간.

1980년 '가와바타 야스나리 전집(전35권, 부록 2권)' 출간 시작.

1985년 이바라키시에 가와바타 야스나리 문학관 개관.

문학동네 세계문학전집 발간에 부쳐

세계문학은 국민문학 혹은 지역문학을 떠나 존재하는 문학이 아니지만 그것들의 총합도 아니다. 세계문학이라는 용어에는 그 나름의 언어와 전통을 갖고 있는 국민문학이나 지역문학의 존재를 인정하면서 그것을 넘어서는 문학의 보편적 질서에 대한 관념이 새겨져 있다. 그 용어를 처음 고안한 19세기 유럽인들은 유럽문학을 중심으로 그 질서를 구축했지만 풍부한 국민문학의 전통을 가지고 있는 현대의 문학 강국들은 나름의 방식으로 세계문학을 이해하면서 정전(正典)의 목록을 작성하고 또 수정한다.

한국에서도 세계문학 관념은 우리 사회와 문화의 변화 속에서 거듭 수정돼왔다. 어느 시기에는 제국 일본의 교양주의를 반영한 세계문학 관념이, 어느 시기에는 제3세계 민족주의에 동조한 세계문학 관념이 출현했고, 그러한 관념을 실천한 전집물이 출판됐다. 21세기 한국에 새로운 세계문학전집이 필요하다는 것은 명백하다. 우리의 지성과 감성의 기준에 부합하는 세계문학을 다시 구상할 때가 되었다.

문학동네 세계문학전집은 범세계적으로 통용되는 고전에 대한 상식을 존중하면서도 지난 반세기 동안 해외 주요 언어권에서 창작과 연구의 진전에 따라 일어난 정전의 변동을 고려하여 편성되었다. 그래서 불멸의 명작은 물론 동시대 세계의 중요한 정치·문화적 실천에 영감을 준 새로운 작품들을 두루 포함시켰다.

창립 이후 지금까지 한국문학 및 번역문학 출판에서 가장 전문적이고 생산적인 그룹을 대표해온 문학동네가 그간 축적한 문학 출판 경험을 바탕으로 새로운 세계문학전집을 펴낸다. 인류가 무지와 몽매의 어둠 속을 방황하면서도 끝내 길을 잃지 않은 것은 세계문학사의 하늘에 떠 있는 빛나는 별들이 길잡이가 되어주었기 때문이다. 우리가 자부심과 사명감 속에서 그리게 될 이 새로운 별자리가 독자들의 관심과 애정에 힘입어 우리 모두의 뿌듯한 자산이 되기를 소망한다.

세계문학전집 214
지고 말 것을

1판 1쇄 2022년 8월 22일
1판 2쇄 2024년 9월 30일

지은이 가와바타 야스나리 | 옮긴이 박혜성

책임편집 박신양 | 편집 박주희 이희연 | 감수 김선영
디자인 김이정 최미영 | 저작권 박지영 형소진 최은진 오서영
마케팅 정민호 서지화 한민아 이민경 왕지경 정경주 김수인 김혜원 김하연 김예진
브랜딩 함유지 함근아 박민재 김희숙 이송이 박다솔 조다현 정승민 배진성
제작 강신은 김동욱 이순호 | 제작처 영신사

펴낸곳 (주)문학동네 | 펴낸이 김소영
출판등록 1993년 10월 22일 제2003-000045호
주소 10881 경기도 파주시 회동길 210
전자우편 editor@munhak.com | 대표전화 031)955-8888 | 팩스 031)955-8855
문의전화 031)955-1927(마케팅), 031)955-3560(편집)
문학동네카페 http://cafe.naver.com/mhdn
인스타그램 @munhakdongne | 트위터 @munhakdongne
북클럽문학동네 http://bookclubmunhak.com

ISBN 978-89-546-8773-7 04830
978-89-546-0901-2 (세트)

1, 2, 3 안나 카레니나 레프 톨스토이 | 박형규 옮김
4 판탈레온과 특별봉사대 마리오 바르가스 요사 | 송병선 옮김
5 황금 물고기 J. M. G. 르 클레지오 | 최수철 옮김
6 템페스트 윌리엄 셰익스피어 | 이경식 옮김
7 위대한 개츠비 F. 스콧 피츠제럴드 | 김영하 옮김
8 아름다운 애너벨 리 싸늘하게 죽다 오에 겐자부로 | 박유하 옮김
9, 10 파우스트 요한 볼프강 폰 괴테 | 이인웅 옮김
11 가면의 고백 미시마 유키오 | 양윤옥 옮김
12 킴 러디어드 키플링 | 하창수 옮김
13 나귀 가죽 오노레 드 발자크 | 이철의 옮김
14 피아노 치는 여자 엘프리데 옐리네크 | 이병애 옮김
15 1984 조지 오웰 | 김기혁 옮김
16 벤야멘타 하인학교-야콥 폰 군텐 이야기 로베르트 발저 | 홍길표 옮김
17, 18 적과 흑 스탕달 | 이규식 옮김
19, 20 휴먼 스테인 필립 로스 | 박범수 옮김
21 체스 이야기 · 낯선 여인의 편지 슈테판 츠바이크 | 김연수 옮김
22 왼손잡이 니콜라이 레스코프 | 이상훈 옮김
23 소송 프란츠 카프카 | 권혁준 옮김
24 마크롤 가비에로의 모험 알바로 무티스 | 송병선 옮김
25 파계 시마자키 도손 | 노영희 옮김
26 내 생명 앗아가주오 앙헬레스 마스트레타 | 강성식 옮김
27 여명 시도니가브리엘 콜레트 | 송기정 옮김
28 한때 흑인이었던 남자의 자서전 제임스 웰든 존슨 | 천승걸 옮김
29 슬픈 짐승 모니카 마론 | 김미선 옮김
30 피로 물든 방 앤절라 카터 | 이귀우 옮김
31 숨그네 헤르타 뮐러 | 박경희 옮김
32 우리 시대의 영웅 미하일 레르몬토프 | 김연경 옮김
33, 34 실낙원 존 밀턴 | 조신권 옮김
35 복낙원 존 밀턴 | 조신권 옮김
36 포로기 오오카 쇼헤이 | 허호 옮김
37 동물농장 · 파리와 런던의 따라지 인생 조지 오웰 | 김기혁 옮김
38 루이 랑베르 오노레 드 발자크 | 송기정 옮김
39 코틀로반 안드레이 플라토노프 | 김철균 옮김
40 어두운 상점들의 거리 파트릭 모디아노 | 김화영 옮김
41 순교자 김은국 | 도정일 옮김
42 젊은 베르테르의 슬픔 요한 볼프강 폰 괴테 | 안장혁 옮김
43 더블린 사람들 제임스 조이스 | 진선주 옮김
44 설득 제인 오스틴 | 원영선, 전신화 옮김
45 인공호흡 리카르도 피글리아 | 엄지영 옮김
46 정글북 러디어드 키플링 | 손향숙 옮김
47 외로운 남자 외젠 이오네스코 | 이재룡 옮김
48 에피 브리스트 테오도어 폰타네 | 한미희 옮김
49 둔황 이노우에 야스시 | 임용택 옮김
50 미크로메가스 · 캉디드 혹은 낙관주의 볼테르 | 이병애 옮김

51, 52 염소의 축제 마리오 바르가스 요사 | 송병선 옮김
53 고야산 스님·초롱불 노래 이즈미 교카 | 임태균 옮김
54 다니엘서 E. L. 닥터로 | 정상준 옮김
55 이날을 위한 우산 빌헬름 게나치노 | 박교진 옮김
56 톰 소여의 모험 마크 트웨인 | 강미경 옮김
57 카사노바의 귀향·꿈의 노벨레 아르투어 슈니츨러 | 모명숙 옮김
58 바보들을 위한 학교 사샤 소콜로프 | 권정임 옮김
59 어느 어릿광대의 견해 하인리히 뵐 | 신동도 옮김
60 웃는 늑대 쓰시마 유코 | 김훈아 옮김
61 팔코너 존 치버 | 박영원 옮김
62 한눈팔기 나쓰메 소세키 | 조영석 옮김
63, 64 톰 아저씨의 오두막 해리엇 비처 스토 | 이종인 옮김
65 아버지와 아들 이반 투르게네프 | 이항재 옮김
66 베니스의 상인 윌리엄 셰익스피어 | 이경식 옮김
67 해부학자 페데리코 안다아시 | 조구호 옮김
68 긴 이별을 위한 짧은 편지 페터 한트케 | 안장혁 옮김
69 호텔 뒤락 애니타 브루크너 | 김정 옮김
70 잔해 쥘리앵 그린 | 김종우 옮김
71 절망 블라디미르 나보코프 | 최종술 옮김
72 더버빌가의 테스 토머스 하디 | 유명숙 옮김
73 감상소설 미하일 조셴코 | 백용식 옮김
74 빙하와 어둠의 공포 크리스토프 란스마이어 | 진일상 옮김
75 쓰가루·석별·옛날이야기 다자이 오사무 | 서재곤 옮김
76 이인 알베르 카뮈 | 이기언 옮김
77 달려라, 토끼 존 업다이크 | 정영목 옮김
78 몰락하는 자 토마스 베른하르트 | 박인원 옮김
79, 80 한밤의 아이들 살만 루슈디 | 김진준 옮김
81 죽은 군대의 장군 이스마일 카다레 | 이창실 옮김
82 페레이라가 주장하다 안토니오 타부키 | 이승수 옮김
83, 84 목로주점 에밀 졸라 | 박명숙 옮김
85 아베 일족 모리 오가이 | 권태민 옮김
86 폭풍의 언덕 에밀리 브론테 | 김정아 옮김
87, 88 늦여름 아달베르트 슈티프터 | 박종대 옮김
89 클레브 공작부인 라파예트 부인 | 류재화 옮김
90 P세대 빅토르 펠레빈 | 박혜경 옮김
91 노인과 바다 어니스트 헤밍웨이 | 이인규 옮김
92 물방울 메도루마 슌 | 유은경 옮김
93 도깨비불 피에르 드리외라로셸 | 이재룡 옮김
94 프랑켄슈타인 메리 셸리 | 김선형 옮김
95 래그타임 E. L. 닥터로 | 최용준 옮김
96 캔터빌의 유령 오스카 와일드 | 김미나 옮김
97 만(卍)·시게모토 소장의 어머니 다니자키 준이치로 | 김춘미, 이호철 옮김
98 맨해튼 트랜스퍼 존 더스패서스 | 박경희 옮김
99 단순한 열정 아니 에르노 | 최정수 옮김

100 열세 걸음 모옌 | 임홍빈 옮김
101 데미안 헤르만 헤세 | 안인희 옮김
102 수레바퀴 아래서 헤르만 헤세 | 한미희 옮김
103 소리와 분노 윌리엄 포크너 | 공진호 옮김
104 곰 윌리엄 포크너 | 민은영 옮김
105 롤리타 블라디미르 나보코프 | 김진준 옮김
106, 107 부활 레프 톨스토이 | 박형규 옮김
108, 109 모래그릇 마쓰모토 세이초 | 이병진 옮김
110 은둔자 막심 고리키 | 이강은 옮김
111 불타버린 지도 아베 고보 | 이영미 옮김
112 말라볼리아가의 사람들 조반니 베르가 | 김운찬 옮김
113 디어 라이프 앨리스 먼로 | 정연희 옮김
114 돈 카를로스 프리드리히 실러 | 안인희 옮김
115 인간 짐승 에밀 졸라 | 이철의 옮김
116 빌러비드 토니 모리슨 | 최인자 옮김
117, 118 미국의 목가 필립 로스 | 정영목 옮김
119 대성당 레이먼드 카버 | 김연수 옮김
120 나나 에밀 졸라 | 김치수 옮김
121, 122 제르미날 에밀 졸라 | 박명숙 옮김
123 현기증. 감정들 W. G. 제발트 | 배수아 옮김
124 강 동쪽의 기담 나가이 가후 | 정병호 옮김
125 붉은 밤의 도시들 윌리엄 버로스 | 박인찬 옮김
126 수고양이 무어의 인생관 E. T. A. 호프만 | 박은경 옮김
127 맘브루 R. H. 모레노 두란 | 송병선 옮김
128 익사 오에 겐자부로 | 박유하 옮김
129 땅의 혜택 크누트 함순 | 안미란 옮김
130 불안의 책 페르난두 페소아 | 오진영 옮김
131, 132 사랑과 어둠의 이야기 아모스 오즈 | 최창모 옮김
133 페스트 알베르 카뮈 | 유호식 옮김
134 다마세누 몬테이루의 잃어버린 머리 안토니오 타부키 | 이현경 옮김
135 작은 것들의 신 아룬다티 로이 | 박찬원 옮김
136 시스터 캐리 시어도어 드라이저 | 송은주 옮김
137 고독한 산책자의 몽상 장자크 루소 | 문경자 옮김
138 용의자의 야간열차 다와다 요코 | 이영미 옮김
139 세기아의 고백 알프레드 드 뮈세 | 김미성 옮김
140 햄릿 윌리엄 셰익스피어 | 이경식 옮김
141 카산드라 크리스타 볼프 | 한미희 옮김
142 이 글을 읽는 사람에게 영원한 저주를 마누엘 푸익 | 송병선 옮김
143 마음 나쓰메 소세키 | 유은경 옮김
144 바다 존 밴빌 | 정영목 옮김
145, 146, 147, 148 전쟁과 평화 레프 톨스토이 | 박형규 옮김
149 세 가지 이야기 귀스타브 플로베르 | 고봉만 옮김
150 제5도살장 커트 보니것 | 정영목 옮김
151 알렉시 · 은총의 일격 마르그리트 유르스나르 | 윤진 옮김

152 말라 온다 알베르토 푸겟 | 엄지영 옮김
153 아르세니예프의 인생 이반 부닌 | 이항재 옮김
154 오만과 편견 제인 오스틴 | 류경희 옮김
155 돈 에밀 졸라 | 유기환 옮김
156 젊은 예술가의 초상 제임스 조이스 | 진선주 옮김
157, 158, 159 카라마조프가의 형제들 표도르 도스토옙스키 | 김희숙 옮김
160 진 브로디 선생의 전성기 뮤리얼 스파크 | 서정은 옮김
161 13인당 이야기 오노레 드 발자크 | 송기정 옮김
162 하지 무라트 레프 톨스토이 | 박형규 옮김
163 희망 앙드레 말로 | 김웅권 옮김
164 임멘 호수 · 백마의 기사 · 프시케 테오도어 슈토름 | 배정희 옮김
165 밤은 부드러워라 F. 스콧 피츠제럴드 | 정영목 옮김
166 야간비행 앙투안 드 생텍쥐페리 | 용경식 옮김
167 나이트우드 주나 반스 | 이예원 옮김
168 소년들 앙리 드 몽테를랑 | 유정애 옮김
169, 170 독립기념일 리처드 포드 | 박영원 옮김
171, 172 닥터 지바고 보리스 파스테르나크 | 박형규 옮김
173 싯다르타 헤르만 헤세 | 권혁준 옮김
174 야만인을 기다리며 J. M. 쿳시 | 왕은철 옮김
175 철학편지 볼테르 | 이봉지 옮김
176 거지 소녀 앨리스 먼로 | 민은영 옮김
177 창백한 불꽃 블라디미르 나보코프 | 김윤하 옮김
178 슈틸러 막스 프리슈 | 김인순 옮김
179 시핑 뉴스 애니 프루 | 민승남 옮김
180 이 세상의 왕국 알레호 카르펜티에르 | 조구호 옮김
181 철의 시대 J. M. 쿳시 | 왕은철 옮김
182 카시지 조이스 캐럴 오츠 | 공경희 옮김
183, 184 모비 딕 허먼 멜빌 | 황유원 옮김
185 솔로몬의 노래 토니 모리슨 | 김선형 옮김
186 무기여 잘 있거라 어니스트 헤밍웨이 | 권진아 옮김
187 컬러 퍼플 앨리스 워커 | 고정아 옮김
188, 189 죄와 벌 표도르 도스토옙스키 | 이문영 옮김
190 사랑 광기 그리고 죽음의 이야기 오라시오 키로가 | 엄지영 옮김
191 빅 슬립 레이먼드 챈들러 | 김진준 옮김
192 시간은 밤 류드밀라 페트루솁스카야 | 김혜란 옮김
193 타타르인의 사막 디노 부차티 | 한리나 옮김
194 고양이와 쥐 귄터 그라스 | 박경희 옮김
195 펠리시아의 여정 윌리엄 트레버 | 박찬원 옮김
196 마이클 K의 삶과 시대 J. M. 쿳시 | 왕은철 옮김
197, 198 오스카와 루신다 피터 케리 | 김시현 옮김
199 패싱 넬라 라슨 | 박경희 옮김
200 마담 보바리 귀스타브 플로베르 | 김남주 옮김
201 패주 에밀 졸라 | 유기환 옮김
202 도시와 개들 마리오 바르가스 요사 | 송병선 옮김

203 루시 저메이카 킨케이드 | 정소영 옮김
204 대지 에밀 졸라 | 조성애 옮김
205, 206 백치 표도르 도스토옙스키 | 김희숙 옮김
207 백야 표도르 도스토옙스키 | 박은정 옮김
208 순수의 시대 이디스 워턴 | 손영미 옮김
209 단순한 이야기 엘리자베스 인치볼드 | 이혜수 옮김
210 바닷가에서 압둘라자크 구르나 | 황유원 옮김
211 낙원 압둘라자크 구르나 | 왕은철 옮김
212 피라미드 이스마일 카다레 | 이창실 옮김
213 애니 존 저메이카 킨케이드 | 정소영 옮김
214 지고 말 것을 가와바타 야스나리 | 박혜성 옮김
215 부서진 사월 이스마일 카다레 | 유정희 옮김
216 사람은 무엇으로 사는가 레프 톨스토이 | 이항재 옮김
217, 218 악마의 시 살만 루슈디 | 김진준 옮김
219 오늘을 잡아라 솔 벨로 | 김진준 옮김
220 배반 압둘라자크 구르나 | 황가한 옮김
221 어두운 밤 나는 적막한 집을 나섰다 페터 한트케 | 윤시향 옮김
222 무어의 마지막 한숨 살만 루슈디 | 김진준 옮김
223 속죄 이언 매큐언 | 한정아 옮김
224 암스테르담 이언 매큐언 | 박경희 옮김
225, 226, 227 특성 없는 남자 로베르트 무질 | 박종대 옮김
228 앨프리드와 에밀리 도리스 레싱 | 민은영 옮김
229 북과 남 엘리자베스 개스켈 | 민승남 옮김
230 마지막 이야기들 윌리엄 트레버 | 민승남 옮김
231 벤저민 프랭클린 자서전 벤저민 프랭클린 | 이종인 옮김
232 만년양식집 오에 겐자부로 | 박유하 옮김
233 이상한 나라의 앨리스 루이스 캐럴 | 존 테니얼 그림 | 김희진 옮김
234 소네치카 · 스페이드의 여왕 류드밀라 울리츠카야 | 박종소 옮김
235 메데아와 그녀의 아이들 류드밀라 울리츠카야 | 최종술 옮김
236 실종자 프란츠 카프카 | 이재황 옮김
237 진 알랭 로브그리예 | 성귀수 옮김
238 말테의 수기 라이너 마리아 릴케 | 홍사현 옮김
239, 240 율리시스 제임스 조이스 | 이종일 옮김
241 지도와 영토 미셸 우엘벡 | 장소미 옮김
242 사막 J. M. G. 르 클레지오 | 홍상희 옮김
243 사냥꾼의 수기 이반 투르게네프 | 이종현 옮김
244 험볼트의 선물 솔 벨로 | 전수용 옮김
245 바베트의 만찬 이자크 디네센 | 추미옥 옮김
246 나르치스와 골드문트 헤르만 헤세 | 안인희 옮김
247 변신 · 단식 광대 프란츠 카프카 | 이재황 옮김
248 상자 속의 사나이 안톤 체호프 | 박현섭 옮김
249 가장 파란 눈 토니 모리슨 | 정소영 옮김
250 꽃피는 노트르담 장 주네 | 성귀수 옮김

● 문학동네 세계문학전집은 계속 출간됩니다